PAPI MARIOLE

Benoît Philippon est écrivain, scénariste et réalisateur. Il a notamment écrit et réalisé *Lullaby* (2009), avec Forest Whitaker et Clémence Poésy, et *Mune* (2015), un film d'animation (prix du meilleur film aux festivals de Tokyo et Toronto, septième plus gros succès français à l'étranger). Son premier roman, *Cabossé* (Gallimard, «Série Noire», 2016), a obtenu le prix *Transfuge* du meilleur espoir polar. Il a ensuite publié, aux Arènes, *Mamie Luger* (2018), *Joueuse* (2020), *Petiote* (2022) et, chez Albin Michel, *Papi Mariole* (2024).

Paru au Livre de Poche :

CABOSSÉ
JOUEUSE
MAMIE LUGER
PETIOTE

BENOÎT PHILIPPON

Papi Mariole

ROMAN

ALBIN MICHEL

© Éditions Albin Michel, 2024.
ISBN : 978-2-253-25319-8 – 1ʳᵉ publication LGF

Mathilde marche sur le bord de l'autoroute, les fringues à moitié arrachées, les larmes qui coulent, bien qu'elle ne pleure pas, sonnée. Elle déambule sur la bande d'arrêt d'urgence, lèvre fendue. Elle n'arrive pas à reprendre une respiration régulière. Pieds nus sur le bitume, deux ongles d'orteil cassés, elle oscille entre tachycardie et apoplexie. Depuis combien de temps ? Elle ne sait plus. Les voitures qui passent à cent trente sans ralentir ne la font pas sursauter. Ses sens semblent anesthésiés.

Un routier l'arrose des graves de son klaxon sans plus d'effets. Le conducteur du bahut n'est pas alarmé par la présence de cette demoiselle débraillée sur le bas-côté d'une voie rapide. À cette heure indue, confondre avec une prostituée des aires de repos est un raccourci vite emprunté par le chauffeur fatigué, trop pressurisé par des horaires de livraison impossibles à honorer. Il salue le professionnalisme de cette fille. « Ce qu'il faut pas faire pour gagner sa croûte », se dit cet autre travailleur de la route, en voyant la silhouette disparaître dans son rétroviseur.

Mathilde tangue dans l'indifférence mécanique.

Pas de signes vitaux dans le rouge, la victime est

toujours debout, il n'y a donc pas eu crime. Jusqu'à preuve du contraire. Juste un peu de sang, du tissu arraché et une errance sur une voie rigoureusement interdite aux piétons. Rien qui ne nécessite un ralentissement. Sauf que la désorientée tire des bords de plus en plus larges. Avec le peu de visibilité, elle va finir en papier mâché sur la chaussée.

Pour l'instant, Mathilde avance. Dans une respiration haletée. C'est pas si mal. Elle est toujours vivante. Croit-elle. Elle ne sait plus bien.

Par flashs, elle revit ce qu'il vient de lui arriver. Ces dernières minutes, ces dernières heures, ces derniers mois. Dans une chronologie désordonnée. Stroboscope de vertiges, myriades de décrochages. Comme si on avait foutu un coup de pied dans la temporalité des événements qui l'ont catapultée ici. Un mois, un an ou une heure auparavant. Qu'est-ce qu'elle en sait ? C'est la merde. En continu. Sa vie n'est que chaos depuis cette putain de vidéo.

Ce qu'elle vient de vivre, à l'instant, n'a pas arrangé les choses. Au contraire. Ça les a précipitées.

Et à propos de précipiter, il y a un pont, là-bas. Qui lui donne des idées.

Noires, les idées.

Le lapin rose râpe son flanc sur le goudron. Le gazon urbain imbibé par la pluie teinte son poil d'un gris poisseux. La peluche de piètre qualité des chaussons s'effiloche, comme le gars qui les porte aux pieds. Mariole avance, l'air hagard, les paluches au fond des poches de son peignoir en velours qui, un temps lointain, fut élégant, mais est aujourd'hui aussi élimé que sa mémoire.

— Bon sang de bonsoir, mais qu'est-ce que je fous là ?

Un soubresaut de conscience dans sa caboche en forme de passoire tout juste bonne à égoutter les nouilles. Un récipient poreux où végète son cortex en charpie, mâchouillé par un charognard hargneux : la vieillesse.

Au début, Mariole parvenait à suivre le fil de sa pensée. Puis au fur et à démesure, il en a égaré l'embout. Point de suture pour raccommoder le tout, trop tard, trop de trous. Il a pris conscience que son esprit allait se décomposer avant lui. Nul besoin de diagnostiquer le syndrome : Alzheimer, sénilité, date de péremption du vieillard. Qu'importe l'étiquette qu'on lui accrocherait au gros orteil, Mariole savait qu'il finirait dans un trou de mémoire.

Triste constat.

Mais il n'est pas encore mort, et d'épisodiques flashs de lucidité éclairent parfois le semblant de dignité qu'il lui reste. Comme ce soir où il se retrouve à errer sur les maréchaux de Paris.

— Bon sang de bonsoir, mais qu'est-ce que je fous là ?

Deux autres questions se carambolent. La première, anecdotique : où a-t-il dégotté des godillots aussi ridicules ? Voilà qu'en plus de la tête, il se met à perdre le bon goût. La deuxième plus cruelle : comment faire pour ne pas sombrer dans la décrépitude ?

À soixante-dix-sept ans passés, Mariole n'a plus de parents, aucun membre de famille noté dans son répertoire, la faute à son drôle de métier – tueur à gages –, et n'a pas eu d'enfants. Dans sa branche, la première qualité est de se faire oublier, disparaître des radars administratifs, se transformer en fantôme. Et c'est exactement ce qu'il est devenu, un ectoplasme en robe de chambre qui erre à contresens à l'entrée du périphérique. Pas glorieuse, comme révérence, pour un Mariole qui a gagné son sobriquet grâce à ses manières de duc, une grandiloquence que ses collègues appréciaient, et un panache qui divertissait ses ennemis, avant leur exécution. Faut pas bouder son plaisir.

Face aux crackés qui l'épient de leurs pupilles dilatées, avec une pitié mâtinée d'un relent de concupiscence – on sait jamais, y a peut-être encore quelques sous à dépouiller à ce pitre qui ne fait plus rire personne –, Mariole a autant perdu sa superbe que son sens de l'orientation.

Un chant perce son brouillard. Une sirène au loin. Créature enchanteresse sur son rocher ? Que nenni, les pompiers. Dommage, quitte à s'échouer contre un récif, il aurait préféré une rousse aux cheveux ondulés, des coquillages sur les nichons et une queue de poisson pour monokini. À la place, quatre bodybuildés coiffés ras le prennent en charge, d'un ton paternaliste :

— Bah alors, qu'est-ce qu'il fait là, le monsieur ? Il s'est perdu ?

— Je vais en thalasso, ça ne se voit pas ?

Pris en flagrant délit de désorientation, Mariole mise sur la provocation pour remettre la cavalerie d'équerre. Raté, il atterrit à Lariboisière.

— Déshydraté, concluent les médecins.

Malgré son âge avancé et sa propension à s'arroser au vin rouge plutôt qu'au Perrier, l'acariâtre sait reconnaître une canicule d'un mois d'août pourri. Il ne va quand même pas mourir de sécheresse un soir de pluie ? Intubé sur un brancard, Mariole scrute l'issue de secours.

Un lieu de santé, cet hôpital ? Ici, on arrive avec une rhinite, on en ressort avec un staphylocoque rouillé. Un brancard en forme de brouette pour vous transporter dans le trou du fossoyeur, et sans escale. Le patient abandonné à son sort en tire cette conclusion à voix haute :

— Mon bon Mariole, si tu ne veux pas sombrer dans le pathétique, il va te falloir réagir, et vite.

Son timbre éraillé rebondit contre le Placo du couloir et lui renvoie l'écho de sa solitude.

Fin de la gaudriole.

Aiguillés par l'adresse sur sa carte d'identité, les ambulanciers bien serviables le rapatrient à son bercail, porte de la Villette. Plus à l'aise à se repérer dans son deux-pièces cuisine que dans le monde extérieur devenu hostile, Mariole extirpe de la cachette sous son plancher une mallette dans laquelle il a accumulé son pécule. Pour sa retraite au soleil, s'illusionnait-il en s'imaginant se dorer la pilule aux Bermudes. Dans un sursaut de dignité, il va plutôt se payer le confort tout relatif d'un Ehpad de troisième zone. Il y sera pris en charge, on lui fournira sa dose de médicaments pour ne pas se baver dessus, et un accompagnement adéquat pour les réjouissances que la sénilité lui réserve. Personne ne viendra lui rendre visite, pas de public pour l'applaudir, pas d'amis pour le pleurer. Une existence peu brillante, une sortie de scène un rien terne.

Tout ça pour ça…

— Bon sang de bonsoir, mais qu'est-ce que je fous là ?

Toujours la même rengaine. Les mois ont passé en quelques secondes. Ou bien étaient-ce des années ? Mariole explore son reflet dans le miroir de sa chambre. Depuis combien de temps végète-t-il dans ce mouroir ? Pas la moindre idée. Comment compter les jours quand on n'a plus de repères ? Il observe sa tronche qui autrefois avait de la gueule, et qui à cet instant est aussi grise que les barreaux du lit auxquels il s'accroche, alors que sa vessie le somme de se lever. On voudrait lui faire porter une couche – l'avantage des détails humiliants, ceux-là, il s'en souvient – mais tant qu'il peut encore tenir debout, il se rendra sur le trône le menton haut et fier.

Mariole profite de cette brèche de discernement pour s'y infiltrer. Du fond de cet Ehpad qui sent la mort et le désespoir, il fouille dans ses regrets. A-t-il vécu sa vie comme il aurait dû ? Son existence singulière a été constellée de décisions qui isolent. De choix dont on ne veut pas projeter les conséquences tant qu'on se tient droit, qu'on pisse de même et que le mental ne flanche pas. En ce jour que plus rien ne dépareille des autres, une impression le taraude, celle d'avoir raté quelque chose au passage. Quelque chose qui donnerait un sens à tout ça. Une lumière à laquelle s'accrocher avant de basculer dans l'obscurité du grand vide.

Mariole se frotte la calvitie. Ses réflexions s'éparpillent en pellicules. Une sensation de vacuité lui aspire le plexus. Il se creuse le ciboulot, ce qui, avec sa pathologie, équivaut à entamer une digue de sable au marteau-piqueur. De quoi terminer enseveli sous son introspection. Quel est donc ce chantier inachevé ? Quand deux synapses survivantes à l'apocalypse de la sénilité se percutent et provoquent une étincelle.

— Bon sang, mais c'est bien sûr !

Une image surgit de la brume. Un souvenir vague : son dernier contrat. Il ne l'a pas honoré.

Dans son métier, c'est à grandes tirades de Beretta qu'il s'exprimait. Nettoyeur pour des organismes pas légaux qui souhaitaient garder les mains propres. Certains dossiers, trop nocifs, devaient être enterrés, dans un lieu inconnu, loin des truffes trop fouineuses.

On faisait alors appel à Mariole. L'homme à la moustache lustrée et aux doigts experts, qui partageait une ressemblance lointaine avec Jean Rochefort en imper, s'attelait au ménage, sans passer par l'étape recyclage.

Aujourd'hui, le tueur amnésique se souvient. Il a trouvé une raison de vivre avant de mourir : il lui reste une mission à accomplir.

Seul problème, il ne sait plus laquelle…

Un jour comme un autre. Mathilde se lève, à la peine. Elle a toujours du mal à décoller de sa couette. C'est une dormeuse. Elle chérit le moelleux de son oreiller, la chaleur briochée sous son duvet.

Le réveil éructe. 7 h 02. Mathilde grappille deux minutes chaque matin, qui ne servent à rien, anodines. Deux minutes d'indiscipline. Son acte de rébellion à elle, son illusion de gratter du rab, de faire l'école buissonnière.

Douche expéditive, crémage rigoureux, elle a l'épiderme sec, en sus de la cuisse celluliteuse. Regard intransigeant dans la glace, dégoût pour son reflet. Elle n'est ni moche, ni disgracieuse, elle se trouve juste tristement banale. Trente-cinq ans, les cernes livrés avec, des kilos qu'elle estime en trop, elle ne fait pourtant qu'un quarante-deux. Des traits pas passionnants, selon elle, qui en font une éternelle célibataire. Pour séduire, elle contrebalance par la facétie : « Implantation capillaire régulière. » C'est la qualité qu'elle a renseignée sur son profil Romantica. Elle n'allait pas faire l'apologie de ses seins, ils sont petits, ni de son cul, il est énorme, en tout cas, sous son regard à elle. Elle a des yeux marron, des cheveux décolorés blonds, dans l'idée de pimenter sa personnalité.

Pourquoi un regard si intransigeant sur son physique ? Ça a commencé toute petite, via le jugement de son père qui la rabaissait, pour tout, pour rien, chaque fois qu'elle mangeait une glace ou qu'elle s'attelait à une activité sans y faire des étincelles. Comment se construire lorsque la personne qui est censée vous aimer d'un amour indéfectible ne cesse de vous critiquer ?

Et puis il y avait Martin, son camarade de classe, à côté de qui le mauvais sort l'avait placée. Martin avait fait de Mathilde son souffre-douleur. Pourquoi ? Pour des bêtises d'enfant, parce qu'il était un garçon, qu'elle était une fille, et que parfois les bambins sont cruels. Sans raison. Martin l'appelait « la grosse », comme ça, gratuitement, par ignorance, sans savoir qu'il la blessait, qu'il laissait des traces dans son ego, au présent et au futur. Ça l'amusait. Comme un gamin s'amuse à arracher les ailes d'une mouche. Juste pour voir, parce que c'est drôle. Aussi parce que ça prouve qu'on a du pouvoir. Mathilde en a fait les frais.

Comme ce jour où elle a eu ses règles, en CM2. Elle était en avance pour son âge. Sa mère s'était dit qu'il n'était pas urgent de l'initier. Peut-être par peur de voir grandir son bébé, elle l'a laissée affronter seule une situation à laquelle elle n'était pas préparée. Ce sang. Était-elle blessée ? Malade ? Ses camarades de classe se moquaient de l'autre côté de la porte des cabinets, alors qu'elle tapissait sa culotte de papier toilette en geignant « Maman » entre ses pleurs terrifiés.

En grandissant, elle a mis du temps à faire confiance aux garçons. Y est-elle jamais parvenue ? Pas sûr. Elle s'est aventurée à quelques premiers baisers qu'elle délivrait entre réticence et expérience. Elle voyait ses copines devenir des grandes, sortir avec des mecs, rouler des pelles, certaines commençaient à se vanter de coucher déjà. Mathilde a perdu sa virginité tard. Dix-neuf ans. Sa première expérience lui a laissé un souvenir peu reluisant. Le garçon, soi-disant plus aguerri, lui avait déballé un joli baratin pour la séduire. Elle avait fini par succomber. Il fallait bien qu'il y ait un premier. Alors lui ou un autre. Il s'appelait Thibaut, il n'était pas moche, juste un problème de peau grasse qui la rebutait. Pourtant, une fois de plus, c'est son regard sur elle-même qui a été ébranlé à la suite de l'événement. Quand Mathilde s'est déshabillée, Thibaut a laissé échapper un petit rire. Qu'il n'a pas essayé de retenir. Mathilde, qui ne s'était jamais dévêtue devant quiconque, si ce n'était sa mère, a couvert sa poitrine, aurait voulu creuser un trou pour s'y terrer.

— Quoi ? Pourquoi tu ris ? a-t-elle demandé, mortifiée.

— Pour rien… pour rien…, a répondu Thibaut dans un demi-sourire laissant Mathilde à l'interprétation qu'elle voulait bien en faire.

Il s'est attelé à la tâche. Vite fait mal fait, sans mots ni tendresse. Sans brutalité non plus. Juste sans intérêt. À la suite de cette interaction, il ne l'a pas rappelée. Il avait eu ce qu'il voulait, Mathilde pas.

Voilà, c'était fait. Mathilde s'était sentie comme un bout de gras laissé sur le bord d'une assiette. Elle s'était rhabillée en regardant le reflet que lui renvoyait le miroir de la chambre.

Il lui arrive d'y repenser en préparant son petit déjeuner.

Café. Bouton *On*. Ça filtre. Aspect lavasse. Toasts périmés. Grille-pain rafistolé. Pâte à tartiner au chocolat. Garantie sans huile de palme. Mathilde n'a aucune volonté quant à son poids, en revanche, en ce qui concerne la survie des orangs-outans en Malaisie, elle fait gaffe.

Elle se hisse et s'assoit sur son plan de travail, plonge une cuillère à soupe dans un pot de glace. Aucun témoin alentour. « Tant pis », pense-t-elle à la première fournée. En sachant bien qu'elle va le regretter. Pas le lendemain, dans dix minutes, quand elle se verra boudinée dans son jean.

Mathilde s'empare de ses clefs, ébouriffe ses cheveux, elle a choisi une coupe *out of bed*. Effet décoiffé, ça l'arrange, quand elle n'a pas la rigueur d'un shampooing régulier. Elle a déjà tenté le brushing lisse, plus sophistiqué. Elle voulait ressembler à une de ces filles de magazine, *beaucoup plus bonne que la plus bonne de tes copines*, chantait JoeyStarr. Pas concluant. Lasse, elle a laissé la nature reprendre ses droits. De toute façon, ça intéresse qui, son look ? Personne ne la regarde, si ce n'est pour se moquer d'elle.

— Parce que je le vaux bien ?... Tu parles...

Mathilde claque la porte derrière elle. Vivement ce soir, qu'elle retrouve sa couette.

La décision est prise. Il lui faut décamper au plus vite, réunir ses affaires et ses esprits – enfin le peu qu'il lui reste des deux – et partir régler son compte à l'homme mystérieux dont la tête a été mise à prix. Même s'il ne sait plus lequel. Sa maladie a épargné sa cible, ce n'était qu'un contretemps.

Le tueur ne s'engage pas à boucler sa mission pour une vulgaire question d'argent, il en va de son honneur. Il ne lui reste plus beaucoup de temps. À vivre, il ne sait pas, à réfléchir droit, il en a la certitude. S'il veut classer ce dernier dossier avant qu'il ne soit indéchiffrable.

Mariole s'empare d'un stylo, puis du carnet qu'il a acheté avant de s'interner lui-même. Son mode opératoire à la veille de chaque affaire : tout noter. Détails, indices, la moindre bribe d'information qui lui permettrait de remonter la piste de ses cibles. Puis de les éliminer. Les éléments de l'affaire en question doivent se trouver…

Mariole s'interrompt, réfléchit :

— Sapristi, où déjà ?

Il suit pourtant un protocole. La routine. Les gestes répétés. Le meilleur moyen de se repérer dans le labyrinthe d'une amnésie. Son neurologue le lui a dit :

— Chantez, dansez, répétez des mouvements, il faut répondre au conditionnement. À force de se répéter, on se souvient.

Mariole n'a pas miraculeusement recouvré la mémoire, cette phrase, il l'a notée dans son carnet. Elle y flotte, seule dans l'immensité d'une page blanche.

— Réfléchis, mon vieux, réfléchis…

Mariole était un tueur précautionneux, il n'aurait jamais laissé des dossiers à son domicile. Il faut séparer le professionnel du personnel. Ne pas se compromettre en cas de descente de flics ou, plus dangereux, de partie adverse. Il sait qu'il conserve tous les éléments ailleurs. Dans un endroit sûr. Une consigne ? À la gare ? À la Poste ? Ou bien est-ce un coffre ? Dans une banque ?

Le vieillard peste contre sa cervelle de vache folle. Dans son bloc, il note un plan, non pas d'évasion, mais une chronologie à suivre.

— Ne mélangeons pas tout, sans quoi on va se retrouver avec des huîtres au dessert.

Le vieux a su rester sage dans son émiettage. Il appuie la plume de son stylo sur le papier et entreprend l'énumération :

1. S'évader de l'Ehpad
2. Retrouver la planque
3. Récupérer le dossier
4. Charger le matos
5. Pister le fumier
6. Buter le fumier
7. Reposer en paix.

La structure narrative du reste de son existence ressemble à une liste de courses où manquent les trois quarts des ingrédients. Qu'importe, c'est le début de son ordre de mission. Il lui servira à raccrocher les wagons en cas de black-out.

Mariole ne sait pas ce qu'il faisait il y a cinq minutes, n'a guère d'idée d'où il sera dans dix, une fois l'opération fuite hors de ce nid de coucou activée, il a intérêt à ne pas décrocher. Faudrait pas non plus provoquer un assaut du RAID parce que sa tentative d'évasion a évolué en prise d'otages du quatrième âge. Espérant dompter sa mémoire récalcitrante, qu'elle ne déraille pas le temps de se tirer de là, Mariole ânonne à voix haute :

— Prenons les choses dans l'ordre. Étape 1, s'évader.

L'institut n'a pour pensionnaires que des grabataires, des invalides, des aïeux alignés dans leurs fauteuils roulants, une poignée d'infirmières payées des clopinettes, le tueur ne devrait pas rencontrer une grande résistance armée. D'ailleurs, qui parle d'armes ? Il est un homme libre, jusqu'à nouvel ordre. Il n'a commis aucun crime – connu –, si ce n'est celui de vieillir, d'avoir une mémoire défaillante, une démarche claudicante et une odeur rance. Sur ce dernier point, il faudra blâmer ce félon de Maurice. L'infirmier ne l'a jamais réapprovisionné en parfum, malgré ses pourliches. D'un naturel coquet, Mariole affectionne la fragrance musquée et s'en humecte la nuque après sa toilette. Aujourd'hui, et il ne sait pas depuis combien de temps, il pue. Il réalise qu'il n'est peut-être pas prisonnier, mais qu'il a payé un tarif épicé pour un confort très approximatif. Il faudra qu'il se souvienne de se plaindre à la direction. Ce qu'il note au bas de sa page, à côté d'un astérisque.

Mariole fourre ses marcels distendus dans sa valise, deux pantalons à pinces usés, un chandail en laine troué, et sa plus belle écharpe en soie, imprimée de délicates fleurs d'albizia. Le tueur a toujours aimé les fleurs, mais n'avait pas la main verte et essaimait, à longueur de missions, des plantes aussi mortes que ses victimes. Il a rapidement cessé la collection de boutures et s'est mis à arborer sur ses chemises printemps et verdure. Ce n'est pas parce qu'on sème la mort qu'on n'aime pas la vie.

Mariole fige son geste. Il est parti en digression et a oublié ce qu'il foutait là. Encore. Quand la première ligne de son carnet se rappelle à lui :

— Ah oui, s'évader !

Comme quoi elle est utile, cette liste.

Comment s'évader d'un endroit dont on n'est pas prisonnier ? Mariole a payé sa retraite dans ce cloître afin de se protéger de lui-même. Il échafaude donc un plan d'évasion on ne peut plus simple : empaqueter son barda et se barrer fissa.

— Accrochez-vous à vos bretelles, ça va valser, trompette-t-il en toussotant.

Après le bac, Mathilde n'avait pas à proprement parler trouvé sa vocation. Elle aimait le cinéma, la photo, mais restait les pieds sur terre, elle n'allait pas faire carrière dans le show-business. Ces métiers d'exception étaient destinés aux gens exceptionnels, ceux qui ont des relations ou issus de milieux privilégiés. Elle était trop normale. «C'est bouché», lui a-t-on confirmé, sous-entendu: «Pour qui vous prenez-vous, mademoiselle?» Alors elle a revu ses ambitions à la baisse.

Elle a cherché des opportunités pour se construire un avenir, un travail intéressant, mais lequel? Études de psycho avortées, formation commerciale accélérée, après un passage par le social, elle s'est démenée pour faire quelque chose de sa vie. Débrouillarde, combative, à chaque obstacle elle rebondissait. Mais chaque fois qu'elle a émis une envie, qu'elle a eu un rêve, on les lui a cassés. Elle n'était jamais assez compétente, jamais assez diplômée, jamais assez expérimentée, jamais assez... Elle a fini par entendre qu'elle n'était simplement pas assez bien. Comme le lui serinait son père: «Ma pauvre fille, t'es pas bien dégourdie.» Alors elle a fini par y croire.

En attendant mieux, elle a postulé pour un boulot, pas honteux, pas passionnant non plus, assistante commerciale dans une compagnie d'assurances. Il faut bien assurer le loyer.

Elle fait ses trente-cinq heures payées au smic et galère à obtenir une augmentation. Rien de bien original. Encore parfois accrochée à ses illusions, elle cumule les droits CPF pour des formations, a appris Photoshop, a touché au montage vidéo, mais à quoi bon ? L'étroitesse d'esprit de ses interlocuteurs et les refus cumulés ont étouffé son enthousiasme. À trop l'empêcher de briller, son étincelle s'est éteinte. Le quotidien a repris ses droits. En douceur, sournois. Au moins son poste d'assistante est stable. Elle a la sécurité de l'emploi, le confort des RTT. Les années ont passé, ses rêves de réalisation, cinéma comme personnelle, se sont éventés. La réalité l'a rattrapée, avec sa monotonie. Mathilde a fini par oublier qu'elle espérait mieux. Elle s'est simplement endormie.

De son expérience dans le social, elle a gardé une attache pour les laissés-pour-compte, ceux dans le besoin, ceux que la société rejette et ne regarde plus. Mathilde ne s'occupe pas assez d'elle, mais elle aime se rendre utile auprès des autres, ces rebuts de la norme. Le samedi soir, elle prête main-forte aux Restos du Cœur, en renfort à la distribution de la soupe populaire. L'hiver, elle effectue des maraudes avec des associations. Avec d'autres volontaires, ils distribuent vêtements et couvertures à ceux qui dorment dans la rue. Elle au moins a un toit, elle n'a pas à se plaindre. Elle n'attend rien en retour de ces gestes qui lui paraissent naturels, la chose à faire. Sa modeste participation pour aider ceux que la société n'aide pas, ou pas assez.

Via ses activités solidaires, elle a fréquenté nombre de personnes mises au ban. Il lui est arrivé de s'imaginer dans leurs rangs. Si elle perdait tout, elle aussi, comment ferait-elle ? Elle réalisait que, contrairement à eux, elle ne serait pas abandonnée à son sort. Malgré ses relations difficiles avec sa famille, ils ne la lâcheraient pas.

Croyait-elle.

Swipe droit, swipe gauche, swipe droit, swipe gauche. Le cerveau en fonction électroencéphalogramme plat, Mathilde navigue sur l'appli Romantica en descendant dans le métro Mairie-d'Ivry. Interminable ligne 7 avec changement qui la mène quotidiennement à son travail à la Défense. Ses yeux imitent les essuie-glaces sur les beaux gosses, et ceux qui croient en faire partie. Les subtilités de leur caractère n'étant pas affichées sur leur photo d'accroche, Mathilde fait son marché en se basant sur l'apparence. Le processus de tri la débecte. Si les mecs font pareil de l'autre côté – évidemment qu'ils le font – elle n'est pas près de matcher.

Mathilde sort sa carte Navigo. Au milieu du fourre-tout de son portefeuille, un photomaton lui soutire toujours un sourire mélancolique et amer. Deux jeunes filles pleines de vie, la vingtaine à la jovialité arrogante, y tirent la langue, s'amusent à prendre des poses surjouées. Elles pétillent d'énergie et d'insouciance. Aimée et Mathilde, les inséparables.

Aimée, sa meilleure amie, son âme sœur. Elles avaient une relation fusionnelle. Et si un jour débarquait un mec, elles aviseraient.

Ce jour a fini par arriver. Aimée a rencontré un homme. Charmant, gentil, attentionné. Mathilde, jalouse qu'on lui vole son Aimée, voulait le détester. Mais ce salaud ne semblait avoir aucun défaut, à part celui de chambouler leur amitié exclusive. Pas de trahison, pas de coup bas, juste son amie qui a trouvé l'amour. Comment lui en vouloir ?

Aimée était heureuse, l'amour la rendait radieuse. Mathilde aurait voulu partager son bonheur, mais leurs chemins ont pris des directions divergentes. Aimée s'est mariée, est tombée enceinte, d'un premier, puis d'un second. Mathilde s'est sentie de trop. Aimée avait son petit monde à gérer, des enfants à élever et Mathilde qui s'empêtrait dans le célibat, semblait penser son amie... Des préoccupations aux antipodes. Elles ont continué à se voir de façon détachée, puis de plus en plus épisodique. Elles n'ont pas coupé les ponts, elles ont simplement cessé de s'appeler. Aimée lui envoie une carte de vœux à chaque Nouvel An, avec sa famille idéale en photo, ses deux marmots, aussi mignons qu'adorables. Mathilde s'en veut de nourrir de la rancœur, elle devrait être heureuse pour Aimée. Elle l'est. Et elle dans tout ça ? Est-ce qu'Aimée se préoccupe de son bonheur à elle ?

Mathilde a vu ses copines et collègues de bureau tomber enceintes les unes après les autres, embrasser la maternité avec une aura de gagnante du Loto, et la regarder avec cette forme de pitié désolée dans les yeux : « T'en fais pas, toi aussi, t'y auras droit, au grand amour, mais fais attention, l'heure tourne, le prochain, ce serait bien que ce soit le bon, tu n'es plus toute jeune... » L'injonction à la maternité, elles ne pensent pas à mal, elles ne se rendent pas compte, comme c'est pénible de passer des soirées avec des couples, quand on est la seule célibataire. Pour éviter ce supplice, Mathilde préfère donner un coup de main à la soupe populaire, et quand elle rentre, elle enfile son jogging informe, mais si confortable, et se plonge dans un marathon série, avec son bol de glace. Qui pour la juger ? Hein ? Qui ?

À part elle-même peut-être ?

Un *ding* la tire de sa rêverie. L'appli a parlé. *You got a match !* Un cœur émoji apparaît sur son écran. Le sien, biologique, ne réagit pas. Boris, trente-trois ans, *j'aime le jeu et les sensations fortes* – « Original... » –, sourit de toutes ses dents. Point d'emballement, la concordance des swipes n'a rien d'exceptionnel. Les mecs sont en chien, valident souvent à l'aveuglette, ils misent sur la probabilité. Swiper *Oui* des centaines de fois augmente celle d'obtenir une correspondance avec l'une des filles sélectionnées au hasard. Pas regardants sur la personnalité de l'intéressée, les prétendants. Cynique, Mathilde ? Sérieusement, en 2022, qui croit encore à ces conneries de rencontres sur appli ?

Elle. Un peu. Malgré tout.

Alors elle ouvre le tchat. Bulle de discussion, points de suspension, il est le premier à dégainer, avec cette fulgurance : *Hé, salut, ça va ? Qu'est-ce que tu fais, là ?*

— Ah, les boulets. Pourquoi ils commencent toujours tous pareil ?

Pas l'once d'une originalité, pas un pour écrire une phrase élégante, un mot spirituel, une image intrigante, une tournure sensible qui témoignerait d'un semblant de culture. De la personnalité, déjà, ce serait bien. Rien, aucun effort, pas de temps à perdre, la course à l'efficacité, la phrase d'accroche synthétique, copiée-collée à la chaîne, validation machinale en vue d'une optimisation de résultat maximale : scorer de la meuf. Qu'importe laquelle, alors allons à l'essentiel. Dans une navigation Internet de plus en plus fliquée par les Captcha – Cochez la case «*Je ne suis pas un robot, je suis juste lobotomisée de la vie*» – pourquoi Mathilde a-t-elle cette impression constante de converser avec des processeurs informatiques ? Elle est consternée par le défilé de répliques romantiques qui semblent générées par un logiciel à niquer. Jamais par un homme, qui vibrerait, un organisme vivant, doué d'émotions, un humain, quoi. Non, elle discute avec la photo surfiltrée d'un figurant de l'amour au sourire photoshopé, le même dupliqué à l'infini, et la phrase, reproduite à l'identique, perdue dans une symphonie de bêtise algorithmique : *Hé, salut, ça va ? Qu'est-ce que tu fais, là ?*

Fatigue.

Mathilde exhale un soupir. Puis se met à taper avec un enthousiasme virtuel :

Salut, ça va super, et toi ?

— Monsieur Rochemore, où allez-vous comme ça ?

Mariole, pris en flagrant délit d'auto-extradition, se fige devant cette maudite porte battante qui ne daigne pas s'ouvrir, malgré ses coups d'index répétés sur le bouton.

— Plaît-il ? dit le coupable feignant la démence.

— La salle de réfectoire est de l'autre côté, pointe l'infirmière de la réception.

L'incriminé entame une grinçante rotation :

— Je désirais prendre une bouffée d'air, ma chère... ma chère...

Bon sang, comment elle s'appelle déjà ?

Mariole bénit le génie qui a eu l'idée d'estampiller les blouses des employés d'une étiquette à leur nom. Concentré sous le poids des binocles qui lui écrasent l'arête du nez, Mariole décrypte l'antisèche :

— ... Ah ! Ma chère Martine !

Le vieux tueur dégaine son sourire le plus séducteur, à défaut de son Colt 45, resté scotché sous un tabouret quelque part, croit-il se souvenir, mais où ?

— Une promenade bucolique au bras d'un grand romantique vous siérait-elle ? poursuit le joli-souffle-au-cœur.

Il n'a nullement l'intention de lui redessiner le portrait, à la geôlière au rouge à lèvres, mais faudrait pas qu'elle l'empêche de se carapater. À la vue de Mariole, plié sous le poids de son maigre cabas, la gentille infirmière ne l'imaginerait pas débiter du cadavre de malfrat. Et pourtant...

— Jouez donc pas les Casanova avec moi, monsieur Rochemore. Posez votre sac, on le remontera dans votre chambre plus tard. Vous pouvez aller dans la salle de télé. Y a l'émission que vous aimez bien. Vous savez, où les candidats chantent des chansons de votre époque.

Elle me parle vraiment comme à un abruti..., s'agace Mariole avant d'apercevoir son piètre reflet sur la porte vitrée. Il ravale amertume et fierté :

— Je veux simplement humer l'air de dehors.

Et de marteler à nouveau sur le bouton inutile.

— Vous ne pouvez pas sortir, monsieur Rochemore. Il y a un code, vous vous rappelez ?

Martine tente de rattraper son faux pas face à la mine déconfite de son patient amnésique :

— Enfin je veux dire, la porte ne peut pas s'ouvrir.

Mariole n'en croit pas ses sonotones.

— Insinuez-vous que je suis maintenu ici prisonnier contre mon gré ?

— Oh, monsieur Rochemore, tout de suite les grands mots.

— Ma bonne amie, la privation de liberté, dans mon dictionnaire, ne possède pas mille synonymes.

La pauvre Martine ausculte l'acariâtre en verve, d'habitude plutôt taiseux.

— Ah bah en tout cas, je vois que pour une fois

vous n'avez pas oublié vos vitamines. Vous êtes très en forme, aujourd'hui.

— Chère Martine, je vous en conjure, ne me retenez pas. Si notre amour est évident, notre écart d'âge le rend impossible.

L'infirmière presse un buzzer sur son comptoir qui active un haut-parleur. Sa voix résonne dans le réfectoire, sans pour autant ranimer les morts-vivants qui y végètent :

— Jean-Baptiste, tu peux venir dans le lobby, s'il te plaît ?

Se doutant que le tour de la conversation ne présage rien de bon, Mariole braque vers son angle mort. Bingo. Débarque ce bon Jean-Baptiste, Antillais à l'accent chantant et aux muscles soigneusement moulés sous sa blouse repassée. Le maton alpague le vieil homme avec fermeté et précaution.

— Eh bien, monsieur Rochemore, vous voulez prendre l'air ? Vous allez attraper froid sans votre cache-nez.

— Ah, mon ami, s'extasie Mariole, vous entendre parler, c'est déjà voyager. Je me sens voguer sur la vague translucide d'une mer de corail…

— Vous êtes en train de vous moquer de mon accent, monsieur Rochemore ? Vous trouvez mes origines exotiques ? Vous savez comment on appelle ce genre de raccourci ? Du racisme.

— Point du tout, mon cher Jean-Baptiste, vous vous méprenez sur mes intentions. N'entendez dans ma diatribe que respect et admiration pour vous et vos racines. Je souligne simplement que le soleil dont vous m'arrosez, malgré votre ferme empoignade, est celui dont nous manquons cruellement dans ce réfectoire, éclairé par la lumière vacillante de ce néon aussi agonisant que mes compagnons et moi-même. Ainsi je souhaiterais, vous l'entendrez volontiers, glaner un brin d'air frais dont nous sommes ici privés.

La fougue de son escapade a ravivé sa grandiloquence et, malgré son essoufflement, Mariole sourit à plein dentier sous sa moustache hirsute, conséquence du manque d'entretien du vieillard qui n'y voit plus rien.

Un technicien, plongé dans les entrailles du distributeur de boissons hors service, se marre aux élucubrations de ce guignol. Jean-Baptiste, lui, ne rit pas, il renvoie une moue de maître d'école au chenapan octogénaire pris en flagrant délit d'école buissonnière, et le chope sous le bras.

Mariole se retrouve assis sur son padoque, à observer les murs gris de son cachot.

— Bah, bon sang, qu'est-ce que je fous là ?

Mariole s'attelle à sa ritournelle quotidienne : reconstruire le puzzle de sa situation. Son regard obstrué de cataracte se pose sur son sac à portée de charentaises. Vient-il de s'enregistrer dans cet hôtel dont le standing laisse à l'évidence à désirer ? Ou s'apprête-t-il à signer son check-out ? La chronologie hachée de sa vieillesse lui déglingue sa temporalité. C'est démoralisant de ne jamais savoir s'il erre dans le passé ou au présent entamé, s'il vient de manger ou si ça n'a pas été fait, s'il sort d'une nuit d'insomnie ou si la sieste n'a pas commencé. Il ne peut se référer au baromètre de son corps, tous ses aiguillages sont déréglés. La sensation de satiété se brouille sous les brûlures de l'ulcère, point de repos quand l'épuisement est constant, plus rien n'échaude, on a froid tout le temps, aucun repère auquel se raccrocher quand le vertige est permanent.

Toutefois, depuis qu'il a reconnecté avec l'ultime but de sa vie, Mariole a un point d'ancrage : sa mission. Et même s'il a déjà oublié de quoi il s'agissait, l'impulsion s'est inscrite dans ses os poreux. La sensation lointaine, qu'il a quelque chose à faire. Mais quoi ? Il fouine le contenu de son sac devenu bien mystérieux, y dégotte un bloc-notes, les premiers mots le frappent :

1. S'évader de l'Ehpad.

En moins de temps qu'il n'en faut pour le dialyser, Mariole s'exfiltre dans les couloirs, fait mine de se rendre aux toilettes avec une démarche exagérée de grabataire, pour mieux se glisser jusqu'aux escaliers de service. La voie royale est bloquée, qu'à cela ne tienne, il va s'extraire par la porte de derrière. Toute sortie est définitive ? Ainsi soit-il.

Mariole descend les marches carrelées d'un pas feutré par les semelles de ses pantoufles, son regard fixé sur la porte sans code, ni surveillance, celle-là. L'issue devrait le mener aux poubelles, au parking du personnel et, si tout se déroule comme il l'espère, à l'étape 2 sur la liste de son bloc-notes.

— Diantre, c'est quoi déjà, l'étape 2 ?

Émergeant d'un couloir du rez-de-chaussée, Jean-Baptiste lui bloque l'accès.

— Encore vous ? Monsieur Rochemore, vous vous

comportez comme un garnement. Vous savez ce qu'on donne aux garnements quand ils ne sont pas sages ? Une fessée.

Le mastodonte empoigne le grabataire avec une force qui trahit son agacement.

— Si vous continuez à faire le pitre, vous serez privé de télé et de caramels beurre salé, vos préférés.

Pitre. Cette insulte a toujours eu le don de faire sortir Mariole de ses gonds. Si la mécanique de son cortex reste rouillée, ses membres ont su conserver de bons réflexes et se dégrippent dans une fulgurance. La mémoire du corps, paraît-il. Réanimé par la piqûre d'adrénaline, l'assassin sénile enchaîne un échantillon du close-combat dont il avait autrefois une maîtrise mortelle. Il n'a plus sa force d'antan, loin de là, mais sait encore viser les points de vulnérabilité d'un assaillant. D'un coup de charentaise dans la rotule, Mariole claque les ligaments croisés de l'aide-soignant, frappe sèche sur la tempe pour évanouissement, et abandonne le molosse inconscient devant le département soins palliatifs, sait-on jamais.

Mariole a trente ans de moins, cette raclée éclair lui a redonné un coup de fouet. Il a raison, le kiné, un peu d'exercice, ça dérouille.

L'évadé enclenche le poussoir de la porte de secours. La liberté, enfin. C'est tout de même un comble de devoir recourir à de tels stratagèmes pour sortir de la résidence hospitalière qu'on a dûment payée.

Le hors-la-loi malgré lui marche devant la baie vitrée de la salle de télévision où s'aligne une brochette de corps asséchés, tordus dans leurs scléroses, contraints par leur arthrose, amalgamés à leurs fauteuils roulants.

Les dizaines d'yeux observent Mariole disparaître avec envie. Le fugitif, sans le savoir, leur prodigue un souffle d'espoir amer.

Mariole se promet de faire bon usage de cette rémission. Il le doit à ceux qu'il a laissés derrière lui. Et il se le doit à lui-même. Le rescapé s'éloigne, la mort dans l'âme, et bientôt au bout de son canon. L'endorphine sécrétée lors de la castagne retombe. Il réalise qu'il est essoufflé. Il a du mal à reprendre sa respiration. Son pouls part dans les tours. Des étoiles scintillent devant ses yeux. Il va quand même pas se claquer un infarctus ? Si près de sa libération, ce serait idiot.

Bruits ouatés.

Noir.

Le présent s'évade à nouveau…

Lumière.

Mariole reconnecte à lui-même. Il divague sur le trottoir, se demande où il est, et surtout où il doit aller. Quelle direction ? Sa spatialité est un mystère. Il rêve d'un panneau de signalisation de poche qui lui indiquerait sa position en temps réel : « Vous êtes ici. » De la science-fiction digne de K. Dick ? En réalité, ça s'appelle un GPS. Il a pourtant eu un smartphone en sa possession, mais ça aussi, il l'a oublié.

Chaque urgence en son temps. Mariole lit sa liste :

2. Retrouver la planque.

Il hèle un taxi, fouille son portefeuille, en extrait sa carte d'identité, y reconnaît ses traits, prie pour toujours habiter à l'adresse indiquée avant de la donner au chauffeur, puis tique sur le prix affiché au compteur.

— Deux francs soixante ? Eh bah dites-moi, mon brave, vous vous rincez, je viens tout juste d'embarquer.

Le chauffeur interloqué sent qu'il a tiré là un boulet gagnant.

— Euh, c'est en euros. Vous avez de l'argent, monsieur ?

— J'ai toujours eu de quoi payer mon jambon-beurre, jeune homme, je saurai m'acquitter du trajet dans votre guimbarde.

Le chauffeur tire le frein à main et met ses warnings.

— Mouais. Je voudrais d'abord voir votre carte bleue. Je vous préviens, je prends pas le sans-contact. Je dis ça au cas où vous auriez oublié votre code. Parce que vous m'avez pas l'air complètement en possession de vos moyens.

D'une vivacité que son apparence n'aurait jamais laissé supposer, Mariole plante un cruciforme contre la carotide du malotru, pile au-dessus de son crucifix. Le chauffeur espérait que son pendentif lui apporte une protection divine. Mariole va exaucer sa prière, il est en passe de lui prodiguer l'extrême-onction. À moins que ce ne soit une trachéotomie maison.

Le technicien qui réparait le distributeur de boissons, un peu plus tôt dans le lobby, n'a pas vu le tueur s'approcher de sa boîte à outils. Et quand bien même, comment aurait-il pu soupçonner cet attendrissant vieillard de vouloir lui subtiliser une arme destinée à faciliter son évasion ? Mariole a tout d'abord porté son dévolu sur la scie à métaux, puis s'est repris, et a opté pour le tournevis, plus pratique. Le voilà bien utile alors qu'il s'apprête à dévisser la tête de ce conducteur obtus.

— Tu veux du contact ? Je vais t'en donner, moi, et je te préviens, ça va jaillir par geyser. Alors roule. Et gaffe aux nids-de-poule, j'ai la tremblote et pas de rustine dans les poches.

L'assassin est glaçant de sérieux. Le chauffeur en retrouve politesse et respect des aînés :

— Bien, monsieur.

Démarrage en douceur. Comme quoi, fallait juste lui resserrer les boulons.

La chambre d'hôtel n'est pas folichonne. Pas insipide non plus. Boris ne l'a pas invitée au Ritz, Mathilde s'en doutait. Déjà il l'a invitée, c'est plus qu'espéré.

Le « verre avant, pour mieux se connaître » a été agréable. Fait suffisamment rare pour être noté, le visage du garçon correspondait à sa photo Romantica. Pas besoin des filtres d'embellissement pour rendre le prétendant charmant. Charmant ? Peut-être pas la meilleure définition. Beau, c'est certain. Boris a les traits agréablement dessinés, il le sait, il va à la salle pour parfaire son *body*. Il a du charme, est courtois, il a le sourire facile, le compliment généreux, très généreux même – trop ? –, il a commandé des cocktails, en a recommandé trois tournées. Quand ils sont partis, il n'a pas terminé son verre. Au prix exorbitant à l'unité dans ce bar prétentieux du Marais – un *speakeasy* comme aux États-Unis –, l'omission démontre que le gentilhomme n'est pas pingre, autre qualité à pointer. Il a payé l'addition. Mathilde a songé à la parité. Elle a repensé à ces podcasts qu'elle écoute sur le féminisme. « Se faire inviter au restaurant, c'est un autre schéma patriarcal à dynamiter… » Certes, mais à presque cent balles l'apéro, hors cacahuètes, avec son salaire anémié, Mathilde a préféré trier ses combats.

Elle doit maintenant affronter ce sentiment d'imposture lorsque la porte-miroir, qui domine le lit de la chambre, lui renvoie la réflexion crue de son corps. Elle se demande comment un mec aussi exigeant sur son apparence peut être attiré par elle.

— T'es belle.

Le don Juan virtuel n'a rien d'un Cyrano. Il ne jongle pas avec les vers, ne l'étourdit pas de tirades romantiques. Mathilde a perdu la naïveté de l'adolescence, elle sait ce que la formule a d'illusoire, elle choisit néanmoins l'ivresse. Bien aidée par les quatre cocktails trop chargés en alcool.

— Merci.

Elle-même ne se trouve pas très en verve. À quoi bon ? Elle s'essaiera à la séduction intellectuelle au prochain *date*. Qui sait quand ? Ils sont si rares. En attendant, ce garçon-là a le compliment efficace. Elle a parfaitement conscience qu'en lui disant ça, il l'amadoue, adoucit ses résistances, lui flatte l'ego, la met en confiance. Et ça marche. Pourquoi ? Parce qu'il est beau ? Probablement. Parce qu'elle n'a pas fait l'amour depuis longtemps ? Aussi. Parce qu'elle ne sait pas quand cette opportunité se reproduira ? Surtout.

La peur de ne pas saisir l'instant présent. Alors elle l'accueille. En espérant, fort, très fort, au plus profond de son intimité, que Boris saura s'y prendre. Que sous ses airs d'Apollon sorti d'une usine Ferrari, il sera un amant doux, attentif. À ses désirs, à ses fragilités, à ses limites…

L'agrafe de son soutien-gorge se détache d'un *clac* sec. Elle n'a rien vu venir. Boris a, par-dessous son sourire enjôleur, des doigts de pickpocket.

Le cœur de Mathilde tressaute. Il ne lui a pas demandé son consentement. À bien y réfléchir, elle l'a suivi dans cette chambre d'hôtel, après de longues soirées à tchatter depuis deux semaines, au chaud dans son canapé, en sécurité derrière son écran, en toute innocence. Une innocence vite démasquée puisque les messages ont rapidement révélé leurs intentions. Du *sex talk* somme toute classique. Quelques photos dévoilées, une épaule nue, un bout de hanche, le contour d'un sein, une *dick pic*.

Donc quoi de plus naturel que son amant désiré et émoustillé par le désir qu'*elle* a provoqué lui dégrafe son soutien-gorge sans sommation ? Il n'y a aucune inquiétude à avoir. Non ?

Aucune.

La première salve de sexe s'est bien déroulée. Boris a été tendre. Plus que Mathilde ne l'aurait imaginé. Étonnamment attentionné, attentif même, à elle, à ses envies. Un amant qui la lèche en préliminaire, sans exiger de contrepartie ? Ça l'a surprise. Son plaisir à elle lui importe plus que le sien, Boris s'en est targué. D'ailleurs elle a joui. Ça n'arrive pour ainsi dire jamais, avec ce genre d'amants. Ceux d'une nuit, d'un coup en passant, piochés sur une appli. Les anonymes de la *draguosphère*.

Et avec les autres ?... Quels autres ?

Heureusement, elle a son Womanizer. Quitte à s'abrutir sur des tchats déshumanisés avec des amants robotiques, autant faire l'amour avec une machine qui, elle, saura satisfaire son plaisir sans défaillir. Les vibros, c'est pas nouveau, mais ce stimulateur clitoridien est d'une efficacité redoutable. Orgasme assuré en deux minutes chrono.

Seul revers à cette médaille : la comparaison. Peu d'amants peuvent rivaliser. Aucun, en réalité. Son vibromasseur de compétition, c'est satisfaite ou remboursée. Alors qu'avec les spécialistes de la levrette balistique, inspirée par les tutos Pornhub, espérer un orgasme de qualité reviendrait à commander une stimulation de zones érogènes sur Deliveroo. Service indigent, consommation indigeste, le festin attendu restera sur l'estomac, et le lendemain, la fille se dira qu'on ne l'y reprendra pas. Jusqu'à ce que revienne la faim.

Reste que Mathilde aimerait bien que quelqu'un la prenne aussi dans ses bras.

Ce que fait Boris. Avec tendresse.

— T'es douce.

Toujours pas très inspiré, côté poésie, mais ses caresses, elles, le sont. L'étalon brille également par sa remarquable endurance. D'habitude, ses amants éjaculent à peine introduits dans le vif du sujet, et s'en vont ronfler de leur côté de l'oreiller sans relancer la conversation. En guise de communication sexuelle, les mecs ont propension au monologue.

Alors que Boris, suite à son deuxième orgasme à elle, et son premier à lui, la parcourt de caresses.

— On est bien, là, non ?

Mathilde hésite, baisse ses barrières, se dit que, oui, il se peut qu'il ait raison. Ils sont bien.

Le lendemain, il lui envoie des fleurs. Cliché mais flatteur. Un petit mot griffonné sur une carte parfumée : *C'est moi ou le moment était magique, hier ?* C'est lui, raille Mathilde intérieurement. Elle se protège des sentiments. « Beau parleur ». Pourtant, elle sourit. Elle relit le mot. Une bonne dizaine de fois. S'il en fait des caisses, il le fait joliment. « Et si au final il était sincère ? » À ne plus y croire, Mathilde a érigé des protections qui l'empêchent d'accueillir le compliment autant que le changement. Elle a le droit de rêver, non ? « Et si ? » Mais oui, pourquoi pas ? Pourquoi ça n'arriverait qu'aux autres ? Pourquoi elle n'y aurait pas droit, elle aussi ?

Alors elle accepte un nouveau rendez-vous. Tout aussi plaisant que le premier. Puis un troisième, la semaine d'après. Toujours le même rituel, le bar, les cocktails, la chambre d'hôtel, les mots doux. Et les jours qui suivent, les petites attentions… Après les fleurs, les confessions, plus intimes, les promesses, encore floues. On ne parle pas d'avenir, mais on se dit qu'on est bien, là, ensemble, dans l'instant.

Jusqu'à leur quatrième nuit…

Dans cette chambre d'hôtel devenue familière, ils font l'amour, bien, Boris se montre tendre et à l'écoute. Le sexe avec lui est toujours réussi.

Cette nuit-là prend pourtant une tournure particulière. Son amant l'inonde de son plus beau sourire, avant d'oser une suggestion. Une invitation à de nouvelles festivités. Il ose ? Ou avait-il tout calculé ?

Après une hésitation, Mathilde se dit qu'elle ne peut pas refuser. Enfin si, elle pourrait. Mais elle ne le fait pas. Pourquoi ? L'injonction à plaire ? La pression de le satisfaire ? Le désir de lui être agréable ? La crainte de le décevoir ? La peur de ruiner le début d'harmonie qui se tisse entre eux ? Qu'il la trouve ennuyeuse et cesse de la rappeler ?

Mathilde espère qu'elle ne regrettera pas. De dire oui. À cette proposition. Apportée en toute innocence :

— Ça te dirait qu'on fasse une petite vidéo ?

Le taxi dépose Mariole devant un immeuble vétuste de la porte de la Villette, et redémarre en trombe sans attendre son pourboire. Le passager n'a pas payé sa course, le chauffeur n'a pas de tournevis planté dans la carotide, tout le monde ressort gagnant de cet échange commercial. Une logique de tueur qui n'a pas plus de monnaie que de bonne foi.

Mariole scrute la porte cochère, elle lui est familière. L'assassin à la retraite se plaque dans un renfoncement, en attente qu'un résident sorte pour s'immiscer. Lorsque la porte s'entrebâille, émerge la silhouette de ce que Mariole suppute être la concierge. Tablier, sabots en caoutchouc, bigoudis, elle peine à faire rouler la poubelle verte sur les pavés. Mariole hésite entre se faufiler derrière elle ou se débarrasser de ce témoin gênant d'un coup du lapin.

— Oh, monsieur Rochemore, quelle bonne surprise ! Vous êtes revenu ?

La concierge aux aguets le débusque et l'arrose d'un sourire ridé accueillant.

— Pardon, mais, nous nous connaissons ?

— Oui, monsieur Rochemore, j'ai été votre gardienne d'immeuble les trente-neuf ans où vous avez habité ici.

La dame d'un certain âge ne semble pas s'offusquer de l'attitude distante du bonhomme. Au contraire, elle lui tapote la main.

— Vous n'avez pas très bonne mine, venez donc prendre un café dans la loge. Vous l'aimez toujours sans sucre, avec un nuage de lait?

Mariole est encore plus perdu qu'à l'accoutumée. Cette étrangère connaît ses habitudes mieux que lui-même. L'exploit n'est pas bien difficile, le constat reste rageant.

— Euh... je ne sais pas. Je... Je ne sais plus...

La gentillesse de cette dame l'a désarçonné. Mariole voudrait se ressaisir mais se sent en confiance, alors il baisse les armes, même s'il n'en a pas. Du moins, pas encore.

— Faites-moi confiance. Moi, je n'oublie rien. Avec mon métier, pensez bien, j'ai intérêt à avoir une mémoire d'éléphant. Noir, avec un nuage de lait.

L'adorable gardienne tire Mariole par la main en soliloquant.

— Aux amandes, le lait. Les derniers temps, vous faisiez une intolérance au lactose.

— Ah...

Content de l'apprendre, Mariole se cale dans son sillage tout en s'agrippant au cruciforme dans sa poche. Il n'hésitera pas à le lui planter dans l'oreille au moindre signe de fourberie.

La loge sent la javel et le renfermé. La concierge peut briquer tant qu'elle veut, elle ne pourra pas masquer l'odeur du temps qui passe. Une odeur un rien âcre, mais réconfortante aussi. Comme ce café aromatisé d'une touche d'amande qui soutire à Mariole un soupir de bien-être et le transporte des mois en arrière. À moins que ce ne soient des années. Proust avait raison, avec sa meringue. Ou était-ce un quatre-quarts ? Mariole ne sait plus. Il y avait une histoire de gâteau et de nostalgie. Le café qu'on leur sert à l'Ehpad a le goût de jus de serpillière dilué à la désillusion. Ce délicieux arrière-goût d'amande, Mariole ne l'avait plus ressenti depuis l'époque bénie où il avait encore toutes ses cases.

— La dernière fois que je vous ai vu, vous m'avez laissé ça. À votre attention.

Son hôtesse chaleureuse lui tend une enveloppe.

— À mon ?... *Mon* attention ?

Mariole ne comprend pas, mais cette sensation-là, il en est coutumier.

— Vous m'avez confié que vous étiez en train de perdre pied. Je l'avais déjà un peu senti, durant certaines de vos absences. Dans votre regard, parfois, lorsque vous preniez quelques secondes avant de me reconnaître. Ou quand vous oubliiez mon prénom.

Pétri de gêne, Mariole maudit cette maladie, la vieillesse.

— Je suis désolé...

Sentant qu'il cherche, la gardienne du temple de sa mémoire lui tend la perche :

— Lucette.

— Lucette. Pardon. J'ai... enfin je souffre de...

— D'Alzheimer. Oui, vous me l'avez dit. J'étais triste de vous voir partir. Vous étiez un résident respectueux. Et propre. On ne peut pas en dire autant de tous les sagouins qui peuplent l'immeuble.

— Puis-je vous demander à quand cela remonte ? Mon départ. J'aurais besoin de repères et toute information...

Lucette hoche la tête, bienveillante. Entre personnes âgées, on se comprend :

— Ça fera deux ans au mois d'août.

Mariole note dans son carnet : *Deux ans à l'Ehpad*.

— Je vous avais proposé de vous rendre visite, mais vous avez refusé. Vous ne vouliez pas me donner votre adresse. Ni que je la transmette à qui que ce soit. Je ne sais pas pourquoi.

« Afin d'éviter qu'un malotru ne me règle mon compte entre deux absences, ma pauvre Lucette. » Une raison pas facile à expliquer. Surtout à une concierge qui irait le répéter dans tout le quartier, lui explique-t-il en pensée, après un haussement d'épaules muet.

Mariole tripote son enveloppe en se demandant ce qu'elle peut bien contenir.

— Que vous ai-je dit en vous confiant ce courrier ?

— Vous m'avez dit que vous partiez en Ehpad, mais que si d'aventure vous reveniez, il serait primordial que vous lisiez cette lettre. Vous avez dit que vous alliez vous « émietter ». Ce sont là vos propres mots, moi, je n'oserais pas, monsieur Rochemore. Et puis vos mots sophistiqués, pour la plupart, je ne les connais pas, moi. Vous avez dit que peut-être là-bas vous pourriez « péter une durite ». À nouveau, vos mots. Que vous auriez alors des questions. En résumé, que vous deviez vous aider à y répondre. Je vous avoue que tout cela n'était pas très clair. Vous mentionniez un rébus, ou un puzzle, je ne sais plus. Et qu'il valait mieux que j'en sache le moins possible, sans quoi il pourrait m'arriver du grabuge. Vous m'avez même glissé que vous étiez un assassin. Je vous dis, vous perdiez déjà un peu les pédales. Hum, excusez ma franchise.

Mariole se contorsionne sur son fauteuil.

— Vous m'avez donc tendu cette enveloppe, et puis vous m'avez menacée de me faire « sauter le caisson » si je la perdais, ou pire, si je la donnais à quelqu'un d'autre.

— Je me reconnais bien là, fait semblant de plaisanter Mariole. Je suis désolé pour ces menaces aussi déplacées que farfelues. Ne m'en veuillez pas, j'étais, enfin je suis…

— Ne vous en faites pas. J'ai bien compris que c'était votre maladie qui vous faisait… pardon de le dire ainsi mais… qui vous faisait délirer.

— Oui. Voilà. Je délirais. Que voulez-vous ? La sénilité ! « Vous faire sauter le caisson », un homme comme moi, fariboles !

Lucette cale son coccyx douloureux dans son fauteuil. Elle meurt d'envie de savoir ce que contient la missive.

Mariole s'empare d'un coupe-papier sur le guéridon et tranche le rebord de l'enveloppe d'un geste expert. Il n'a pas perdu la main, il maniait l'arme blanche – son moyen d'expression préféré – avec maestria. À peine a-t-il décacheté l'enveloppe qu'une vague émotionnelle le submerge. Une larme lui échappe et roule en silence à travers l'aridité de ses joues.

— Tout va bien, monsieur Rochemore ? s'inquiète Lucette, qui n'en perd pas une miette.

Mariole se racle la gorge. Ses mots restent bloqués dans un goulot de regrets.

— Oui, pardon, c'est juste…

Tout lui revient à la vue de la photo qu'il tient entre ses doigts racornis. Une infidélité. À un être si cher à son cœur. Qu'il a abandonné. Il ne pouvait la prendre à ses côtés. Dans son Ehpad mortifère ? Avec elle ? Qu'est-ce qu'il aurait pu faire ? Lui, aurait dépéri. Et elle ? Que serait-il advenu d'elle, après son départ ? Malgré ces excellentes raisons, la rupture ne s'est pas opérée sans douleur. Mariole doit corriger son erreur.

N'y tenant plus, Lucette pose ses gros sabots dans la soupière de sa mélancolie.

— Mais que contient donc cette enveloppe ? Une nouvelle grave ?

Sans un mot, Mariole lui tend la photo. Lucette en prend connaissance avec gourmandise avant de changer de couleur. Ses lèvres se pincent, sa voix frémit de fiel :

— Ah, je ne l'ai jamais aimée, celle-là. Et vous le saviez.

Mariole fronce la moustache.

— Lucette, vous m'avez rendu un fier service en conservant ce courrier, mais je vous saurais gré de garder votre jugement pour vous.

La gardienne n'en démord pas :

— Heureusement que votre propriétaire vous avait à la bonne. Si ça n'avait tenu qu'à moi, cette cochonne aurait été expulsée depuis belle lurette de l'immeuble.

— Lucette, je ne vous permets pas. Restez polie.

Madame Chonchon n'a jamais dérangé aucun résident. Elle était propre et savait se tenir.

Il arrache la photo des mains de la harpie. Sur le cliché, Mariole, dix ans de moins, l'insouciance aux bacchantes, enserre dans ses bras, avec un sourire de bienheureux, Madame Chonchon. Le groin rose délicatement tacheté, le poil dru d'un bel anthracite argenté, serti d'une ravissante collerette blanche, ses pieds fins et élégants, dont on jurerait les ongles vernis, Madame Chonchon avait tout d'une grande dame, si ce n'est qu'elle appartenait à une race moins noble aux yeux de la société.

— Madame Chonchon était plus qu'une truie pour moi. Elle était mon plus fidèle compagnon.

Mariole lit le dos de la photo. Il y avait inscrit une adresse : *Pouchard, 38 rue de Belleville.* Mariole tire son carnet pour y noter dans la liste des priorités : *Aller chercher Madame Chonchon. Ne plus l'abandonner. Jamais.*

Dans le regard de la cancanière, qui espérait un secret croustillant, ne crépite plus que de la désapprobation. Elle hésite entre alerter la brigade des mœurs ou *Trente millions d'amis*.

— Monsieur Rochemore, je vais vous demander de partir. Je dois encore passer le chiffon dans les escaliers.

Lucette sirote son thé avec un rictus pincé qui en dit long sur ce qu'elle pense, mais dont elle va préserver le pauvre Alzheimer largué. Si elle savait. À continuer comme ça, elle pourrait se retrouver pendue à son chandelier, les bigoudis enfoncés au fond de la trachée. Mariole se tâte mais n'en fera rien. Elle lui a rendu Madame Chonchon, et il lui en sera éternellement reconnaissant. Vu son âge, cette éternité est toute relative. Mais c'est l'intention qui compte.

Mathilde n'a pas su quoi répondre. Au début. Elle n'allait pas refuser, alors elle a dit oui.

Après tout, Boris est gentil. Elle vit avec lui un joli début d'histoire. Le jeu restera entre eux, Boris l'a promis. Dans son téléphone, juste pour lui. Une petite vidéo, coquine et anodine, pour alimenter l'excitation. Quand sa maîtresse, si désirable, sera chez elle, loin de lui, ce souvenir digital aura vocation à attiser son désir, provoquer l'urgence d'une retrouvaille, d'une autre nuit enfiévrée, la promesse de plaisirs insomniaques. Stimuler son imagination, ainsi que son érection ? Tout le monde le fait, pourquoi pas eux ? Après tout ce qu'ils ont déjà partagé, pas vraiment un couple longue durée en désespoir d'érotisme pour redynamiser leur libido, mais l'argument lui a paru valable. Alors Mathilde répond, avec un dévouement teinté d'une goutte d'anxiété :

— ... D'accord. Mais... qu'est-ce que tu veux que je fasse ?

— Mets-toi là.

Depuis, Boris la dirige. Caméra dans une main, érection dans l'autre, un poète de l'image, plus que du mot. Boris extrait de son élégante mallette des dessous affriolants. Mathilde n'a jamais osé s'en acheter de pareils

– trop évocateurs, trop provocateurs –, lui pense que ça lui ira à merveille, elle sera tellement désirable dedans. Elle qui complexe sur ses bourrelets, son amant lui offre de la soie pour les mettre en valeur. Les magnifier, sans cynisme, du moins apparent. Boris lui dit constamment qu'elle est belle, même si elle se trouve trop enrobée. Mathilde observe les dessous légers, transparents. À vocation érotique évidente. Elle se pose la question : trop vulgaires ? Au regard de Boris, elle se persuade : non, ils sont parfaits. Ses tripes, elles, lui suggèrent l'opposé. Pourtant elle enfile la lingerie. Alors qu'il la filme.

Les dessous sont à sa taille. Comment a-t-il su ? Ah oui, elle s'en souvient, au cours d'un de leurs *sex talks*, elle le lui a dit : *42, léger embonpoint*. Il l'a rassurée, il adorait. Elle a respiré, elle y a cru, ça l'a flattée.

Devant la caméra qui capture chacun de ses mouvements, Mathilde se remémore ce tchat. Et tous les moments tendres qu'ils ont partagés depuis. Les prémices d'une idylle ? Mathilde se dit que Boris avait su se montrer adorable, rassurant. Trop ?

La comédienne se met en place. La lumière n'est pas des plus avantageuses, mais la lingerie, elle, est sexy.

— Action.

Un rien pudique au début, Mathilde se décrispe quand son partenaire se joint à elle sur le lit. Pourquoi serait-elle tendue ? Cette intimité, ils l'ont déjà partagée. Elle est presque déjà familière. Et si douce. Pourquoi dirait-elle non à cette verge, bien dure, offerte à elle ? Pour rien, elle s'en convainc. Alors elle l'avale goulûment.

Et en gros plan.

S'ensuivent des positions classiques. Certaines plus

alambiquées. Rien de compliqué. L'acteur-réalisateur, par moments, lui donne la fessée. La comédie finit par manquer de spontanéité, l'excitation par retomber. Dans la continuité, le metteur en scène évoque, toujours avec ludisme, la sodomie. Mathilde n'a jamais été amatrice de cette pratique. Généralement mal appliquée, selon son expérience, elle peut être agréable – rarement – ou douloureuse – le plus souvent. Mathilde n'a pas envie de s'y adonner ce soir. Encore moins devant une caméra. Boris n'insiste pas. Il poursuit le jeu, explore des angles de plus en plus intimes. Mathilde s'interroge, est-ce un film à caractère érotique ou un examen gynécologique ? Elle se trouve rigide, trop classique. Boris a raison, le jeu est amusant. Et puis, ça ne regarde qu'eux. Pourquoi ne pas expérimenter ? Elle a une image d'elle-même si intransigeante, un homme qui la contemple avec une telle fascination, elle doit en profiter. C'est excitant, non ?

Elle ne sait plus bien.

Boris lui suggère de se mettre à quatre pattes. Elle s'exécute.

— Fais la chatte pour moi.

Mathilde hésite. Se racle la gorge. Elle miaule. Commence à sentir la fatigue. Ainsi que sa langue dans son vagin. Puis le long de son anus. Et la pointe de son érection qui retente une invitation. Boris est un persévérant.

— Non, j'ai pas envie.
— Allez, joue pas les coincées.

Il a sorti une fiole de lubrifiant. D'où ? Elle n'a rien vu.

— J'aime pas trop... ce... cette...

Même pour le verbaliser, elle n'est pas à son aise. Une figure sexuelle pas évidente à nommer sans sombrer dans une sonorité peu glamour.

— Je serai doux, t'inquiète pas.

Déjà un doigt s'infiltre. En douceur, il n'a pas menti.

— Fais-le pour moi.

Et pour la caméra?

Mathilde se visualise, seule au petit déjeuner, dans son trajet de métro, dans sa petite vie d'assistante commerciale, devant sa rediffusion de *Friends*, pour la énième année consécutive, avec son Womanizer... Elle a des amis, comme tout le monde, mais elle n'a pas d'homme dans sa vie. Correction, elle *n'avait* pas. Elle se dit qu'elle en a marre de cette routine. Que Boris est gentil. Coquin, un tantinet plus qu'il ne l'avait annoncé. Mais bon, comme disent ses copines qui la poussent à rencontrer des mecs et à s'amuser un peu: *Yolo*[1]! Elles ont raison, les filles: on ne vit qu'une fois.

Mathilde ne veut pas gâcher le début de son histoire avec Boris. Elle inspire, serre les mâchoires en appréhension de la pénétration, puis acquiesce.

Boris s'insère avec délicatesse. Il a tenu parole, un amant fiable. Mathilde respire, soulagée. Il lui demande de miauler encore pour lui, elle ne va pas dire non. C'est quand elle voit la lentille de caméra de l'iPhone la fixer en 4K qu'elle éprouve une hésitation. Un instant de doute qu'elle réprime d'une pensée: c'est juste un jeu érotique. Entre nous. Notre secret. À tous les deux. Il

---

1. *You Only Live Once.*

sera tellement excité en me regardant chez lui. En me regardant, *moi*. Et il en redemandera. Il me rappellera. Grâce à cette vidéo…

En parfaite maîtresse de la situation, Mathilde passe sa langue le long de ses dents, et susurre, avec un minois polisson :

— Miaow…

« Bon sang, Mariole, tu débloques. »

Le vieil homme se réprimande à deux années d'intervalle. Il se tient face à une échoppe. Au 38. Rue de Belleville. C'est pourtant la bonne adresse. Sur l'enseigne est bien écrit *Pouchard*, il ne peut pas se tromper. La photo de sa truie adorée lui rappelle la nature de sa tâche ici. C'est l'intitulé surplombant le nom du commerçant qui le fait bisquer : *Boucherie-charcuterie*. La banderole publicitaire sur la vitrine lui noue le bide : *Chez Pouchard, tout est bon. Comme dans le cochon.*

« Oh ! mon Dieu… Ma pauvre Chonchon… »

Dans la devanture, s'étale un carnage digne d'un film d'horreur porcin. De la gencive à l'échine, en passant par le groin et les tripes, il ne ment pas sur la marchandise, le Pouchard, il vend *tout* dans le cochon.

Le vieux sénile se répugne. Confier son adorable truie à ce tueur de cochon en série. Comment a-t-il pu ? Lui viennent des envies de meurtre. Tant mieux, c'est son domaine d'expertise. L'avantage avec ce genre d'échoppe, dégotter hachoirs ou désosseurs sera aisé.

La clochette annonce l'entrée du vengeur qui fulmine sous sa moustache. Pouchard fige son couperet alors qu'il allait sectionner un quartier de jambonneau. La mauvaise conscience, assurément.

Mariole salue la compagnie poliment.

— Messieurs dames, bien le bonjour.

— 'jour, répondent les trois clients dans un mugissement commun.

Mariole attend sagement son tour sous le regard tendu du boucher qui débite de la barbaque aux trois carnivores. Puis Pouchard raccompagne son dernier client à la porte, avant de retourner l'écriteau aux velléités humoristiques : *Fermé. Faites pas du boudin, on rouvre demain.*

— T'es revenu finalement.

Pouchard a parlé d'un ton calme. Sans crier gare Mariole lui plaque un couteau dit de boucher entre les côtes.

— Je vous mets deux kilos de côtelettes ? Et avec ça ? J'ai des rognons de première qualité. Vous m'en direz des nouvelles.

Mariole illustre son propos d'un coup de manche contre les reins du pauvre Pouchard qui n'y comprend plus rien.

— Merde, Mariole, qu'est-ce qui te prend ? Ça va pas bien ?

— Je vais te faire passer le goût du jambon, moi.

Mariole retourne Pouchard. Il veut lui faire face avant de le planter, yeux dans les yeux.

— Tu vas payer pour Chonchon.

Étripé dans sa propre boucherie, tranchante ironie. Le boucher pousse un cri de goret.

— Mais putain, arrête, elle a rien, ta truie !

Pouchard noie l'apprenti équarrisseur d'informations,

espérant ainsi sauter en marche de ce convoi pour l'abattoir.

— Elle est à l'étage. J'ai fait tout comme tu m'as dit. Bordel de Dieu, j'l'ai cajolée, ta truie. Tu peux m'croire, Mariole. Elle bouffe du bio ! Je lui ai même donné de la confiture, à ta cochonne ! Tous les jours ! J'en ai pris soin, comme si c'était ma propre gosse ! Comme tu m'as ordonné ! Oh, bordel, tu vas pas me saigner, alors que ça fait deux ans que je dorlote une truie chez moi ! Une *truie*, Mariole ! Chez *moi* !

La répétition n'est pas fortuite. Mariole écoute. Le rébus ne s'éclaircit pas. Toutefois Chonchon semble aller bien. Heureuse surprise, profond soulagement.

— Elle est vivante ?
— Oui, là-haut. Dans mon appart'.
— Pourquoi tu l'as gardée chez toi ?
— Bah parce que tu me l'as demandé, pardi. À cause de ma dette. Fais pas comme si tu te souvenais pas.

Mariole va plutôt faire comme s'il se souvenait. Il comprend mieux, même s'il n'a aucune idée de la teneur de cette dette. Elle doit être sacrément salée pour que Pouchard lui chouchoute ainsi sa Chonchon.

— Parfait. Je voulais juste m'assurer que tu avais été loyal.
— J'ai été plus que loyal, j'ai été royal. Dis-moi que t'es venu m'en débarrasser.
— Oui, Pouchard. C'est exactement pour ça que je suis ici. Tu peux respirer.

Cinq minutes plus tard, à l'étage du dessus, Mariole et sa truie se roulent dans des effusions d'affection.

Les larmes lui sont montées dès que le vieil homme a aperçu sa Chonchon adorée. Le souvenir de leur lien si précieux lui est revenu dans une fulgurance bouleversante. Mariole lui fait son mea culpa d'une voix étranglée :

— Ma Chonchon... Oui, c'est moi, je suis revenu...

Pas rancunière, Madame Chonchon prodigue à son maître enfin de retour du réconfort par kilos. Baiser du bout du groin, léchouille du bout de la langue, pression front contre front, heureuses retrouvailles de deux êtres qui se reconnectent.

Pouchard observe ce déballement de caresses contre-nature et peine à masquer son dégoût. Après un tel spectacle, il n'est pas près de rebouffer du saucisson.

— Ta dette est honorée, mon bon Pouchard.

Une chape de plomb se soulève, le boucher revit.

— Sûr ? Tu m'as promis, hein. On retrouvera pas son cadavre ?

Mariole ajoute une nouvelle pièce à son puzzle. « Escamotage de macchabée » ? Le service en vaut effectivement un autre. Comme de dorloter sa cochonne.

— Tu connais ma réputation. Quand je nettoie, l'odeur ne remonte pas à la surface. Propreté garantie. Avec Mariole, ça rigole pas !

Étonnant, cette réclame. Mariole la récitait en argument de vente à sa clientèle. Le slogan lui est revenu mot pour mot, surgi de nulle part.

Les pupilles de Pouchard se perdent dans la mélancolie.

— Elle me manque parfois, tu sais.

Mariole tique. Il avait une règle : ni femmes ni enfants. Ça, il s'en souvient. Cette règle est gravée au fer rouge dans son éthique.

— Quoi, tu m'as fait abattre ton épouse ?

— Hein ? Mais non, son amant !

Le mari cocufié prend peur. Y aurait-il eu erreur dans la commande ?

— Quoi, tu t'es gouré ? T'as buté ma femme ? C'est pour ça que j'ai plus de ses nouvelles ?

Mariole tente de redresser la barre de son chavirage :

— Pas du tout, je te fais marcher. C'est son julot, que j'ai rectifié, à ta bourgeoise. Évidemment, pour qui me prends-tu ?

Pouchard a viré rougeaud, le trouillomètre à zéro.

— Oh putain, tu m'as foutu une de ces frousses.

Mariole lui claque une tape dans le dos.

— Alors comme ça on a des cornes ? Pour un gars qui fait dans la vache, tu avoueras, c'est cocasse.

Pouchard ne rit pas. « Cette ingrate. » Il lui avait pourtant pourvu le gîte, le couvert et ce chouette boulot de caissière. Mais madame clamait qu'il manquait une once de tendresse et de considération au tableau de chasse. Après l'avoir cocufié, elle l'a quitté sans merci et sans adresse. « Salope », avait conclu le mari imperméable à la remise en question.

Pouchard avait des problèmes de trésorerie. Quand Mariole lui a demandé une faveur en contrepartie de ses services, en lieu et place de paiement, Pouchard a accepté. Le boucher s'est décomposé quand il a vu l'assassin débarquer avec, au bout de sa laisse, son animal domestique. Le regard de Mariole ne laissait

61

planer aucune ambiguïté : Pouchard avait intérêt à la choyer. De son chiffon taché de sang bovin, le boucher a essuyé son front suintant. Lui pour qui barder, braiser, larder tenait du savoir-faire artisanal de père en fils, a juré servitude à une truie. Durant deux interminables années.

Mariole s'empare de la laisse.

— Allez, Chonchon, on plie. Dis merci à ton ami Pouchard.

La truie grouine, polie. Le boucher grogne en réponse. L'étonnant duo se dirige vers la porte.

— Eh Mariole, t'oublies rien ?

L'assassin s'immobilise. Surtout ne rien laisser transparaître.

— Moi ? Qu'est-ce que tu veux que j'oublie ?

Pouchard lui lance un trousseau de clefs. Mariole l'attrape au vol. Réflexes moteurs opérationnels. Le vieux esquisse un rictus de satisfaction, il n'est pas encore bon pour la casse.

— T'es sûr que t'as pas des carences à force de bouffer que des légumes ? T'as pas l'air dans ton assiette.

Mariole observe le trousseau. Des clefs de voiture, affublées d'un dauphin en plastique. Mystère, encore.

— Elle est garée où ?

— Elle a pas bougé de chez Jacot. J'ai payé les mensualités, comme tu m'as demandé.

Prôner la méfiance, récolter plus d'indices.

— Vraiment ? Eh bien vois-tu, je n'ai pas confiance. Montre-moi donc les factures.

— Roh là là, t'es vraiment devenu parano.

Pouchard lui sort sa compta en râlant. Sur les factures

griffonnées au stylo, un tampon : *Les tacots de Jacot, Carrosserie. 32, avenue Jean-Lolive – Pantin.*

— Que veux-tu, mon bon Pouchard, c'est la vieillesse, ça. Allez, viens Chonchon, on y va.

... rentre chez elle. Les rétines rougies par les larmes. Acides. N'y croit pas. Clique à nouveau. Ne peut s'en empêcher. Les vues. Le décompte s'accentue. Mitraillage de notifications. *T'as trop pas de fierté, meuf! / J'vais te faire miauler, moi, LOL / Pussy Doll, comment t'es chaude / Tu baises aussi dans ta litière? / Et mon os, tu veux le ronger, mon os?* Les amis qui s'inquiètent, sur WhatsApp, sur Messenger, sur Insta, dans la vraie vie. *Mathilde, tu vas bien? C'est quoi ce délire? / C'est vraiment l'horreur, je pense à toi / Putain, mais pourquoi t'as fait ça, meuf?* À la main tendue succède le couperet. Accusateurs, eux aussi. La brûlure du jugement. La déception dans leur ton. De toute façon, ils ne font pas le poids. Comparés aux tonnes d'immondices qui l'attirent au fond. Tout au fond. « Miaule pour moi. » Son visage en gros plan. Sa langue contre ses dents. « Miaow ». Les rires. *Off* caméra. Les recoins de son intimité, *on* caméra. Et maintenant sur le Web. Capturés dans les filets du LOL. Son visage, partout relayé, son anatomie, pas même floutée, son nom, hashtagué, son prénom, en *open source*, personne ne peut la rater, personne n'essaie. Des milliers de partages, ses données perdues, là-haut dans le cloud, amalgamées dans un maelström anonyme. «Juste une vidéo pour nous.» Mathilde miaule pour l'éternité virtuelle, face caméra, consentante, pendant que Beau_risque_69 la sodomise, mais «ça reste entre nous». Entre nous et le reste du monde. Son visage à lui est flouté – brouillage *hard codé*, impossible à effacer, Boris est le créateur de la vidéo, le détenteur du *master*, son anonymat restera protégé, il s'en est assuré. Alors que pour Pussy Doll, c'est le début de la gloire. Qu'elle le veuille ou non. La flambée virale. Des hashtags du plus évocateur au plus explicite. Spirale du trash. Mathilde, la tête dans la cuvette, vomit sa crédulité avec sa salade-crudité. Bientôt elle régurgitera son overdose d'anxiolytiques. La vidéo. En boucle. Des quidams libidineux lui ont écrit des horreurs. On a trollé son Insta. Qualificatifs infamants, insultes dégradantes, son «Miaow» est devenu un *meme*. Entre deux dégueulis, une question résonne contre la faïence: «Y a pas de brigade des mœurs contre ce genre de détournements?» Sur certains sites, si. Tant qu'on ne voit pas ses seins, pas de quoi censurer l'extrait. Sur d'autres hébergeurs, par contre, c'est *open bar* sur son intimité. Depuis la *sex tape* de Pamela Anderson et Tommy Lee devenue virale, le porno non consenti sur Internet est un sport international. Hunter Moore et son site IsAnyoneUp? a fait des émules. Jennifer Lawrence n'a pas pu se protéger de la fuite de ses photos, malgré son armada d'avocats. Alors qu'est-ce qu'elle peut faire, elle? Cheval de Troie, cadeau de la maison, en surimpression au bas de la vidéo, les liens sur ses profils Insta, Facebook, LinkedIn, TikTok, Romantica. La toile d'araignée virtuelle qu'elle a elle-même tissée. Pour se construire un réseau, rester connectée, à ses amis, à ses contacts, provoquer des rencontres, motiver des opportunités professionnelles, rigoler devant des vidéos de tranches de vie, des *gifs* animés d'une débilitée devenue soudain essentielle... Rien de méchant, faut bien se détendre, entre deux réunions commerciales chiantes et l'accumulation des mails urgents dans le week-end. « La bonne taille ? Mais... comment t'as su ? » « Quarante-deux, tu me l'as dit quand on tchattait. » Des extraits de leur conversation, capturés sur la vidéo, livrés en pâture, alimentent l'orgie de commentaires. Ils ne manquent jamais d'imagination, quand il s'agit d'humiliation. Et c'est parti pour le *body shaming*. Elle qui se trouvait un peu ronde, mais se trouvait aussi des excuses, toutes les analogies y passent, de la vache à la truie, la psalmodie des immondices, illustrées par des montages photo ignominieux, piochés dans des clichés d'abattoirs, son visage en extase accolé à des tortures animales, abjectes jusqu'à la nausée. Sur *repeat*, Mathilde et son sourire, un rien forcé, la langue qui passe sur les dents : « Miaow... » Elle a beau appeler les services client, alertes anti-spams, sécurité des plateformes, à chaque lien supprimé, en réapparaît un clone ailleurs. Le film a été rippé, dupliqué, *relinké*, à l'infini. Rien à faire. Si le terme virus va si bien à l'univers informatique, il y a une bonne raison à ça : impossible de freiner l'épidémie. « Miaow... » Coup de téléphone de son patron. Convoquée à son bureau – l'entreprise ne pourrait tolérer ce type de comportement d'aucun employé. Il en va de la réputation de la boîte.

— Mais je ne suis pas responsable, enfin si, mais ça devait rester dans la sphère intime.

— Ce que vous faites dans l'intimité ne doit pas nuire à notre image, mademoiselle Wandderlon. Inutile de vous dire la déviance de cette vidéo...

Elle avait déjà halluciné quand, lors de l'entretien, son futur employeur avait fait allusion à des photos qu'il n'avait pu voir que sur son compte Facebook. Il avait fouiné. En même temps, elle ne l'avait pas configuré en «privé». Qui se met en privé, de nos jours? Si on se connecte sur un réseau, c'est pour être vue, non? L'anonymat, c'est *so* siècle dernier. Suffit d'être vigilant, ne pas poster n'importe quoi. Elle se scandalise toujours de voir ses amis partager des photos de leurs gosses en ligne. Avec l'étendue de la pédocriminalité, ils ne se rendent pas compte. Mathilde, la tête dans la cuvette, vomit son vertige. Aspirée par l'horreur de ses constatations : elle ne parviendra jamais à s'extraire de ce tourbillon, n'aura plus de travail, ne trouvera plus d'employeur, d'amis, d'amants, de famille.

«Oui, maman, j'ai honte, non, je ne savais pas qu'il mettrait cette vidéo en ligne, c'était pour s'amuser. Tu t'es jamais amusée, toi? Ah oui, papa ne veut plus me parler? Bah, c'est pas la première fois que je le déçois. Ah là, il ne veut plus me voir? Jamais? Merci pour le soutien, vraiment... Moi aussi, j'ai honte de moi... Moi aussi, si tu savais.»

La mère raccroche, trop de déception, trop de dégoût. Comment cela a-t-il pu leur arriver, à eux? Ils l'ont pourtant bien éduquée. Son frère n'est pas comme elle. Pourquoi Mathilde est-elle devenue comme ça?

Pourquoi leur a-t-elle fait *ça*? À *eux*! Elle est mise au ban. Par eux, par tous. Comme ceux qu'elle aidait. Les laissés-pour-compte. Elle ne s'imaginait pas être à son tour jetée au rebut. Pas comme ça. Mais ça y est, elle aussi est passée de l'autre côté. Des cernes sous les yeux, l'incriminée observe son médecin qui lui signe un arrêt de travail. «Trop tard, je suis licenciée.» Dans son regard inquisiteur, elle devine qu'il a maté la vidéo, sous le manteau. Avec ses pattes de mouche, il rédige une ordonnance. Elle plonge dans une autre spirale: anxiolytiques, antidépresseurs, somnifères. Un clic de temps en temps sur la blogosphère. Son hashtag caracole toujours sur certains sites de streaming pour adultes, Pornhub, XNXX, TuKif, Xvideos, xHamster. Elle se revoit dans son *open space*, après le savon passé par son patron, son monde écroulé, son licenciement pour faute grave, sans indemnités compensatoires, et son poste de travail, jonché de photocopies, d'elle, à quatre pattes, saucissonnée dans une lingerie taille quarante-deux, se livrer à du porno amateur. Les rires, pas même camouflés, de ses collègues, des «Miaow», ravalés dès qu'elle tournait la tête. Boris… Comment t'as pu me faire ça? Après tout ce qu'on avait partagé. Nos nuits tendres, nos échanges, nos confessions. Pendant des semaines. Tes caresses, tes promesses. C'était pas anodin? Si? Mathilde pleure sous les rires sans visage. Une collègue lui tend un Kleenex. Dans son regard se mêlent compassion et dégoût. Elle penche la tête sur le côté, observe Mathilde, comme si elle se repassait cette vidéo en mémoire. «Miaow». Un cachet, deux cachets, trois cachets «Attention à bien respecter la dose prescrite

– Sinon quoi ? – Risque d'intoxication. » Quatre cachets, cinq cachets. Les mois qui passent. L'assommoir. Oublier. Son image. Devenue publique. Salie. Piétinée. Jugée. Condamnée. Par ces inconnus. Six cachets. Un coup de fil. « Allô maman ?... Oui, moi aussi, je me dégoûte... » Elle réalise qu'elle n'arrive plus à articuler. C'est quoi, ce bruit ? Des sirènes ? Elle s'est assoupie. Depuis combien de temps ? Elle ne sait pas, elle ne sait plus, elle se dit juste que si ça continue, ell

Jacot et son assistant, clef à molette à la main pour l'un, tête dans le delco pour l'autre, se figent à l'apparition de ce drôle de tableau : un vieux moustachu et sa truie tenue en laisse, debout en silence dans l'entrée du garage.

— Messieurs.

Mariole les salue et tend les clefs de sa bagnole.

— Je viens récupérer mon automobile. J'ai ouï dire qu'elle avait été choyée par vos soins. Monsieur Pouchard m'a donné l'adresse de votre établissement.

Jacot essuie ses mains sales dans un chiffon taché de cambouis. Le but de l'opération nettoyage échappe à Mariole, lui qui est spécialiste en la matière.

— Pouchard, vous dites ?

Jacot récupère le porte-clefs serti du dauphin en plastique.

— Ah oui, la Dauphine. Elle est parquée à l'arrière, je vais vous chercher ça. Gardez vos clefs, j'ai le double.

Jacot jette un œil mauvais à dame Chonchon :

— Sympa votre chien, c'est quoi comme race ?

— Monsieur a de l'humour, et je suis connaisseur.

— J'ai surtout un problème avec les animaux. Z'avez pas lu l'écriteau ?

Mariole suit l'index graisseux qui lui désigne l'avertissement : *Animaux de compagnie interdits.*

— Et puis-je vous demander la raison de cette interdiction ?

— Les animaux, ça dégueulasse tout. Alors un cochon, j'en parle même pas.

Mariole jette un regard au gourbi noir de crasse qui sent l'huile de moteur et la sueur, mais plutôt que de corriger le malappris à coups de surin, il lui communique l'urgence dans laquelle il se trouve :

— Mon auto, je vous prie. Avant que je n'oublie.

Mariole ponctue sa demande d'un clin d'œil dont Jacot ne capte pas le sous-entendu.

— Bougez pas. Mouloud, tu les tiens à l'œil.

Le garageot parano – il a de bonnes raisons de l'être – disparaît, laissant son apprenti mécano surveiller cet étrange intrus. Ne sachant comment réagir, le stagiaire choisit l'hospitalité.

— Vous voulez un café ?

Cet élan de générosité touche Mariole au cœur.

— Eh bien mon garçon, voilà qui n'est pas de refus.

Lorsque Jacot réapparaît au volant de la guimbarde, il surprend Mouloud et Mariole en pleines palabres autour d'une tasse de breuvage chaud. La truie, quant à elle, a le groin dans un Tupperware rempli d'eau.

— Non mais bordel, qui est-ce qui m'a foutu un apprenti pareil ? Oh, Mouloud, tu veux pas lui offrir le couscous pendant que t'y es ? On n'est pas au bled, merde !

Le jeune mécano baisse la tête. Il pensait bien faire.

Son père lui a enseigné les bonnes manières, il s'imaginait que l'hospitalité en était une.

— Votre tacot.

Jacot tend le double de clefs à Mariole, qui s'illumine à l'apparition de sa Dauphine rutilante. Apparemment, même au seuil de l'Ehpad, le vieux sentimental n'a pas voulu s'en séparer. Tant mieux, ces éléments du passé lui redonnent prise sur son présent.

— Regardez-moi cette merveille.

Mariole lit les lettres dorées gravées sur le tableau de bord :

— Delphine…

Et une nouvelle fulgurance lui revient.

— Mais bien sûr ! Delphine, la Dauphine ! Comme on se retrouve, ma belle.

Delphine, la Dauphine, j'te jure, maugrée intérieurement un Jacot hermétique à la poésie. Le garagiste lustre l'arrière de la caisse d'une peau de chamois, nickel, celle-là. Autant ne pas épiloguer.

— Je vous ai fait le niveau d'huile.

— Eh bien, vous voyez que vous savez être aimable, quand vous le voulez. Allez, Chonchon, on met les voiles.

Mariole ouvre sa porte arrière. Grincement étiré en harmonie avec les grouinements de la truie qui peine à grimper sur le siège.

— Mon cher Mouloud, ce fut un plaisir. Votre café était excellent. Mes hommages à votre mère.

L'apprenti hoche la tête. Lui, préfère la politesse.

Mariole enclenche le contact. Le moteur tousse et hoquette. Une créature mécanique en phase terminale d'un cancer de l'injection.

— Écoutez-la, elle ronronne comme un chaton.

Jacot acquiesce en comptant les secondes qui le séparent du départ de ce vieux, qui a l'air aussi fou que dangereux.

Mariole enroule ses doigts autour du volant en cuir élimé. Effet immédiat : projeté des années en arrière, son cœur bat avec la vigueur de ses trente ans. Le clapotis mécanique de sa Dauphine, si familier, le rajeunit, telle une fontaine de Jouvence. Le pilote enivré appuie sur le starter.

— Allez, ma Delphine, montre-leur donc ce que t'as dans le moteur.

Coup d'accélérateur. La Dauphine décampe du garage en noyant Jacot dans un nuage de gaz d'échappement.

Mariole roule dans Paris comme un bienheureux. Chonchon, les pattes en appui sur l'accoudoir, groin au vent, hume l'air pollué de la capitale à travers la fenêtre ouverte. Ils sont bien là. Heureux. Libres.

Paumés.

Mariole se gare à un stop. Il se gratte la moustache.

— C'est bien beau tout ça, mais où allons-nous comme ça ?

Il observe autour de lui. Ne reconnaît rien. Chonchon lui renvoie un air interrogateur. Dans les yeux du conducteur, le vertige du vide est réapparu. La perte de repères. Perdu à perpète.

Le vieux sénile contemple le vide, se cherche, en filature de lui-même. Enfin, il aperçoit son sac, sous le flanc de la truie. Il y fouine, trouve son bloc-notes.

Le 1 est rayé, *S'évader*. Injonction suivante : *Retrouver la planque.*

— Retrouver la planque, j'en ai de bonnes, moi.

Il fouille sa bagnole. Rien dans la boîte à gants, rien sous le tableau de bord. Inspection sous les sièges, puis dans le coffre, jusque sous le capot, sait-on jamais. Parfait moment pour un flic de l'interpeller.

— Un problème avec votre véhicule, monsieur ?

— Mêle-toi donc de tes...

Le tueur émerge la tête de sous le capot et ravale son juron en découvrant l'uniforme.

— Rien de grave, officier. Un bruit dans le moteur, mais il semble que ce soit bénin.

Et le policier de remarquer la truie.

— Vous transportez un cochon dans votre véhicule ?

— Parfaitement. Madame Chonchon est mon animal de compagnie.

— Une truie, votre animal de compagnie ?

— Oui, pourquoi ? C'est interdit ?

Plus habitué au trafic de chichon que de cochon, l'agent a un doute.

— Euh... il faudrait que je vérifie... Vous avez les papiers de l'animal ?

Mariole réfléchit en regardant la truie, puis tique sur son collier. Une lanterne s'allume dans la pénombre de sa cervelle. Les papiers de Chonchon ! Bon sang mais c'est bien sûr ! Tout s'éclaire. Mariole doit se débarrasser de cet encombrant képi avant d'égarer une fois encore son compas.

— Écoutez, mon brave, vous montrez une belle dévotion à votre noble tâche. Je ne suis moi-même qu'un vieux monsieur sur le chemin de sa chaumière. Mon seul crime est de n'avoir plus pour ami qu'un cochon. N'en faisons donc pas tout un plat, repartons chacun sur nos sentiers, nous, pauvres bergers, et les moutons seront bien gardés.

Le flic n'a pas le courage de gravir la montagne de paperasse au bout de cette altercation inédite.

— Bon allez circulez, vous bloquez la circulation.

L'assassin gracié salue le képi et démarre son estafette sans plus attendre. Il tourne à droite, à gauche, trouve un coin tranquille au bout d'une ruelle, coupe le contact et se penche sur le collier de Chonchon.

— Viens par là, ma belle.

Voilà donc pourquoi il l'avait confiée à Pouchard. Aucun de ses ennemis n'aurait eu l'idée d'aller chercher la bête chez un boucher. Elle y était en sécurité. Tout autant que les informations qu'elle dissimulait. Ingénieux stratagème. Mariole dévisse le pendentif accroché à son collier. L'adresse de l'animal, pourrait-on croire. La vérité s'avère plus complexe. Mariole commence à se reconnaître. Il s'est laissé une tripotée d'indices. Comme si, en partant à l'Ehpad, il savait qu'il allait vouloir revenir à l'affaire en cours. Il s'est assuré de brouiller les informations derrière lui. Même pour lui-même.

Il déroule le morceau de papier caché dans le pendentif. Un numéro y figure : 314. Mariole observe le trousseau de Delphine. Aux côtés de la clef dans le contact, pendouille une clef qui n'a pas de fonction apparente. Trop petite pour être une serrure d'appartement. Plus plausiblement celle d'un coffre. Ou d'un casier.

— Ça se précise, Chonchon. Tu as été d'une aide inestimable. Reste à savoir à quoi peut bien correspondre cette clef.

Chonchon tend le groin, veut des mamours. Gâteux de sa cochonne, Mariole lui malaxe les bajoues, puis se fige.

— Mais… tu ne serais pas en train de me dire quelque chose, petite coquine ?

Il ausculte sa truie. Sous ses oreilles, son tatouage : 48.53.31.3N 2.21.09.0E

— Mariole, sacré filou.

Le vieux perd la boule mais pas complètement le nord. Cet alignement de chiffres et de lettres n'est pas le matricule ordinaire qui doit servir à identifier l'animal en cas d'égarement. Ce sont des coordonnées déguisées. Latitude. Longitude. 48°53'31.3"N 2°21'09.0"E

À voir si, à la croisée de ces chemins, se trouve la serrure qui correspond à cette mystérieuse clef.

Aimée et Mathilde ne s'étaient pas vues depuis un an, ou était-ce deux ? Quand elle a appris, Aimée a été la première à lui rendre visite à l'hôpital. Car Aimée aussi a su.

Pour Pussy Doll…

Même Aimée…

Si la majeure partie de son entourage s'est retournée contre elle, tout au long de cette année de dévissage, le noyau dur de ses amis ne l'avait pas lâchée. C'est Mathilde qui s'était braquée. Trop écorchée, elle voyait de la malveillance partout. Sa clairvoyance avait sauté avec tous ses remparts. De ses amis qui ne lui avaient pas tourné le dos, c'est Aimée qui s'est le plus obstinée à essayer de lui venir en aide. En vain. Mathilde ne lui a pas laissé l'accès, à elle ni à personne. Mathilde a pleuré en réalisant que, malgré leur distance, Aimée était toujours là pour elle… Pourtant, elle ne pouvait pas affronter son image dans son regard. Elle voulait se cacher, s'enterrer six pieds sous terre. Qu'on ne la retrouve jamais.

Suite à son séjour à l'hôpital et à son lavement d'estomac, Mathilde a continué à sombrer dans la dépression. Elle s'assommait de médocs. Fuir la réalité. À tout prix. Jusqu'à l'oubli. Elle ne sortait plus de chez elle, ne voyait plus personne, n'ouvrait plus les rideaux. Elle a décroché d'elle-même, du monde extérieur, du virtuel. Jusqu'à toucher le fond.

Après des mois d'apathie, elle est partie. Dans un sursaut, une action non réfléchie. Comme ça. Elle s'est enfuie. Avec ce qu'elle portait sur elle. C'est-à-dire pas grand-chose. Elle ne savait pas où aller. Elle voulait juste fuir. Elle n'avait plus de raison, plus de sens, elle n'avait plus qu'un élan. De survie ou d'autodestruction ? Elle n'en pouvait plus de rester enfermée, à gober du cacheton. Elle ne voulait plus être prisonnière. De son studio, du regard des autres, de cette vidéo. Elle est partie sans téléphone, ni ordi. Sans argent, non plus. Elle avait deux billets de dix dans la poche. Un hasard. De quoi payer le premier bus. Deux trois cafés. Elle a quand même emporté ses médocs. S'y raccrochait comme à une bouée.

Et après ? Elle verrait…

Mathilde sort du van qui l'a prise en stop. « Pour aller où ? » Elle ne savait pas. Alors le gars l'a embarquée pour sa destination à lui. Partager quelques bornes avec de la compagnie ? Pourquoi pas ? Il a fini par la déposer là. Au milieu de nulle part. À quelques mètres d'une station-service. Après un trajet silencieux. Elle, un peu hagarde. Fragilisée par son épopée. Sa fuite. Ses crises de parano calmées à coups de Lexomil. Lui, taiseux, a conduit sans une œillade sur elle. Sur ses formes généreuses. Sur sa tenue trop légère pour la saison. Il n'a pas profité de sa vulnérabilité. Une femme médicamentée, manifestement paumée, qui fait de l'auto-stop au milieu de la nuit, tous les signaux étaient réunis pour que ça parte en vrille. Eh bien, non. Comme quoi, on finirait par diaboliser toutes les intentions, elle la première. Mathilde a de bonnes raisons d'alimenter sa paranoïa. Si elle sait ce qu'elle fuit, elle ne sait pas où se réfugier. Elle n'a aucune idée d'où elle se trouve, alors elle avance. Tant qu'elle en a encore la force. Tant qu'elle ne tombe pas

Monsieur Blablacar l'informe qu'il la dépose du côté de Giverny, que les jardins de Monet y sont jolis, si elle a l'occasion de les visiter. Qu'est-ce qu'elle fout là ? se demande-t-elle. Il la salue d'un appel de phares auquel elle n'a pas l'énergie de répondre. Ni même l'envie. Trop épuisée. Par cette échappée d'elle-même. Qui n'en finit pas.

Elle avait faim, plus un sou. Elle lui a demandé un truc à manger. Il n'en avait pas. Il lui a tendu vingt euros. Sans rechigner. Elle lui faisait de la peine. Elle trouverait de quoi se sustenter dans la supérette de la station-service. Le bon Samaritain avait encore de la route, il a redémarré. Chacun son destin.

Mathilde titube vers ladite station. Avide d'un peu de chaleur ? D'un repas ? Un café, déjà, ce sera bien. Pour la suite de son excursion, elle verra plus tard. Elle est fatiguée. Tellement fatiguée.

Elle ne sait pas à quel espoir se raccrocher. Elle ne sait pas si elle espère encore. Elle ne réfléchit plus assez pour ça. Elle déambule vers la lueur, essaie de ne pas trébucher. Elle se cogne à la baie vitrée, comme un papillon au verre d'une lampe à pétrole.

Le jeune employé relève le nez de sa caisse enregistreuse. Il voit cette fille. Seule. L'air larguée. Abîmée. Voluptueuse, ne peut-il s'empêcher de penser. Ils échangent un regard. Dans celui de la fille, il aperçoit un vortex. Qui l'aspire. Pourtant c'est elle qui tombe. Mollement. Elle glisse, le long de la vitrine, et s'affale contre la porte coulissante. Il se précipite. Il est humain, il ne va pas la laisser dehors, dans le froid, pas assez habillée pour cette température, à moitié inconsciente.

Il tâte son pouls, n'y connaît rien, mais ça lui semble la chose à faire. S'assurer qu'elle ne meure pas. Avec le bol qu'il a, ça lui retomberait dessus. Il a enchaîné les galères, dès sa naissance, a écopé de sanctions salées, à l'adolescence. Certaines trop, d'autres méritées. Mais là, il n'y est pour rien. Alors il palpe son poignet.

Le pouls bat. Pas très vite. Comme ses paupières. Qui s'ouvrent et se referment. Dans un mouvement paresseux. Mathilde observe l'homme sans trop savoir ce qu'il attend. Ni même ce que, elle, elle attend. Elle ne panique pas. Il n'y a rien d'alarmant à la situation. Il n'y a plus rien d'alarmant dans son existence. Tout a dérapé dans la zone rouge. Son alarme à emmerdes a grillé.

Gentiment, le garçon l'entraîne à l'intérieur de la station. Il y fait chaud. Mathilde a les orteils frigorifiés, elle s'est enfuie sans souliers. Cette chaleur artificielle est bienvenue.

Le pompiste lui sert un café. Il est dégueulasse, mais il est chaud. À tout prendre, c'est préférable dans cet ordre-là. Mathilde est gelée, plus rien n'a de saveur depuis qu'elle avale du Lexomil plus souvent que du chocolat. Son psy a tenté de la sensibiliser aux problèmes de dépendance. Après des mois de traitement, il a voulu la sevrer. Mathilde l'a envoyé chier. Elle a continué à gober de l'anxiolytique par poignées. Pourvu qu'on ait l'oubli.

S'assommer. Ne plus penser. Elle va être servie. Elle avale un cachet. Encore une gorgée. Et puis le trou.

Noir.

48°53'31.3"N 2°21'09.0"E

La Goutte-d'Or. Une barre d'immeuble. Côté Marcadet. Discret. Mariole consulte son carnet de notes. La liste des informations qu'il a glanées jusqu'ici : sa mission, nettoyer sa dernière cible ; son animal domestique, Madame Chonchon ; sa voiture, une Dauphine qu'il surnomme Delphine ; ses clefs, qui correspondent à un numéro, le 314 ; et les coordonnées géographiques de cet immeuble.

En pointillé de son errance, Mariole dessine les contours d'un tableau qui commence à faire sens. Plus il avance, plus il accumule les pense-bêtes qui lui permettent de savoir d'où il vient, et, progressivement, où il va. En rémission, Mariole ? Probablement pas. Mais il constate une nette amélioration à sa condition. Cette liberté retrouvée le ragaillardit. Il ne sait pas pour combien de temps. Les équipes de l'Ehpad doivent le chercher partout à l'heure qu'il est. Comment pourraient-ils le trouver ? Lui-même ne sait pas où il est. Enfin si. Au 48°53'31.3"N 2°21'09.0"E. Pas sûr que ces coordonnées aiguillent le personnel hospitalier. De toute façon, ils s'en foutent, Mariole leur a déjà payé son ardoise. Ça aussi, l'évadé l'a noté dans son carnet.

Minuit. Mariole a choisi cet horaire tardif pour plus de discrétion. Place à l'action. Il tire Chonchon derrière lui. Il n'a nulle part où la laisser. Dans sa Dauphine ? L'animal pourrait se faire embarquer. Il n'a pas d'argent, pas d'hôtel – il va d'ailleurs falloir qu'il y pourvoie. La journée a été longue. Même s'il ne se souvient pas dans le détail de son déroulé, il le sent dans ses muscles fatigués. Encore cette halte, après ça, il doit se reposer. Mais d'abord, il lui faut résoudre cette dernière équation : que se cache-t-il derrière ce mystérieux numéro 314 ?

Mariole avance vers le bâtiment imposant. Il a l'adresse, mais pas le code. La bonne vieille méthode du pied-de-biche fera l'affaire. Il en a déniché un dans son coffre. Décidément, le vieux briscard pensait à tout et il s'en félicite.

Faible résistance du portail. Pas davantage venant de la serrure magnétique de l'entrée. Le voilà au sous-sol du bâtiment, au milieu d'un alignement de box ordonnés. Ne lui reste qu'à localiser celui correspondant au numéro magique. Le 314 lui tend les bras à trois rangées de là. Mariole y insère la clef. « Sésame, ouvre-toi. » Et le tour est joué.

Il allume l'interrupteur du plafonnier à l'intérieur du cube obscur.

— Aaaaah, on va pouvoir commencer à s'amuser.

Regard circulaire par-dessus son épaule. Pas de témoins. Mariole referme la porte à bascule derrière lui.

Le box est aménagé avec soin : bureau, fauteuil, casiers. Et un étalage de matériel très professionnel :

couteaux, revolvers, fusils, grenades, gilets pare-balles… De quoi tenir un siège, lancer un assaut ou gagner sa croûte.

Contrairement au reste de ses autres biens, Mariole ne s'est pas débarrassé de cet héritage-là. Assurément, se disait-il, quand il en avait encore la capacité, qu'il pourrait toujours en avoir l'utilité. Superstition d'un homme qui a passé un demi-siècle à dormir un Beretta sous l'oreiller et un fusil à pompe sous la literie. Ça forge des petites manies.

Mariole passe l'artillerie en revue. Du bout des doigts, il effleure le métal des canons, les boîtes de cartouches, les crosses des revolvers. Est-ce qu'il vise toujours juste ? C'est en pratiquant qu'il le saura.

Des mallettes de divers formats s'alignent sur un rayonnage à plateaux métalliques. Des contenances modulables, selon les missions. Mariole était un homme ordonné. Et organisé. Aujourd'hui, il est fatigué, il va voyager léger et tabler sur un contenant au gabarit moyen. Il le remplit du nécessaire : deux Beretta, deux plus petits formats, S&W Bodyguard 38, un silencieux, des munitions, un fusil à canon scié, une poignée de grenades, des gants, une cagoule, des lunettes noires. La base. En sus, quelques gadgets et broutilles nécessaires à l'entretien de l'attirail et à la confection d'explosifs.

Mariole n'est pas certain de savoir encore faire fonctionner un tel arsenal. Il table sur les réminiscences de son art létal. Il avait développé un don pour tuer, fort de ses réflexes ancrés, appuyer sur la détente ne devrait pas être sorcier. Pas besoin de notice. Même si, par acquit de conscience, il en cherche une. Et la trouve. Celle de son portable. Déduction, il a un téléphone. Quelque part. Bonne nouvelle, voilà qui pourrait se révéler utile.

Autre découverte réjouissante : un coffre-fort. Non verrouillé. À l'intérieur, une liasse de billets. Quelques milliers d'euros en petites coupures. Pas de quoi repartir de zéro aux Canaries, plutôt de quoi pallier le nécessaire dans l'immédiat.

Il dégotte, pour sa chère Chonchon, un sachet de croquettes dans un placard dédié à la dame : couffin, jouets à mâcher, brosse à poils, bonbons colorés. L'explorateur lui prépare un gueuleton avant de poursuivre l'archéologie de son propre repaire.

Des dossiers classés par années. Le tueur savait tenir sa comptabilité et la nécrologie de ses cibles. Trombinoscopes, fiches signalétiques, relevés de filature, plans détaillés. Un parfait manuel de tueur en série.

Lui reste à trouver son Graal : la fameuse mission. Inaboutie. Qui l'a ramené de chez les morts.

Il épluche le dossier 2020. Dernier en date avant son internement. Tout semble complet. Chaque portrait photographique a été tamponné d'un sigle rouge : *Classé*.

Alors où ?

Mariole se verse un verre d'alcool ambré, de cette élégante carafe en cristal. Coup de fouet. La mémoire des sens. Le goût. Celui de ce cognac qu'il affectionnait tant. Les papilles stimulées revigorent son discernement. Vision de lui-même, ici, deux ans auparavant, déposant un dossier à son intention, buvant le même breuvage, en espérant qu'il reviendrait avant qu'il ne s'évente ou que lui ne s'évanouisse dans la mort, ou pire, dans la sénilité.

Mariole débusque des biscuits apéritifs, pas moisis mais pas frais. Un rien rassis, comme lui. Il grignote, sirote, furète, en parfait mimétisme avec Chonchon, le groin dans sa gamelle, lorsqu'il découvre une enveloppe kraft scellée.

Il en déverse méticuleusement le contenu sur son bureau. Des éléments disparates ont été rassemblés sans soin, contrairement aux autres dossiers. Étrange. Pourquoi, alors que cette mission semblait lui tenir tant à cœur qu'il s'en souvient deux ans plus tard malgré son Alzheimer, n'a-t-il pas été plus précautionneux ? Une vulgaire enveloppe kraft. Peut-être ne voulait-il pas attirer l'attention dessus ? Qui, en voyant ces objets hétéroclites, pourrait déduire qu'il s'agit là d'indices destinés à abattre un homme ? Personne. Pas même Mariole.

Un à un, le profanateur de sa propre sépulture fait l'inventaire et note les indices dans son précieux calepin :

1. Écrit sur l'enveloppe, un nom : *Marino*. Le genre de plastron qui en dit long. Le larron trempe dans des affaires qui ne sentent pas bon, obligé, Mariole le renifle à cent lieues à la ronde. Sa cible, plus que probable.

2. Des plans. D'architecture. Une maison. Le repaire du gars ? Y sont référencées issues de secours, fausses cloisons, cachettes. La conception de cette tanière atteste d'une impressionnante ingéniosité. Parfaite pour un tueur. Professionnel, lui aussi. Mariole en serait presque jaloux. Comment s'est-il procuré ces plans ? Probablement avait-il déjà fait ses repérages. Il avait cerné sa planque. Il y a relevé tous les détails de l'habitat afin d'y piéger sa cible.

Tout sauf l'adresse.

3. Une photo. Sous-exposée, floue. Un intérieur. Une chambre, semble-t-il. Mariole y distingue une silhouette. Dos à une fenêtre. En contre-jour. Une femme. Difficile d'y décrypter quelque information valable. Si ce n'est, peut-être... là, un reflet dans le verre d'un tableau. Accroché en arrière-plan. Le photographe? Complice? Victime? Marino?

Mariole s'empare d'une loupe, il scrute la photo dans ses moindres recoins. Au premier plan, plus net, un bout de journal dépasse, bord cadre droit. Posé sur une commode. Oublié là? Ou au contraire, mis en scène? Enlèvement? Prise d'otage? Enquête pour cocufiage par un mari jaloux? Exécution d'un témoin gênant? Les déductions possibles sont infinies.

La date sur le journal : 9 novembre 1986. Ça remonte. Pourquoi si loin? Quel rapport avec Marino? Encore faudrait-il savoir qui est ce Marino.

4. Un bloc-notes. Le même que celui qu'il trimballe actuellement dans sa besace. Sa marque de prédilection. Il y en a des centaines de griffonnés dans le box. Celui-ci a pris la pluie. À moins que Mariole n'ait plongé dans un bain avec. Accident? Piège? Qu'importe la cause, l'encre s'est diluée sur le papier détrempé. L'écriture est illisible...

5. Une liste de chiffres et de lettres. Sur une page arrachée. Gaufrée. Ça pourrait être un bout de nappe. Bon marché. Issue d'un restaurant. Un rade plutôt. Lequel?

PF No10 EMi BMV855 JSB.

Qu'est-ce que ça peut signifier? Des coordonnées géographiques? Non, ça n'y ressemble pas. Un code?

Mariole l'ajoute à sa liste de mystères.

6. Un Polaroid chiffonné. Quelqu'un a voulu le déchirer mais n'y est pas parvenu. La photo montre un cadenas. Ou est-ce une chaîne ? Qui verrouille une grille ? Pas clair. Qu'y a-t-il derrière cette barrière ? Le code correspondrait-il à ce cadenas ? À creuser.

7. Une fiole. Du sable ou de la terre ? Gaffe, le contenu pourrait être toxique. De l'anthrax ? Il faudrait l'analyser. Mieux vaut être doublement parano, dans ce métier. Quelle provenance ? Une cave ? Où quelqu'un serait enterré ? Un chantier plutôt. Il y aurait fait disparaître un corps ? Celui de Marino ? Ou serait-ce Marino qui aurait escamoté un macchabée ?

Ne mettre aucune supposition de côté.

8. Une feuille volante. Vide. Si ce n'est son nom pour en-tête : *Mariole*. Une lettre à son intention ? Interrompue ? Son nom est manuscrit. D'une écriture non nerveuse, plutôt déterminée, tendue. Des lettres anguleuses, des voyelles presque écrasées. La personne qui a griffonné ça n'avait pas la conscience tranquille... Pourquoi n'a-t-elle rien écrit d'autre ?

Rien de ce que contenait cette enveloppe n'a de valeur, pourtant chaque élément est précieux. Chacun contient un indice, Mariole en a l'intuition. Il s'accroche à cette idée : ces indices le connectent à celui qu'il traque. Et qu'il doit abattre.

Marino.

Le froid. Du carrelage. Le contact. Dur. Par intermittence. Son corps contorsionné. Les articulations en guimauve. La nuque pliée. Le dos tordu. La jambe droite en l'air. La gauche poussée sur le côté. Les deux écartées. Et son crâne qui cogne. Contre le mur carrelé. Ou contre la faïence du cabinet. Selon qu'elle ballotte. À droite. Ou à gauche. Puisqu'elle n'a pas la force de la maintenir. Puisqu'elle n'a plus d'emprise sur ses muscles. Ce qui permet au gentil pompiste de la violer sans rencontrer de résistance. De résistance, il ne peut y en avoir, elle est assommée par ses cachets. Le gentil secouriste, elle aurait dû se méfier. Elle ne se méfie jamais assez. Encore un. Qui a trompé sa confiance.

Elle voulait juste un café.

Quelques minutes auparavant, Mathilde a sombré, comme ça lui arrive souvent avec les effets soporifiques de ses médicaments. C'est précisément la finalité recherchée, trouver la paix en dormant. Le jeune type paumé l'a observée sans trop savoir quoi faire. Il a tenté de la réveiller. Pas de réaction. Elle était groggy. Il en a vu souvent, des filles dans cet état, au cours de raves ou de festivals. Rien de très original. Il l'a secouée. Elle ne réagissait pas. Il lui a collé des petites claques. Sans résultat. Elle respirait. Alors le jeune gars s'est dit pourquoi pas ? Elle n'en saurait rien. Sa petite affaire passerait inaperçue. Il n'a pas réfléchi trop longtemps, son cerveau, également embrumé par une consommation de joints excessive, a vu une opportunité, il l'a saisie. Sans vraiment penser aux conséquences.

Il l'a entraînée dans les toilettes de la réserve. Loin des regards. Sauf de celui de la fille endormie. Qui au grand désarroi du violeur est en train d'émerger. L'anesthésie de la chimie ingurgitée en trop grande quantité s'évapore tandis que la dopamine prend le relais sur le centre nerveux de Mathilde. Un râle remonte du fond de son ventre, écorche les parois de sa gorge, rauque, pas humain, un râle de bête qui agonise. Et c'est bien ce qu'elle est, une bête qui agonise.

Dans le regard du gentil pompiste s'invite la panique. Il espérait terminer sa besogne, ni vu ni connu, la conscience au propre, laissée derrière lui dans l'oubli de ces chiottes. Seulement la poupée désarticulée, à qui il maintient les jambes en l'air et le corps tordu sur la lunette du cabinet, le fixe en hurlant avec des yeux blancs.

Ça lui coupe la gaule, au violeur amateur. Le regard de sa victime.

Un regard sans émotion. Mais un regard averti. De ce qu'il se passe. Ce qui, soudain, ancre l'action dans le réel. Pour elle. Comme pour le pompiste. Plus de déni, plus de délire chimique. Il y a l'autre. La femme. La victime. La prise de conscience. De l'acte. Et la panique.

Mathilde se met à battre des jambes et des bras. Son corps prend les commandes. La réaction n'est pas maîtrisée. Ça se traduit par des convulsions, des coups confus, mais suffisamment soutenus pour provoquer la débandade de l'assaillant.

L'emballement n'est pas mieux géré côté adverse. Le violeur tente de protéger son visage, son ventre et, réflexe improbable, cherche à masquer son sexe.

Ils se débattent dans trois mètres carrés d'insalubrité. Plaintes inarticulées, mouvements contraints, souffles restreints, aucun mot ne sort. Seuls des sons. Des râles. Les yeux de Mathilde restent secs. Pas de larmes. Même si ses pupilles se dilatent. À mesure de la compréhension. De l'horreur. De ce qu'elle est en train de subir. Ses paupières s'écarquillent. Le pompiste, saisi d'une panique similaire à la sienne, fait des moulinets avec ses bras. Contrer les coups de talons. Le pantalon sur les genoux bloque sa retraite.

Le garçon pose son pied sur sa semence répandue sur le carrelage et bascule en arrière de tout son poids. S'abat contre un rebord de mur saillant. La tête en léger décalage avec le corps suit l'élan. Le choc est sourd. Sec. Les yeux du pompiste partent au ciel. Rien qui ressemble à du pardon ne l'attend là-haut. Son corps s'écroule sur lui-même, laissant sur le carrelage craquelé au mur une trace de sang. En forme de papillon. Libre interprétation, selon le patient de ce test de Rorschach. Mathilde, elle, y voit un vagin en sang.

Puis c'est l'immobilité retrouvée. Plus rien ne bouge dans la froideur faïencée. Mathilde, bouche grande ouverte, met un temps avant d'exhaler un souffle d'effroi. Elle ne sait pas s'il est mort, n'ose vérifier, refuse de le toucher, elle hoquette, ramène ses jambes sous elle.

Elle n'arrive pas à réfléchir. Comment réagir? Quelle attitude adopter? Mathilde a mal. Dans son corps. Et ses pensées qui se télescopent, sans ordre ni sens. Est-ce qu'il est mort? Sera-t-elle accusée? De quoi? De l'avoir tué? Alors qu'il l'a violée?

Pourquoi c'est tombé sur elle? Pourquoi encore elle? Victime. À croire que c'est écrit sur sa gueule.

Elle tend une main tremblotante vers son agresseur. Il lui faut vérifier. Elle ne peut pas. Impossible. De toucher ce corps. Après ce qu'il vient de lui faire subir.

Des pensées chaotiques viennent plaider sa défense. Les preuves de la pénétration, l'ignominie de l'acte. Oui, mais il est mort, rétorquera la loi. Oui, mais légitime défense. Évidente. Évidente? Après ce qu'elle a vécu? Après la vidéo? Après la condamnation qu'elle a subie? Pas la condamnation de la justice, la condamnation sociale. Il lui faudra essuyer les suspicions, justifier sa tenue, les médocs, l'auto-stop. Aguicheuse? Quolibets? Moqueries? Peu probable. Pas impossible. Comment va-t-elle expliquer tout ça?

Le corps du pompiste ne bouge pas. Il a les yeux fermés. Elle n'arrive pas à voir s'il respire. Pas d'où elle est.

Homicide égale condamnation. Viol égale présomption d'innocence. Mathilde ne croit plus en la justice. Elle ne croit plus en la loi. Celle des hommes. Ceux qui la rédigent. Ceux qui l'exécutent. Ceux qui la tordent. Comme elle était tordue sur cette cuvette, il y a une minute à peine. Comme le corps de ce pompiste tordu contre ce balai-serpillière, sans vie.

Sans vie?

Elle pourrait expliquer la situation. Clarifier le contexte. Justifier le pourquoi, le comment.

Elle pourrait.

Elle n'en a pas la force.

Alors elle remonte sa culotte, enjambe le corps de son violeur et ouvre la porte.

Depuis, Mathilde marche le long de l'autoroute. Elle essaie de connecter à une réalité. Elle n'en trouve plus qui mérite de s'accrocher. Alors que ce pont là-bas lui tend sa rambarde. Pour lâcher prise. C'est son thérapeute qui va être content.

De la voir lâcher prise.

Et s'éclater sur un pare-brise.

Pour passer au rendez-vous suivant.

Et oublier Mathilde. Enfin.

En tout cas, elle, c'est ce qu'elle désire le plus.

Oublier Mathilde.

Enfin.

Le pont qui surplombe l'autoroute relie deux chemins qui ne semblent mener à rien. Mathilde se tient au-dessus du vide. Elle a enjambé la rambarde. Ses larmes ont cessé de couler, son cœur de palpiter. Il bat toujours, mais l'émotion ne le traverse plus.

Mathilde observe le fleuve mécanique à ses pieds.

— Ce n'est pas une solution, dit une voix feutrée derrière elle.

Mathilde ne sursaute pas, elle ne réagit plus. Une rencontre malveillante? Encore une? Un mec abusif? Encore un? Elle s'en tape. Toute cette merde sera bientôt du passé. Elle sait bien que se foutre en l'air n'est pas une solution, mais des solutions, elle n'en voit plus. Elle a envie de mourir. Un peu peur, aussi. De la douleur. Et puis ça l'embête de provoquer un carambolage.

Elle se penche en avant.

— Vous allez vous faire mal.

— C'est l'idée…

Mathilde s'agace, elle fixe le vide et précise sans savoir pourquoi :

— … enfin… d'arrêter d'avoir mal.

— Je peux vous indiquer d'autres méthodes.

— Pas intéressée…

Jusqu'au bord du ravin, on va venir l'emmerder... Elle ferme les yeux. Se concentrer. Bras en croix, elle prend une ultime inspiration...

Un grouinement la stoppe dans son élan. Une bestiole lui boulotte le talon et lui bave dessus. Mathilde baisse les yeux, un cochon lui mordille la cheville. La suicidaire serait surprise si le n'importe quoi de sa vie pouvait encore l'étonner.

Elle tourne la tête vers ce qui semble être le propriétaire de l'animal. Sa silhouette longiligne s'approche dans l'obscurité, sans que ses traits ne se dessinent. L'étranger tend une main vers elle. Une main armée. D'un revolver. L'inconnu le brandit par le canon, en lui offrant la crosse.

— J'avais plutôt pensé sauter, elle répond.

— Ce n'est pas une invitation à vous tirer une balle dans la tête, mademoiselle.

— Ah... ça prêtait à confusion.

Le tensiomètre à plat, Mathilde fixe le flot de bolides, puis ce cochon qui ne s'arrête pas de la mâchouiller, ce flingue tendu, cet hurluberlu tapi dans l'obscurité, et se dit que sa vie se clôt en une farce grotesque. À l'image de ces derniers mois.

— Chonchon, laisse la dame tranquille. Tu vois bien qu'elle est en train de se suicider.

L'homme se positionne à ses côtés, ne tente aucun geste pour la dissuader. Son regard absorbé par l'horizon, il soliloque, comme s'il s'adressait aux étoiles. «C'est vrai qu'on les voit bien, ce soir.» Mathilde vient seulement de le remarquer.

L'inconnu est vieux, elle ne s'en était pas rendu compte auparavant. Les cheveux plaqués sur son crâne dégarni, la moustache peignée approximativement, le manteau épais, une apparition d'une autre époque. D'ailleurs il ressemble un peu à Jean Rochefort. Un Rochefort bien fatigué.

D'une voix aux arrondis éraillés, l'étranger s'adresse à cet animal de ferme comme s'il s'agissait de son chien. Avec un détachement face à la gravité de la situation qui, dans des circonstances plus normales, laisserait Mathilde pantoise. Mais la notion de normalité chez elle a été piratée par un cyberharceleur. Alors elle ne relève pas, elle baisse les yeux vers le flux continu des véhicules.

Le gangster défraîchi dépose l'arme à ses pieds et dit, entre deux toussotements :

— Quand on n'a plus rien à perdre, c'est le moment où on se sent le plus vulnérable... Paradoxalement, c'est là qu'on devient invincible...

Il parle comme un vieillard qui divague, pourtant ce qu'il dit fait sens. Mathilde relève le menton. Il a capté son attention.

— Si on est prêt à sauter au milieu des camions, c'est qu'on en a terminé avec la peur... C'est là que les choses deviennent intéressantes...

Étrange personnage. Comment est-il arrivé là ? Pourquoi lui dit-il tout ça ? Que fait-il avec un cochon ? Mathilde se tourne vers l'étranger dans la nuit, qui cette fois, lui tend la main.

— Mariole.
— Mathilde.
— Vous devriez vous couvrir, Mathilde, vous allez attraper la mort.

Toujours en état de sidération, Mathilde enjambe la

rambarde d'une démarche automatique, focalisant son attention sur ce gentil cochon. Geste universel face à une bête affectueuse, la jeune fille en détresse s'accroupit pour la câliner.

— Comment il s'appelle ?

— *Elle* se dénomme Madame Chonchon.

Mathilde sourit, ça ne lui était pas arrivé depuis une éternité. La truie lui léchouille les oreilles. Un rire enfantin échappe à la suicidée en rémission. Les animaux, cette source intarissable de résilience.

— Vous avez un rire délicieux.

Mathilde se recroqueville, prête à griffer. Est-ce que ce vieux vicieux cherchait en fait à la manipuler ? Mariole lui pose son manteau sur les épaules dans un hochement de tête réconfortant de grand-père.

— Et des yeux d'une rare violence…

Il toussote.

— Vous, vous avez souffert.

Sous son ton doux-amer, le vieux sage sort des vérités par tirades entières.

— Détendez-vous… Je ne vous veux aucun mal.

Comme s'il se désintéressait d'elle, Mariole ramasse son revolver, le glisse entre les bretelles de son pantalon, avant de s'enfoncer dans l'obscurité.

Percutée par cette rencontre insolite, la désaxée tente de se raccrocher à une réalité.

— Vous êtes qui ? Qu'est-ce que vous me voulez ?

Le vieil homme rejoint une voiture garée sous un arbre. Il attrape un objet au pied de la roue :

— J'ai besoin d'aide… J'ai perdu ma route… et pour couronner le tout, j'ai crevé.

Il agite une manivelle au-dessus de sa tête. Mathilde caresse Chonchon et lui susurre à l'oreille.

— Il a l'air bien perché, ton maître.

La truie lui lèche le nez en guise de confirmation.

— Il a l'air gentil aussi... ça change...

Mathilde se décroche du pont. Elle ne va quand même pas le laisser se débrouiller seul, ce vieux bonhomme, avec son pneu à plat au milieu de nulle part.

Elle s'approche à petits pas. Sa plante écorchée sur le bitume rêche la lance. Mathilde réalise qu'elle est pieds nus. Depuis combien de temps ? Elle ne sait plus. La station-service probablement. Peut-être même avant. Combien de kilomètres a-t-elle parcourus depuis ? La douleur lui parvient alors qu'elle se reconnecte à son corps. Elle a la plante des pieds brûlée, ça ne fait rien, elle s'approche de Mariole et lui ôte la manivelle des mains.

— Attendez, je vais vous aider.

— Oh mais voilà qui est fort civil de votre part, mademoiselle... Il semble que j'aie crevé... Une aide extérieure ne sera pas malvenue, ma foi...

Mariole lui adresse une expression ravie et la salue bien bas, comme s'il la voyait pour la première fois.

— Je m'appelle Mariole... et... à qui ai-je l'honneur ?

Mathilde se demande s'il ne serait pas en train de se moquer d'elle. Lui aussi. À son regard candide, elle constate que non. L'homme est perdu dans un temps glissant. Mathilde reste sur ses gardes, elle a suffisamment été abusée pour être prête à l'assommer à coups de manivelle.

— Mathilde. On s'est présentés tout à l'heure. Il y a deux minutes, en fait.

Une ombre se dépose sur les rétines du vieil homme, déjà voilées de cataracte.

— Oh…

— Vous ne vous souvenez pas ?

Contrarié, le monsieur trop âgé se redresse, faisant craquer une galerie de vertèbres rouillées. Il contemple le ciel, comme s'il y cherchait une réponse. Chonchon frotte son groin à la main de son maître. Mathilde sent l'homme prêt à pleurer…

Mariole s'anime soudain, s'en va fouiner dans sa Dauphine, calée en équilibre sur un cric, en extirpe son bloc, et prend note :

— « Mathilde », dites-vous ?… Et qu'est-ce que je vous ai dit ?

Intriguée, Mathilde suit la piste sinueuse du déboussolé.

— Vous m'avez tendu un revolver. Vous m'avez dit que je n'avais plus rien à perdre et que, du coup, ça devenait intéressant… C'était pas très clair.

— Oh, je vois…, dit Mariole en écrivant de façon scolaire.

— Désolée de ne pas être plus précise, mais c'est une nuit… particulière.

— Particulière ?

— Oui… Quand vous êtes intervenu, j'étais en train de… de me suicider…

Mariole mesure le dramatique de cette révélation pour la deuxième fois de la soirée, et l'inscrit dans son calepin.

— Oh, je vois... Sincèrement désolé.
— Merci...

Cette retranscription décalée donne une tout autre perspective à la gravité de ce que Mathilde vient d'expérimenter. Une distance étrangement rafraîchissante.

— Vous êtes amnésique ?
— Alzheimer, mon enfant... Soyons précis.

Le sourire plaisantin sous la moustache de Mariole continue à plaider pour l'attendrissement.

— Ah... Désolée...

Mariole s'assoit sur le bord de la banquette pour reprendre son souffle. Il a l'air épuisé.

— Vous êtes gentille.

Mathilde lui confirme son bon fond en s'attelant au déboulonnage de la roue, avec une force qui impressionne le vieil homme. Il relit ses notes.

— Et où en étions-nous du marché ?
— Quel marché ?
— Vu ce que je vous ai dit, j'imagine que je vous ai proposé un marché... C'eût été la démarche à suivre... Mais je ne sais pas dans quelle chronologie je vous ai exposé les choses... Voyez-vous, j'ai des trous... de mémoire... de temporalité aussi... L'écueil de cette satanée maladie... Pardonnez-moi.

Cet homme lui tendait une arme, il y a de ça cinq minutes. Pourtant il est faillible, et il ne s'en cache pas. Ça la change de ces mecs qui affichent leur volonté de puissance, qu'elle sente bien qu'ils pourraient l'écraser, dans le creux de leur main, sous la semelle de leur chaussure ou sur les réseaux sociaux... Mariole, lui, est un vieillard fatigué, sa mémoire en creux, il a le regard d'un agneau à qui on tend un brin d'herbe, bien qu'il soit armé. Et on ne parle pas d'un opinel.

— Vous ne m'avez pas proposé de marché, vous m'avez proposé une arme.

Mathilde donne des coups de talon sur la manivelle pour dégripper les boulons. Elle sent un regain d'énergie palpiter dans ses muscles ankylosés. Impression de revenir parmi les vivants.

— Merci pour votre aide, mon enfant… À mon âge, changer une roue, c'est pas de la tarte aux coings.

Mathilde pouffe en forçant sur le cric. Il est marrant, ce type.

— Vous avez une force spectaculaire.

— Ah?

Mariole opine, satisfait, disparaît à l'arrière de sa Dauphine, plonge sa tête dans son coffre et en sort sa paire de charentaises.

— Enfilez ça, vous allez vous blesser… Désolé, je n'ai pas de souliers plus adéquats. Il semblerait que je vienne tout juste de m'évader de mon Ehpad.

Il secoue son carnet de notes, confirmant son recours à une antisèche.

De plus en plus intriguée, Mathilde enfourne ses pieds écharpés dans les chaussons. Une enveloppe de chaleur se dépose autour de son cœur. Elle ferme les paupières, laisse échapper un soupir de contentement. C'est pas si souvent, ces derniers temps. Mariole en est témoin, malgré sa purée de pois cérébrale, il ressent ces choses-là. Madame Chonchon aussi, qui vient glisser son encolure sous le bras de la rescapée, pour qu'elle y prenne appui. Lui signifier qu'elle n'est plus seule.

Mariole extrait du coffre une boîte à outils et vient lui prêter main-forte à grands coups de marteau sur la manivelle.

— Je suis ravi de vous avoir rencontrée…

Le vieil homme suspend sa phrase, feuillette son carnet sur la banquette arrière. Mathilde prend les devants gentiment :

— Mathilde.

— Mathilde. Pardon… Voyez-vous, il m'arrive…

Mathilde l'irradie d'un sourire qui éclaire la pénombre de son esprit :

— … d'avoir des trous. Moi aussi, je suis ravie de vous avoir rencontré, monsieur.

— Ne soyons pas si solennel, nous sommes entre amis… Appelez-moi Mariole.

— Vous comptez pas entrer ici avec un cochon, tout de même ?

Après un débarbouillage sommaire dans la Dauphine, Mathilde subit l'inspection d'une serveuse éberluée sous l'auvent d'une cafétéria d'autoroute.

Mariole rétorque, la verve haute :

— Chère madame, j'aperçois au loin un de vos clients, à l'air charmant au demeurant, accompagné de son labrador. Je ne vois pas en quoi il en serait différemment en ce qui concerne Madame Chonchon.

— Je ne parlais pas de votre amie, mais de votre cochon.

Mathilde s'amuse de la confusion. La pauvre serveuse a l'habitude de situations pittoresques, dans sa cantine de camionneurs, mais des clients qui se trimballent un cochon, on ne la lui avait jamais faite. Mariole lui graisse la patte d'un billet de vingt et s'invite dans l'auberge d'une démarche princière. Chonchon grouine poliment et suit son maître. Mathilde ferme la marche en chuchotant à Mariole, qui lui répond de même :

— Mariole... Je voulais vous demander... Pourquoi vous avez un cochon ?

— Chonchon est bien plus qu'un cochon. C'est une personne formidable.

Mathilde sourit. Il lui plaît bien, ce vieil homme.

Le convoi folklorique traverse une salle peuplée de routiers, seuls consommateurs à cette heure indue. Mathilde se fait microscopique. L'un de ces messieurs ouvre la bouche avec l'intention d'exprimer un commentaire. Il est vrai que l'irruption de cette jeune fille, avec ses charentaises et sa mine de fin du monde, accompagnée d'un vieux grabataire et de sa truie domestique ne peut que provoquer une réaction. À savoir laquelle. Il suffit d'un hochement de tête à Mariole, et d'un *Chut* esquissé sous sa moustache, pour que ces conquérants de l'asphalte se concentrent sur leurs assiettes, s'intéressant plus à ce civet-ci qu'à ces gambettes-là. Il émane de ce vieux bonhomme un sang-froid magnétique qui impose le respect. La crainte également. Mathilde en est impressionnée. Est-ce la fragilité de son grand âge ? La sagesse des aînés ? Ou quelque chose au fond de son regard qui cache un passé noir ?

Le trio s'installe à la table la plus isolée, commande des plats sans grande ambition gastronomique, mais aux vertus roboratives.

Mariole ancre ses coudes sur la table, repose son menton sur le dos de ses mains, afin de mieux lire dans le regard de la rescapée, et dit :

— Avant toute chose, Mathilde, vous allez me raconter votre histoire.

Mathilde avait tout perdu, au point de vouloir en finir, Mariole l'a retenue. En confiance avec cet inconnu, elle décide de lui confier sa vie, de façon synthétique et décousue : ses relations amoureuses un peu foireuses, le dénigrement de son père, son boulot pas franchement épanouissant, sa sensation d'être utile seulement quand elle aide les autres, via son activité sociale, son amitié contrariée avec Aimée, son célibat, l'horloge biologique, les applis de rencontre, celle avec Boris, la vidéo, Pussy Doll, son «Miaow» devenu viral, à cause de Beau_Risque_69 – il lui faut updater Mariole sur les fonctionnements et dérives de ce monde virtuel –, le harcèlement, la disgrâce, puis la spirale, la dégringolade, le rejet de sa famille, le mépris de son père, l'aide d'Aimée qu'elle n'a plus su saisir, l'addiction aux anxiolytiques, sa fuite de chez elle, l'agression dans la station-service, la mort accidentelle du violeur, mort dont elle n'est pas certaine... Tous ces chemins qui l'ont menée sur le pont. Inutile d'épiloguer.

Mariole retranscrit tout ce qu'elle dit, attentif, professionnel. Il pose son bloc, puis son stylo par-dessus.

— Bien, dit-il.

— Bien ?

Mathilde s'en étoufferait presque. Se serait-elle trompée sur lui ?

— C'est tout ce que vous avez à dire après ce que je viens de vous raconter ? «Bien» ?

— Vous n'êtes donc plus pucelle.

Réflexe que ni l'un ni l'autre n'avait anticipé, Mathilde se saisit de son couteau à viande :

— Qu'est-ce que vous avez dit ?

Le vieillard maladroit hausse une main ravinée en signe de paix :

— Pardon, très chère Mathilde, je me suis mal

exprimé... Je ne voulais pas manquer de tact face aux drames, abjects et pluriels, que vous venez de me narrer... Si je l'ai fait, j'en suis désolé... Je vous présente mes excuses les plus plates...

Mathilde écarquille les yeux, ouvre la bouche. Que dire ? Elle pointe toujours son couteau sur lui, mais a perdu de sa poigne.

— Ne plus être puceau, dans notre jargon, signifie avoir rectifié son premier client.

— Je... hein ?... Avoir quoi ?... Rectifié ?

Mathilde balbutie de confusion. Le bruit de la gamelle de Chonchon, qui y lape une part de clafoutis, remplit les points de suspension.

Mariole essuie la sauce de sa moustache. Son premier repas hors de l'Ehpad. Il a taché sa chemise.

— Ouvrez la mallette qui se trouve à vos côtés.

Mathilde dirige son regard sur la mallette en cuir et approche du loquet ses doigts aux ongles écorchés :

— Avec discrétion, s'il vous plaît...

Mathilde, obéissante – elle ne sait pas pourquoi mais se doute qu'elle a intérêt –, décompose ses mouvements. Elle déloque les crans qui claquent dans le réfectoire. Un bruit qui lui semble assourdissant. Les routiers n'ont pas levé le nez de leur dessert, pas plus que Madame Chonchon son groin du sien. Mathilde entrouvre la mallette et retient son souffle.

Sous son regard ne se trouvent pas, comme elle aurait pu l'imaginer, des chaussettes sales et une collection de *SAS* écornés, mais un attirail qui pourrait aussi bien appartenir à un ancien flic qu'à un agent du Mossad, ou à un terroriste, tant qu'on y est. Mariole n'a pourtant l'air de relever d'aucune de ces catégories. Mais qu'en sait-elle ?

— Donc, en matière d'« initiation » – Mariole mime les guillemets de ses doigts en l'air –, en ce qui vous concerne, le plus dur est fait.

— Je ne comprends pas, bredouille l'initiée malgré elle.

Doit-elle s'enfuir ? Sauver sa peau ? Prévenir le GIGN ? Cette facette de son secouriste lui colle froid dans le dos et allume ses antennes parano.

— Vous avez déjà pratiqué le parachute, Mathilde ?

— Euh, non... Je ne crois pas... Enfin si, je sais, pardon, vous me perdez avec vos questions bizarres. Non, je n'ai jamais sauté en parachute.

Mathilde rabat précipitamment les loquets de la mallette, comme si elle se souvenait soudain de ce qu'elle contenait.

— En parachute, le premier pas, le plus difficile à accomplir, c'est de sauter. Ensuite, vous expérimentez la chute, l'adrénaline. Et puis l'addiction. Vous êtes familière de ce terme, n'est-ce pas Mathilde ?

Mariole tapote son bloc-notes, lui rappelant son témoignage. Mathilde acquiesce, elle ne comprend toujours pas où le vieux malin veut en venir.

— Après cela, les sauts suivants vous paraissent un simple exercice, une routine.

— Excusez-moi, mais... c'est pas complètement clair, votre histoire. Enfin je crois pas... Enfin j'ose pas trop croire, mais... si je suis votre analogie, vous me parlez bien de tuer, là ?

Mariole pose son doigt par-dessus sa bouche, mimant

un *Chut* en passe de devenir familier, et déverse le reste de son assiette dans la gamelle de Chonchon.

Mathilde chuchote, tout en tension. Elle frôle l'implosion :

— Mais... j'ai pas fait exprès, moi. Le premier, mais y a pas de premier, puisqu'on va pas compter... Enfin je compte pas... Je compte surtout pas continuer à tuer... Vous êtes dingue! En plus, je vous ai dit, je suis même pas sûre qu'il soit mort! Je suis partie avant de...

Sa prostate dysfonctionnelle se rappelant à son bon souvenir, Mariole se redresse d'un bond. Honteux, le vieil homme tente de préserver sa prestance, malgré son envie pressante.

— Réfléchissez à tout cela, très chère... Je vous prie de m'excuser, hum... la nature m'appelle.

— Quoi, mais réfléchir à quoi?

Trop tard. Mariole s'est esquivé. Encore sacrément alerte pour son âge.

Seule avec ses pensées, Mathilde observe la mallette.

Mathilde caresse Chonchon d'un geste machinal. Elle n'a pas quitté la mallette du regard. Quinze bonnes minutes que Mariole s'est absenté. Est-ce qu'elle devrait s'inquiéter? Aller le voir? S'il avait besoin d'aide? Et si oui, comment ferait-elle? Elle s'incrusterait dans les toilettes pour hommes? Déjà qu'elle n'est pas à l'aise, du tout, dans cette assemblée d'une écrasante majorité masculine.

Peut-être a-t-il fait un arrêt cardiaque? Ce serait triste, elle le trouvait sympathique, ce vieux monsieur. Mathilde s'en veut de constater son manque d'émotion lorsqu'elle imagine Mariole décédé dans les WC. En même temps, elle le connaît à peine. Et elle-même vient de vivre un événement pour le moins traumatisant. Normal que ses circuits ne soient plus correctement câblés.

Mathilde relève les yeux de son café. Elle surveille les déambulations de la faune qui l'encercle. Comment réagirait-elle si l'un de ces prédateurs s'amusait à la choisir au menu? Elle pose sa main sur la mallette. Un début de réponse inconsciente?

Qu'est-ce que le vieil homme peut bien avoir derrière la tête? Pourquoi l'a-t-il sauvée? Qu'a-t-il à tirer de cette situation? Il ne le lui a toujours pas dit. Mais la proximité de cette mallette a rallumé une flamme. Une flamme qui pourrait mettre le feu à une poudrière. Mathilde referme la porte à cette pensée. Ne veut pas, ne peut pas...

Là-bas, du mouvement. Un routier se lève. Trapu, une carrure de bulldog pas commode, un faciès pas plus avenant, une casquette grasse vissée sur le crâne, un bide proéminent qui ressort de sous son T-shirt à l'effigie d'un groupe de hard-rock non identifié des années quatre-vingt, date à laquelle ce linge a été lavé pour la dernière fois. Une caricature de conducteur de poids lourd qui, d'un pas guère plus léger, s'en vient l'importuner, comme c'est son bon droit, l'ont scandé des miladies bien au chaud dans leurs appartements du XVIe. Dans cette cafétéria du bout du monde, ça sent plutôt la tournée générale de droit de cuissage.

Les doigts tremblotants de Mathilde débloquent les loquets de la mallette. Dans quel but ? Elle ne sait se servir d'aucune des armes qu'elle renferme. Début de panique. Flashs traumatiques de son agression à la station-service. Elle donne des petits coups à Chonchon qui roupille à ses pieds, en se disant que l'animal, puisqu'il est domestique, devrait partager avec le chien l'instinct de protéger son maître. Chonchon se réveille et ronchonne. Voyant l'assaillant s'approcher d'une gauloise affirmation, elle se redresse et secoue sa queue en tire-bouchon, heureuse de se faire un nouvel ami. Conclusion, les cochons sont aussi cons que les chiens.

Mathilde ferme les yeux en maudissant son sauveur de ne pas l'avoir laissée se jeter du pont...

À trois portes fermées de là, l'intéressé, les fesses sur la cuvette, contemple les graffitis des toilettes et se demande où il se trouve. La fonction première de sa présence ici lui paraît claire, c'est l'emplacement géographique qu'il ne situe pas. Pris de panique, ses sens en alerte, l'ancien tueur se dit que quelque chose cloche, qu'il est en danger, lui ou un autre, qui sait? Mariole se palpe les poches, réflexe pavlovien – il faut bien qu'il lui en reste un –, il cherche son carnet pour l'aiguiller, mais ne le trouve pas.

Normal, il est resté sur la table du réfectoire. Juste en face de Mathilde. Là où le bulldog écrase son poing, sur lequel il s'appuie pour parler à l'enveloppe tétanisée face à lui. Le regard fixé dans le vide, la lèvre inférieure tremblotante, une naissance de larme à la commissure de l'œil, la peur siphonne Mathilde de l'intérieur.

— C'était vous sur le bord de l'autoroute, tout à l'heure? dit le camionneur d'une voix rugueuse.

Ne sachant quelle attitude adopter pour ne pas provoquer l'agressivité, Mathilde acquiesce, mutique.

— On parlait que de ça dans la CB, avec les potos. Vous nous avez foutu une de ces trouilles. Moi, j'étais sur un autre tronçon, j'comprends pas pourquoi les gars se sont pas arrêtés. Des fois, on est trop pressés, on s'rend pas compte de la gravité, vous savez comme c'est, on s'habitue à des choses, on devrait pas. Mais quand ils ont parlé d'une fille qui s'promenait sur l'bord de la route, ils disaient c'est peut-être une prostituée qui prend un peu plus de risque pour choper du micheton, mais moi, j'y croyais pas. J'me suis dit, une gamine qui fait ça, elle est en vrac, elle va faire des conneries. Mon sang, l'a fait qu'un tour, pis moi, j'ai fait demi-tour. J'vous ai cherchée, on a lancé un avis sur les réseaux de routiers, mais on vous avait perdue d'vue. Je vous dis pas comment j'avais les foies, j'ai pensé qu'il vous était arrivé malheur. Puis j'vous ai vue débarquer avec votre grand-père, là. Et d'un coup, ça m'a rassuré. Et pis vous étiez en vie, ça aussi, ça m'a rassuré. Ça m'a donné envie d'appeler ma gosse. Bon, pardon, j'parle trop, mais, j'sais pas c'qui vous a amenée sur la route, cette nuit, ça m'regarde pas, mais j'suis content de vous voir là, et que vous allez bien.

Il dépose une écharpe en laine molletonnée sur la table.

— Tenez, vous avez dû avoir froid. Allez pas choper l'mal. Vous en faites pas, c'pas comme mon T-shirt, celle-là elle est propre.

Le bon bougre lui fait un clin d'œil, comme s'il avait lu dans ses pensées.

— J'l'avais achetée pour ma môme, à la boutique d'la station. J'essaie d'lui ramener un p'tit cadeau quand j'pars longtemps. On est souvent sur les routes, nous, vous savez… Prenez-la, j'ui en trouverai une autre au prochain arrêt.

Mathilde n'a pas refermé sa bouche hagarde depuis que le routier, sous ses airs de camion-poubelle, est parti en monologue d'une générosité qui lui colle une claque dans les préjugés et lui redonne, un court instant, foi en l'humanité. L'homme lui pose ses gros doigts potelés sur l'épaule, sans ambiguïté aucune. Un geste paternel. Gentil.

— Prenez soin de vous, mademoiselle.

Il sourit de son râtelier parsemé de dents manquantes, puis s'éloigne d'une démarche de camionneur.

— Et vous occupez donc pas de l'addition, les potos et moi on s'en est chargés. On est rassurés de vous savoir ici.

Mathilde n'en revient pas. Elle voudrait dire merci mais, trop abasourdie, scrute autour d'elle, a le réflexe de traquer les caméras. C'est un piège pour une émission débile ? Pire, elle guette les téléphones portables. Ils l'ont filmée ? Pour se moquer ? Une nouvelle mise en scène échafaudée par ce sadique de Beau_Risque ?

Les collègues routiers, amusés par son désarroi, lui renvoient une salutation collective.

Chonchon, dont l'instinct est plus aiguisé qu'il n'y paraît, s'en va remercier ces charitables philanthropes de léchouilles reconnaissantes, et reçoit en retour moults papouilles.

Mathilde se perd dans son introspection, yeux rivés sur la mallette.

Loin de se douter de ce qui se trame de l'autre côté du miroir, loin de se douter de l'existence même de Mathilde, Mariole se lave les mains dans le lavabo en inspectant les détails de ces toilettes impersonnelles en quête d'une réponse qui survient après trois *toc*.

— Mariole, vous êtes là ? Vous avez besoin d'aide ?

L'amnésique ne sait pas à qui appartient cette douce voix qui lui parvient à travers la porte, mais elle semble porteuse d'un secours bienvenu.

— Vous voulez que j'entre ? C'est les toilettes pour hommes, mais bon, les gens comprendront, si... Enfin ils comprendront.

Mariole déloque le verrou et adresse son visage le

plus courtois à la charmante bouille ronde de la jeune fille qu'il ne reconnaît pas.

— Mathilde, dit-elle dans un sourire pétillant en lui tendant son bloc-notes.

— Ah! formidable... Je le cherchais, justement... Vous ai-je dit que je souffrais d'Alzhei...

Mathilde prend le relais:

— ... mer? Oui, vous me l'avez dit. Vous avez dans ce carnet toutes les informations sur notre rencontre et sur nos discussions. Je vous ai marqué la page.

Mariole se précipite à la page indiquée, urgence de se rafraîchir la mémoire, s'assurer que cette demoiselle est aussi pacifique qu'elle y paraît. Après vérification, confirmation paraphrasée par Mathilde:

— Tout va bien, Mariole, je suis votre alliée.

Le vieil homme relit ses notes adressées à lui-même et relève la moustache:

— Parfait, Mathilde, ravi de vous revoir.

— Moi de même, Mariole.

Mathilde esquisse une révérence d'une autre époque, comme lui. Mariole émet un léger rire, lorsque, foudroyé par un étourdissement il s'accroche à la poignée. Mathilde le rattrape avant qu'il ne défaille.

— Mariole!

Le vieillard prend appui sur sa bienfaitrice.

— N'en voulez pas à mon vieil âge, je commence à sentir les effets de la fatigue... Je ne me souviens pas quand a débuté cette journée, mais je sens qu'elle a été longue... J'ai besoin de repos...

— Je vais vous raccompagner chez vous.

— Ma chère enfant, il y a bien longtemps que je n'ai plus de chez-moi…
— Bah, vous comptez allez où ?
— Nous trouverons bien un hôtel sur la route.
Mathilde se crispe.
— Nous ?
Puis se dit que c'est ça ou retour à sa vie d'avant.
— Va pour l'hôtel. Je vais chercher Chonchon.
Une vraie petite famille.

Au détour d'une départementale isolée, Mariole se gare sur le parking d'un établissement dont l'enseigne en néon illumine les cieux d'un halo rose : Love Hôtel.

Le vieil homme toussote. Poumons abîmés ou embarras ? se demande Mathilde, elle-même pas à son aise.

— Euh... On va pas s'arrêter là.

— Écoutez, mon petit, vous êtes encore dans la fine fleur de l'âge, mais ayez pitié de ma vieille carcasse.

Mathilde tangue dans la dubitation.

— Bah oui, mais... Le Love Hôtel ? Sérieusement ?

Mariole tranche dans son hésitation.

— Un peu d'amour ne nous fera pas de mal... À vous, comme à moi... Venez.

Un autocollant sur la vitre : *Interdit à nos amis les animaux*.

— Drôle de conception de l'amitié, marmonne Mariole en poussant la porte.

Il tapote la sonnette jusqu'à l'introduction de la réceptionniste, une jeune fille qui arbore une mine ouverte et un sourire accueillant que sa peau d'un beau noir ébène fait ressortir avec d'autant plus d'éclat. Sur son T-shirt un dessin de perruque mauve et un slogan : *Vous mettrez ça sur mon ardoise !*

— Oui, bonsoir, qu'est-ce que je peux faire pour vous ?

— Nous aimerions vous louer une chambre pour la nuit.

Mathilde se hérisse et foudroie Mariole du regard. Le vieil homme, qui n'a pas l'habitude de voyager accompagné, qui n'a plus d'habitudes tout court, rectifie le tir :

— Pardon, je voulais dire *deux* chambres. Une pour ma fille et une pour ma modeste personne.

Mine éberluée de Mathilde à qui Mariole renvoie un sourire paternel. D'un œil par-dessus son épaule, le vieux filou surveille que Chonchon, restée en retrait dans la Dauphine, ne fasse pas trop de raffut.

— Au rez-de-chaussée, si possible. Mes genoux et moi n'avons plus vingt ans.

Attendrie par cette jeune fille et son vieux papa qui voyagent ensemble, la réceptionniste leur tend deux clefs.

— Je vous ai mis des chambres côte à côte. C'est pas un cinq étoiles, ici, mais vous verrez, on s'y sent bien.

— J'en suis sûr.

Mariole signe le registre et dépose l'appoint en billets sur le comptoir, avant de se tourner vers sa progéniture :

— On y va, ma chérie ?

Sans savoir trop dans quoi elle s'embarque, Mathilde accepte de suivre dans les couloirs cet homme armé dont elle ignore tout. Une fois seuls devant leurs portes, elle chuchote :

— Mariole... Ce... cette situation... Enfin, j'ai pas l'habitude de suivre, des inconnus, comme ça... Dans des hôtels... *Surtout pas* dans des hôtels... Et...

Mariole l'incite à baisser les décibels et sécurise le lieu d'un regard scrutateur.

— Mathilde, poursuivons cette conversation demain si vous le voulez bien... Il est tard, et...

— Non!... Je vous connais pas, vous êtes arm...

Son acolyte plaque sa main gantée contre sa bouche, esquisse un *Chut* par-dessous sa moustache. Mathilde se glace. Mariole a de réelles attitudes d'assassin. Ce qu'il était. Pour de vrai. Cette réalité l'effraie. La rassure aussi. Elle lui ôte sa main et se corrige :

— Vous avez une... *mallette*. Et je... j'ai besoin d'explications.

— Bon, vous l'aurez voulu.

Mariole ouvre sa porte et l'invite à le suivre. Mathilde se tétanise, elle revisualise Boris. Un froid cinglant lui incise la colonne vertébrale.

— Hors de question que je rentre dans votre chambre.

Mariole décèle son angoisse, il comprend. La lecture de ses notes est encore fraîche, alors il fait la seule chose qui pourrait la rassurer : il lui prend la main. Et il y dépose son revolver.

— Vous ne risquez rien avec moi, vous avez ma parole. Jamais je ne ferai un geste déplacé envers vous... La sécurité se trouve là, sur le côté.

Mathilde fixe l'arme. Si elle l'avait eue ce soir-là, avec Boris, s'en serait-elle servie ?

— Vous voilà rassurée ?

— Oui... Un peu...

— Maintenant, bougez donc votre popotin, qu'on n'y passe pas la nuit.

Et Mariole de devoir corriger ses expressions

d'homme d'une autre époque devant l'air effarouché de Mathilde :

— Je vous demande pardon pour mon vocabulaire. Que voulez-vous, ma chère enfant, je suis un vieux monsieur...

— Ça n'excuse pas tout, dit Mathilde à qui l'arme donne un regain de contenance.

— Non, mais ça l'explique..., s'impatiente Mariole, de plus en plus agité. Je vous en conjure, Mathilde, entrez, nous avons perdu assez de temps...

— Mais enfin, pourquoi vous êtes si pressé ?

— Parce que j'ai peur d'oublier Madame Chonchon ! De l'oublier vraiment ! Là-dedans, dit-il en se tamponnant la tempe.

— Oh, Madame Chonchon !

Mathilde l'avait totalement zappée. La pauvre bête, abandonnée dans cette voiture en pleine nuit, elle doit être terrorisée. Saisie de culpabilité, Mathilde pénètre dans la chambre, prête à opérer son exfiltration en catimini.

Après concertation sur la méthodologie, Mariole repasse devant la réceptionniste et la salue avec courtoisie :

— J'ai oublié ma brosse à dents dans la voiture... Alzheimer, quand tu nous tiens...

Fier de ce mensonge qui soutire une moue de compassion à la réceptionniste, Mariole rejoint le parking, accélère le pas et ouvre la portière pour libérer sa fidèle amie qui lui lèche la moustache.

— Chut, Chonchon. Suis-moi donc... et en silence.

Le duo contourne l'établissement en toute discrétion – si on peut parler de discrétion quand on se balade avec un cochon. Mathilde fait le guet à la fenêtre.

— Tout va bien ?

Mariole se frotte le menton, perplexe.

— Ça dépend. Vous avez déjà aidé une truie à escalader une fenêtre, vous ?

Ils ne sont pas trop de deux pour se livrer à ce numéro de cirque. Mariole bâillonne la truie d'une taie d'oreiller, Mathilde glisse une chaise sous la rambarde et, après moult contorsions, l'improbable Monsieur Loyal et son assistante improvisée parviennent à hisser l'animal dans la chambre du rez-de-chaussée.

Quelques minutes plus tard, Mathilde passe en revue les éléments d'enquête répandus sur le couvre-lit de l'ancien assassin. Un fatras d'objets sans liens apparents : une photo floue, les plans d'une maison, un code sur un morceau de nappe en papier, une fiole de sable ou de terre, à moins que ce ne soit de l'anthrax, a précisé Mariole – elle ne sait jamais avec lui s'il est sérieux ou s'il plaisante –, un Polaroid froissé, une lettre dépourvue de mots…

Le tueur à gages lui a expliqué sa dernière mission à élucider, l'affaire *Marino*. Mathilde a hoché la tête, avant d'évoquer la seule question importante :

— D'accord, mais… qu'est-ce que vous attendez de *moi* ?

Le vieil homme soupire, comme désemparé par sa propre impuissance.

— Que vous m'accompagniez.

— Que je vous accompagne ?

Mariole s'assoit sur son lit, épaules voûtées. Il caresse son animal de compagnie comme le vieux monsieur qu'il est :

— Mathilde, vous l'avez compris, je suis handicapé… J'oublie, je me perds moi-même, en plus de ma route… Par conséquent je perds du temps… Je ne sais pas combien il m'en reste à vivre… Je ne veux pas le gaspiller à errer… Aidez-moi à retrouver cette cible et en échange…

Il pose son front contre celui de Chonchon.

Il a une absence ou il ménage son suspense ? se demande Mathilde.

— En échange ?

Un ange passe et se crashe.

— En échange, je vous aide.

— Vous m'aidez ?

— À vous venger. De ce… – Mariole relit ses notes – … de ce Boris.

— Mais… mais enfin, qu'est-ce que vous racontez ?

Le vieil homme semble encore plus atteint par la démence qu'elle ne le croyait.

— Je vais vous former.

— Me former ?

L'assassin ouvre sa mallette. De quoi lancer une vendetta, ou faire péter l'hôtel, si, comme Mathilde, on ne sait pas se servir d'une grenade.

— Qu'est-ce que vous voulez que je fasse de cet attirail ? Je ne suis pas une tueuse, je vous l'ai déjà dit.

— Justement, je vais vous apprendre.

— Mais arrêtez avec ça ! Je compte tuer personne, moi !

— Vous n'en aurez pas nécessairement besoin. Mais

en avoir les compétences peut être utile... Parce que vous y avez songé, non?... À vous venger... C'est humain, dit Mariole.

Le noir dans le regard de l'assassin familier de ce type de contrat... Mathilde baisse la tête, repense à sa descente aux enfers, avoue :

— Oui, j'y ai songé...

Mariole lui tend une main osseuse.

— Alors? Marché conclu?

Mathilde cogite. Se venger? Réellement? Pas dans un fantasme délirant, entre deux cachetons? Dans la vraie vie? L'idée lui colle le tournis. Et lui donne envie de vomir. Comme à chaque fois, quand elle repense à *lui*. Et pourtant, même si elle n'ose se l'avouer, la perspective la stimule aussi. Au fond d'elle, quelque chose se ranime. Pourquoi serait-ce à elle de souffrir? Pourquoi serait-ce à elle de porter *ça*?

Mathilde serre la main tendue.

— Marché conclu.

Mariole reprend son stylo et le note.

— Parfait... Maintenant profitons de notre nuit de repos, nous en aurons besoin pour demain.

Mathilde s'apprête à rejoindre ses appartements, elle pose sa main sur la poignée de la porte puis se retourne vers le vieil homme qui déballe son pyjama à rayures de sa valise.

— Et Mariole?

— Oui, Mathilde?

— Vous avez déjà été amoureux?

Le vieillard s'immobilise avant de se replonger dans la brume de ses souvenirs.

— Euh... je ne sais pas... peut-être... J'imagine... Je me le souhaite en tout cas... Pourquoi me demandez-vous cela, Mathilde?

Elle désigne l'amas d'objets sur le couvre-lit.

— Le Polaroid, c'est un cadenas. Sur le pont des Arts. C'était une tradition. Vous vous souvenez pas, forcément, mais les amoureux y allaient pour y verrouiller des cadenas. Pour sceller leur amour, quoi. C'est un symbole, vous voyez.

Mariole farfouille parmi ses indices et étudie le Polaroid de la grille. L'analyse de la détective en herbe semble pertinente. Mathilde se sent quand même obligée de dénoncer la supercherie:

— Bon, ça marche pas, hein. Moi, je l'ai fait une fois, pour un gars que j'avais dans la peau. Il m'a larguée quinze jours plus tard... N'empêche, ça peut être un indice?

Elle désigne un autre élément: la photo floue.

— C'est une femme sur cette photo... Le type que vous traquez et la femme que vous aimiez, vous pensez que ça pourrait avoir un lien? Puisque c'est dans le même dossier.

C'est fou ce que les séries policières ont aiguisé les facultés d'analyse des téléphages qui se délectent à déceler la faille dans le travail des scénaristes.

— Je... Je n'en sais rien, Mathilde.

Mariole note compulsivement avant de tout oublier.

— Des cadenas sur le pont des Arts, vous dites? Quelle tradition saugrenue...

— Je vous le fais pas dire. Ces abrutis d'amoureux d'un jour, dont je fais partie, hein, je fais pas la maligne, ils en ont tellement accroché que les barrières ont fini par s'écrouler. Tous ceux qui pensaient rendre leur amour éternel, eh ben leur cadenas a échoué à la benne. Vlà le symbole.

Mariole secoue la tête et griffonne.

— Drôle d'époque.

— Oui, drôle d'époque…

Elle ouvre la porte.

— Bonne nuit, Mariole.

— Bonne nuit, Mathilde.

Sa chambre, enfin.

Mathilde referme la porte derrière elle, s'y adosse, bloque sa respiration, fige le temps : se reconnecter à elle-même, s'accrocher à maintenant, fixer le vertige. Prise d'air, sa respiration se hache, son regard perdu sur ses charentaises, ses pensées suspendues. Putain, mais qu'est-ce qui s'est passé ? Depuis le pont, l'intervention de Mariole, un maelström, elle n'a pas pu se poser pour réfléchir... Et là, impact, la prise de conscience, le coup de massue. La station-service, le viol, l'accident, le doute sur la mort du pompiste, l'autoroute... Tout se mélange... Le tournis...

Black-out.

Mathilde émerge d'elle-même. Entre deux souvenirs. Tout ça semble irréel. Elle n'arrive plus à assimiler. Trop d'humiliations, trop de coups, trop de blessures. Pourquoi elle ne discerne rien ? Si ce n'est la salissure...

Elle étouffe. Qu'est-ce qu'elle a autour du cou ? Elle déroule cette écharpe, qui sent le neuf et lui enserre la gorge. Trop. Ce routier, si gentil, elle se faisait des idées sur lui. Elle a cru... elle a craint... Pourquoi a-t-il fait ça pour elle ? Il avait l'air... Elle croyait...

… qu'il lui voulait du mal.

Lui aussi.

Son lourd manteau tombe à ses pieds. Dans un souffle épais. Il pèse une tonne. Une couverture de plomb. Le manteau de Mariole. Qu'elle se trimballe depuis le mitan de cette nuit glaciale. Sur ses épaules ébréchées. Mariole, ce drôle de compagnon d'infortune. Aussi bancal qu'elle. Mais au manteau chaud. Est-ce grâce à lui qu'elle ne ressent plus le froid intérieur ?

Elle ne ressent pas grand-chose, d'ailleurs.

La chambre est neutre, sans personnalité, une chambre d'hôtel, de passage, comme tant d'autres, où on ne s'installe pas, où on ne pose pas ses bagages. Un lieu sans repères, hors de tout. Comme sa vie.

La dernière fois que Mathilde a mis les pieds dans une chambre d'hôtel, elle était accompagnée de Boris. Mal accompagnée. Des flashs d'images. Ses pensées vrillent. Elle coupe le canal.

Le point de bascule. Le fameux.

Elle avance vers la salle de bains. Ses jambes en coton. Lui reste son cœur lesté de noirceur pour l'ancrer dans le sol. Elle appuie sur l'interrupteur du bout de ses doigts bleus, non par le froid mais par des hématomes… D'où ça vient, ça ? Flashs lointains. Ah oui… la station-service… La lumière des néons la foudroie de sa cruelle clarté. Exposition clinique dénuée de tact, le miroir lui renvoie son reflet comme une claque : T-shirt déchiré, pantalon crade, cheveux ébouriffés, visage exsangue, air hagard et à la place de ses yeux, deux billes mates derrière lesquelles plus rien ne vibre. Mathilde s'observe. Qui est cette fille ? Le reliquat d'elle-même, exhumé d'une poubelle, un bout de bidoche recraché, une enveloppe sans consistance.

Du moins, pas la sienne.

Elle repose le revolver de Mariole sur le lavabo. Elle ne l'a pas lâché depuis son entrée dans la pièce. Inconsciemment, sans savoir qu'elle tenait une arme au bout de sa main tremblotante, elle s'y cramponnait. Le cliquetis du métal qui résonne contre la céramique fait office de réveil. Elle s'en est défait comme elle se serait débarrassée d'un bijou pour ne pas le mouiller. Avec détachement et d'un geste naturel. Ça l'a surprise.

Les tremblements s'espacent. Puis s'effacent.

Elle ôte son T-shirt. Mouvements précautionneux, peur de se casser, elle appréhende le choc. Syncope de gestes contraints, multiples décharges pénibles, elle a mal, aux omoplates, aux vertèbres, aux reins.

Partout en fait.

Un gémissement lui échappe. Pas de plainte, elle constate. La douleur. Le ressenti la rassure. Elle finissait par se demander si ses membres n'étaient pas dévitalisés, son centre nerveux sectionné. Non, ça va, elle bouge encore.

Elle tire le rideau, enjambe la baignoire, elle geint, douleur aux adducteurs, ses articulations, comme le reste de son corps, ont été mises à rude épreuve. Déflagration du contrecoup. L'impression d'être passée au rouleau compresseur sur du verre pilé.

Sa main actionne le mitigeur. La douche asperge ses pensées noires. L'eau bouillante empourpre sa peau. La buée opacifie l'espace blanc. Visage penché en avant, le jet sur la nuque, mâchoire ouverte, le liquide limpide s'écoule sur le bord de ses lèvres, entre ses paupières scellées, le long de son épiderme, par-dessus ses ecchymoses. Du sang séché se décroche de son corps tuméfié. À ses pieds, l'eau pourpre s'échappe en tourbillons par le siphon.

Méandres des connexions de la mémoire, ce mouvement circulaire hypnotisant lui rappelle la scène de *Psychose*. Dans la chambre à côté, un vieil homme dort. Va-t-il surgir avec un couteau derrière le rideau ? Ou pire, avec un smartphone ?

Et filmer.

La filmer...

Encore et encore. Sans jamais débander. Jusqu'à ce qu'elle hurle. À la mort. « Pitié ! » Que ça s'arrête. Le supplier, qu'il éteigne ce portable, qu'il efface cette vidéo.

Que tout ça s'efface...

Que ça n'ait jamais existé.

Mathilde vacille, plaque son avant-bras contre le carrelage de la douche, écrase son front dans le creux de son coude. L'envie de vomir, lancinante. L'image de Boris, son sourire, « Ça te dirait qu'on fasse une petite vidéo ? », celle du pompiste et son café réconfortant, « pour vous tenir chaud », la trace rouge sur le carrelage craquelé, le vagin en sang...

Apnée, prise d'air.

Mathilde se nettoie. Gestes compulsifs. Se laver de ces souillures incrustées. Mais si le sang séché entre ses cuisses se dilue, ses visions atroces, elles, ne s'effacent pas, elles s'accrochent. Des mois qu'elle se savonne. Sans succès. Elle frotte. À s'en arracher l'épiderme. À défaut d'arracher ces putain de souvenirs.

Elle suffoque, respire, suffoque encore. Ses idées embrouillées se mêlent à la buée sans s'y évaporer.

Mathilde ferme le mitigeur. Elle rouvre le rideau, scrute sa silhouette diffuse dans le miroir opaque. Passe une serviette sur la condensation de la glace, elle veut se voir. Elle ne se reconnaît pas. Elle décortique son corps, considère chaque détail. Ses formes, ses yeux, sa bouche, son ventre, ses seins. Tout ce qui la complexait autrefois, auquel elle ne prête plus attention depuis son décrochage. Ses hanches, son sexe, ses bleus. C'est bien elle dans ce miroir, mais elle n'est plus la même personne.

Des gouttes d'eau s'écoulent de ses cheveux trempés, de ses poils pubiens, de ses ongles entaillés, sans distinction, sans jugement, et émaillent de *ploc* les secondes qui passent. Mathilde se dévisage, elle apprivoise son reflet, elle s'y voit différemment. Pour la première fois. Elle se voit tout court. Ça ne lui était plus arrivé depuis longtemps.

Elle accueille cette image. Elle l'accepte. Elle se la réapproprie. Même si elle est imparfaite, c'est la sienne. Elle n'a pas à en avoir honte. Personne n'a le droit de s'en moquer. Personne n'a le droit de la salir. Personne n'a le droit d'en abuser.

Personne.

Pas même elle.

Mathilde essuie sa peau humide, savoure le moelleux de la serviette. Sensation qui contraste avec la dureté du revolver, quand elle s'en ressaisit. Elle ne compte pas verser de sang, a la violence en horreur. Pourtant, elle sait que cette arme va lui être utile.

Elle repense à Boris. La sensation de nausée s'est évanouie. Elle fait place à une autre, fort différente. Opposée. Celle d'une colère calme, maîtrisée. Elle se lance un regard déterminé. L'heure est venue de remercier Beau_Risque pour ses bons et loyaux sévices.

Elle se couche, nue, dans les draps propres. Cette sensation de pureté toute relative la rassérène. Il est modeste, cet hôtel, mais il est sain, elle s'y sent sereine.

Propre, elle aussi.

Elle écarte ses doigts, veut s'imprégner de la douceur du coton. Apaisante perception. Elle prend une inspiration, expire d'un souffle long. Comme une enfant qui arrête enfin de se débattre contre le sommeil. Qui oublie le monde alentour. Qui sait que demain, quoi qu'il arrive, lui appartient.

Alors Mathilde s'endort.

Mariole arpente la rosée du matin, décroche des pinces à linge de la corde, regard assassin à qui pourrait l'espionner, aucune âme alentour. Le voleur bénit la réceptionniste d'avoir étendu sa lessive dans le jardinet à proximité. Il subtilise l'essentiel : un pull à capuche, un jean, un T-shirt. Un style unisexe qui irait à n'importe qui. Un larcin sans méchanceté mais nécessaire. De ce qu'il a lu dans ses antisèches au réveil, Mathilde a besoin de vêtements propres.

Les *toc* à la porte tirent la Belle au moi dormant de son sommeil réparateur. Déphasée, l'endormie tente de se resituer, elle ne se trouve plus au même endroit dans sa tête. Qui est-elle ? Une question plus incisive encore que *où* ? Elle reconstitue le puzzle de la veille. Tant de changements en l'espace d'une nuit...

De nouveaux *toc* se rappellent à elle.

Mathilde s'extrait à regret de sa couette. Elle entrebâille la porte :

— Bonjour, Mariole.

Mariole l'irrigue de sa bonne humeur et lui tend les habits prestement volés.

— Bonjour, Mathilde. Bien dormi ?

— Oui. Enfin j'étais en train. Vous m'avez réveillée.

— Ma chère enfant, la première règle que je vais vous enseigner est qu'un professionnel se doit d'être matinal.

— Hein? Professionnel? Mais professionnel de quoi?

— Celui qui est frappé d'Alzheimer ici, c'est moi. Vous ne vous souvenez pas? Notre pacte?

— Ah oui, merde...

Dans quoi s'est-elle encore embarquée? se demande Mathilde avant de se ressaisir devant l'air déconfit de son instructeur:

— Pardon, je voulais dire... Je suis pas super du matin. Surtout après la nuit d'hier... Enfin, vous comprenez.

— Oui. Évidemment, je comprends.

Il lui tend le paquet de linge plié.

— Des vêtements propres.

— Mais... où vous avez trouvé des vêtements à cette heure-ci?

— Je dirais juste qu'il vaut mieux que vous portiez mon manteau lors de notre départ. Il n'est pas impossible que ces affaires appartiennent à l'hôtelière.

Mathilde s'offusque à voix basse:

— Mais vous êtes salaud. Elle est super gentille.

Le vieil homme plaide ses bonnes intentions:

— J'ai pensé que vous ne souhaiteriez pas remettre vos guenilles.

— Pardon, je voulais pas vous parler méchamment. Merci pour l'attention. Je m'habille et je vous retrouve dans votre chambre.

Courte échelle à la truie. Mariole laisse un substantiel dédommagement sur la commode, à l'intention de la donatrice malgré elle. Les habits feront l'affaire le temps de l'escapade, mais tant qu'à opérer une métamorphose, Mathilde compte le faire avec panache. Ce qu'elle explique à son associé en embarquant dans la Dauphine.

— En tant qu'apprentie tueuse, il me faut un costume plus approprié, vous en conviendrez.

L'assassin admire ce professionnalisme.

— Vous voulez dire imper et lunettes noires?

— Ne le prenez pas mal, Mariole, mais côté vestimentaire, je vais prendre le relais.

Mariole se demande s'il ne va pas regretter d'avoir abrégé sa traversée en solitaire, puis se raccroche à ce vieil adage : « Ce que femme veut... »

Et enclenche le starter.

Mariole se gare devant une friperie : Le ver et le papillon. Mathilde, d'une humeur guillerette qui le ravit, se tourne vers Chonchon.

— Tu nous attends, hein Chonchon. J'en ai pas pour long.

La truie, ne pouvant contester, s'étale sur la banquette pour piquer un roupillon.

Mathilde pénètre dans ce concept-store dédié aux costumes et apparats. Mariole prie qu'elle fasse vite, mais si la maladie lui a grignoté la mémoire, une certitude reste : les femmes et les emplettes, ça prend toujours des plombes.

S'avance une jeune vendeuse avenante derrière son visage constellé de piercings :

— Je peux vous aider ?

Mathilde s'illumine.

— Je pense que vous êtes *la* personne idéale, oui. Je cherche un nouveau…

Elle se désigne dans son intégralité :

— … ça !

Prenant la tâche qui lui incombe très au sérieux, la vendeuse passe au crible ses racks de vêtements.

— Et vous voulez évoluer vers quel style ?

— J'ai passé ma vie à avoir une opinion de moi, disons catastrophique, à cause du jugement des autres. Là, je suis en mode « Qu'ils aillent tous se faire foutre ! »… Si vous voyez ce que je veux dire.

— Compris.

Nulle nécessité d'être plus explicite.

Quand réapparaît Mathilde, après un tour de prestidigitation dans la cabine d'essayage, la mutation a opéré. Elle s'examine dans la glace. Elle semble bien loin, son image de la veille, au sortir de la douche, nue et vulnérable. Son reflet arbore des Converse roses et une combinaison d'aviateur extra-large que la vendeuse trouvait trop *badass*.

— *Ça,* c'est du relooking !

Mathilde ne s'approprie pas immédiatement ce reflet qui lui plaît néanmoins.

— C'est pas trop ?

— Ça dépend, si tu comptes scorer le prince Harry, je dirais que c'est mort. Si tu veux buter de l'alien, par contre…

— Je coche la deuxième option.

— Je m'en doutais. Et il s'appelle comment, l'alien ?

— Boris.

— Va le défoncer, Ripley!

Les filles se tapent dans la main. Mathilde invite son partenaire de futurs crimes aux délibérations:

— Alors?

— Eh bien... Ça change... Je suis ravi de vous voir ravie.

L'uniforme est fondamental dans ce métier, celui que Mathilde s'est confectionné n'est pas orthodoxe pour une femme – en tout cas dans le monde de Mariole –, mais il lui reconnaîtra une certaine efficacité.

Elle ajoute dans son panier un loup de carnaval, une tête de chat en velours noir, pressentant que ça lui sera utile.

Mariole avise sa montre:

— Bien, maintenant que les apparences sont gérées, passons aux choses sérieuses.

Regard noir de la vendeuse. Moue de connivence de Mathilde qui sous-entend «Laisse, il a pas toute sa tête», mais avant qu'il ne vire sexiste elle prend soin de remonter les bretelles de Mariole:

— Parce que vous estimez que cette étape n'était pas sérieuse?

— Si, mon enfant, mais...

Le vieux peste, sent qu'il n'y a pas de bonne réponse, ne veut pas la vexer mais le temps presse. Mathilde lui pose une bise sur sa joue coupée. Elle se dit qu'il lui faudra bientôt l'aider à se raser. Elle s'exhorte à ne pas être trop dure. Son bienfaiteur fait des efforts notables, il est quand même adorable avec elle.

— J'ai pas tout à fait terminé.

— Allons bon, de quoi avez-vous besoin de plus, que diantre ?

— Mais d'un coiffeur, *que diantre* !

Mariole lève les yeux au ciel, Lucie s'esclaffe, et vingt minutes plus tard, Mathilde se cale dans un fauteuil de coiffure, comme si c'était son cockpit.

— Ouh là là, vos cheveux sont tout abîmés, siffle le coiffeur gay comme un pinson.

— Oui... J'en ai pas pris beaucoup soin, ces derniers temps...

Le visagiste s'attelle à la reconquête de l'estime de soi.

— Je vois. Alors, qu'est-ce qu'on fait pour égayer tout ça ? Un balayage ? Un rafraîchissement ? Un dégradé ?

— Une coloration.

— Intéressant. Mais encore ?

— Ces derniers mois, je voulais me terrer sous terre, maintenant je veux qu'on me voie.

Le coiffeur s'en va virevolter dans son étalage de teintures, tel un colibri des îles.

— Houuuuuuuuuu, j'aime ça ! Alors j'ai bien une idée, mais dites-moi d'abord.

— Je souhaiterais... un feu d'artifice !

— Eh bien préparez-vous, votre vœu va être exaucé.

Le coiffeur opère sa magie, ciseaux et pinceaux en guise de baguette, et :

— Abracadabra !

Mathilde en est tout éblouie.

— Merci, ma fée marraine !

Elle rejoint Mariole installé dans la salle d'attente

à lire *Biba* pour la troisième fois sans se rappeler la première ligne. Il relève les yeux sur sa protégée qui secoue la tête au ralenti. La mâchoire du vieil homme en tombe dans son magazine féminin. Coupe asymétrique, ses cheveux multicolores longs d'un côté se poursuivent en un magnifique arc-en-ciel sur le versant opposé rasé court. Ce serait sa gosse, Mariole s'inquiéterait, exercerait un excès d'autorité paternelle, la renverrait dans sa chambre, puis se dirait qu'il est un vieux con, qu'il ne comprend rien à cette génération. Alors il ne juge pas.

— Vous... vous ressemblez à...

— Une apparition enchanteresse ?

— Je... Le mot est fort. Je dirais plutôt une apparition... intéressante.

— Il manque une dernière étape.

— Quoi donc ? tousse Mariole qui commence à avoir du mal à masquer son impatience.

Mathilde lui indique l'enseigne d'une parfumerie de l'autre côté du trottoir.

— L'essentiel.

La sonnette finement ouvragée annonce d'un *ding* exquis l'entrée du duo.

— Le parfum, c'est l'identité. Ça fait une éternité que je n'en ai pas porté…

— Bien, Mathilde, mais après…

— Marino, oui, je sais. Je ne l'oublie pas, moi.

Le vieil homme encaisse la pique.

— Pardon, Mariole, c'était indélicat de ma part.

Mathilde, désolée, lui prend la main.

— On va le retrouver, votre Marino, je vous le promets. Je serai votre mémoire.

Le teint du vieillard se ravive, ses pommettes rosissent, il est saisi d'une affection paternelle qu'il ne se connaissait pas. Arrive un âge où on n'a plus de temps à gaspiller avec les balivernes de la pudeur: il apprécie cette Mathilde.

— Faites ce qu'il vous sied afin de vous sentir mieux, mon enfant. Je vais me retirer dans un coin et me faire oublier.

— Ça devrait pas être difficile pour vous.

Clin d'œil blagueur, l'effrontée se dit qu'elle peut oser.

— Je rigole, hein, Mariole.

Lui de même.

— Je suis heureux de vous voir reprendre de l'aplomb, Mathilde.

Il s'isole donc, non sans ressortir ses notes et replonger dans ses aide-mémoire.

Enveloppée d'une aura de douceur, une peau aussi nacrée que les flacons qui l'entourent, la vendeuse s'approche des nouveaux arrivants comme si elle sortait d'un écrin de soie. En osmose avec ce lieu dédié aux essences les plus délicieuses, son tailleur couleur ivoire contraste avec le look de Mathilde, toutefois la parfumeuse l'accueille sans a priori et avec un sourire commerçant, mais sincère :

— Bienvenue. Puis-je vous aider ?

— S'il vous plaît, oui. Je traverse une période de grand bouleversement…

Mathilde s'affiche clairement dans sa mutation et sollicite la bienveillance de son hôtesse.

— … et je suis en quête d'un parfum. Pour m'accompagner.

N'affichant aucune aversion pour son accoutrement, qui aurait tout pour la rebuter, pourrait-on penser, la vendeuse s'irradie d'une aura resplendissante. Magnifier par l'odeur, plus qu'une vocation, une mission. La parfumeuse s'y adonne avec conviction et une once de génie.

— Bien. Êtes-vous déjà cliente chez nous ?

— Non.

— Sachez que nous fabriquons nous-mêmes nos parfums, je n'aurai donc pas une référence du grand commerce.

— Encore mieux. Je veux éviter la banalité. Vous pourriez me guider ?

— Avec joie. Je suis là pour ça.

La vendeuse et Mathilde s'en vont butiner les champs d'arômes pendant que Mariole furète sur les étagères pour tromper son ennui. Devant chaque fiole exposée, trône sur son socle une cloche en porcelaine. Il en grappille une au hasard, la scrute, rien en dessous, rien autour.

La marchande lui en livre le secret :

— Retournez-la et placez-la sous votre nez. Puis sentez.

Mariole s'exécute et s'extasie. Un florilège de senteurs lui chatouille les muqueuses et bombarde de stimuli ses neurones olfactifs.

— Merveilleux !

Mathilde l'imite et éprouve un enchantement similaire. La maîtresse des fragrances les initie aux subtilités de son art :

— La porcelaine est poreuse, elle capture le parfum. Elle s'en imprègne et le conserve des jours durant.

Mariole plonge son nez, qu'il a imposant, d'une cavité de porcelaine à l'autre. Lui, à qui la mémoire fait tant défaut, voyage dans son imaginaire grâce à ce réjouissant passeport olfactif.

Tout en affinant sa prospection d'arômes, la vendeuse papillonne jusqu'à Mariole pour lui offrir une coupelle de café en poudre. Dérouté, il décline avec politesse :

— Merci, j'ai déjà sustenté ma soif de caféine ce matin, je ne voudrais pas réveiller mes spasmes.

Voyez-vous, je souffre du syndrome des jambes impatientes et…

La vendeuse hoche une tête respectueuse pour mieux l'interrompre :

— Reniflez.

Le fumet du café corsé emporte sur son passage toutes celles cueillies avant lui.

— Le café a pour vertu de neutraliser les parfums, il provoque une remise à zéro de l'odorat. Ça réégalise les odeurs.

— Incroyable !

— Vous voilà disposé à goûter de nouvelles saveurs.

Mariole est ravi d'enrichir son savoir. Un luxe qui se fait rare à son âge. Il repart avec béatitude dans son vagabondage de senteurs. Sa coupelle de café à la main, il visite les cloches de porcelaine, comme il explorerait des extraits de vies qu'il aurait pu vivre, d'hommes qu'il aurait pu être, de femmes qu'il aurait pu aimer…

La vendeuse s'étire sur la pointe des pieds – elle n'est pas plus haute que trois bouquets de lilas – et cueille un ravissant flacon aux teintes roses et contours bleutés qui ne sont pas sans rappeler les mèches colorées de sa destinataire.

— Je pense avoir trouvé ce qu'il vous faut.

Mathilde lit le nom apposé sur l'étiquette :

— *Par amour*.

— Comment n'y ai-je pas pensé plus tôt ?

En offrande, la clochette correspondante. Mathilde hume. La vendeuse énumère les senteurs à mesure qu'elles l'emplissent. Comme si elle s'imprégnait de sa propre essence, Mathilde a la sensation grisante de s'élever tout en s'enracinant.

— Notes de tête : rose de Grasse. Notes de cœur : patchouli, bois de santal. Notes de fond : vanille, fève de tonka, labdanum.

— Il est... parfait !

Mathilde flotte sur un nuage. La vendeuse aussi, elle a rempli sa mission : aider une femme à se reconnecter à elle-même. Elle lui tend le flacon. Mathilde s'en asperge l'intérieur des poignets, s'apprête à les frotter l'un contre l'autre...

— Surtout pas. Ça casse les notes de tête.

— Oh, je ne savais pas...

Mathilde sent les arômes sur sa peau. La fusion opère, elle ne fait plus qu'une avec cette odeur. Elle a trouvé. Son identité.

Elle se tourne vers Mariole pour partager sa joie et le voit figé d'hébétude, une cloche sous le nez, une larme sur la joue.

— Mariole ?

Elle s'approche, prudente, une main en suspension vers lui, comme si elle avait peur de le casser.

— Quelque chose qui ne va pas ?

La vendeuse, tout aussi intriguée, vérifie le flacon : *Cuir de Russie*. Un de leurs classiques.

— Vous... vous aviez raison, Mathilde. J'ai été amoureux... Éperdument !

Le vieil homme en tremble de toute son ossature grippée.

— Et... c'était son parfum ?... en déduit Mathilde.

— Oui.

Mariole lâche la cloche qui éclate en morceaux à ses pieds. Il titube, en passe de défaillir.

— Vous avez besoin de vous asseoir, monsieur? s'inquiète la vendeuse en lui apportant un fauteuil.

— Pardon, je… je paierai pour la casse.

— Ne vous souciez pas de cela.

Mariole se repose sur le siège, les yeux perdus vers l'infini.

— Je n'ai pas senti cette odeur depuis… des années… Des années qui paraissent des siècles…

— Et?…

Mathilde ose formuler sa question, en craignant la réponse:

— … vous vous souvenez d'elle?

Mariole s'ébrèche. Il baisse la tête et est bien forcé d'admettre:

— Non…

La vendeuse accourt à sa rescousse, déballe une cloche vierge et en imprègne la porcelaine du parfum de l'aimée oubliée. Mariole y replonge les narines. Extase à nouveau. Ses sens s'échinent à dessiner un souvenir. Qui reste vaporeux. La forme lui échappe. Seul le sentiment persiste. L'amour. Unique. Celui d'une vie. Sur lequel il ne peut mettre un visage. Ni un nom.

Mariole contemple la cloche, puis glisse vers la parfumeuse des yeux reconnaissants:

— Merci…

Mathilde chuchote à leur bienfaitrice:

— On va prendre aussi un flacon de celui-là.

La vendeuse sourit, sûre d'elle.

— Évidemment.

Mathilde et Mariole ont installé leur QG éphémère dans un tiers-lieu de la région où les ont égarés leurs pérégrinations. Quelque part vers Giverny. Passés en mode furtif, ils ne comptent pas camper là plus de temps qu'il n'en faut pour établir leur plan d'attaque.

Ils ont loué un atelier dans un moulin réhabilité en espace de travail, géré par une association qui accueille dans son enceinte toute initiative artistique, humanitaire, solidaire… Les gérants ont reçu à bras ouverts cette troupe de théâtre qui avait l'air autant en marge qu'eux. Mathilde leur a expliqué qu'ils avaient besoin d'un lieu de répétition pour la pièce dont elle était l'autrice. Ils l'ont crue, pourquoi en douter ? Personne ne suspecte donc ce qui se trame derrière cette porte fermée.

— Bon, tâchons d'être organisés.

Mathilde écrit *Mariole* en haut de la feuille vierge d'un large bloc papier accroché à un des deux chevalets de conférence mis à leur disposition. Sur le second tableau posé en miroir, elle écrit *Mathilde*.

— On va noter les éléments qui relèvent de votre enquête, puis ceux qui relèvent de la mienne. Exemple ici, *Boris égale Beau_Risque_69*.

Ce qu'elle marque sur le tableau à son nom.

— Dès que des faits corroborent, on les note, on les lie, on les stabiloshe.

— Vous êtes très organisée, dit Mariole impressionné. Vous avez suivi une formation d'agent secret ?

— Non, j'ai maté tous *Les Experts*.

— Les experts ? Quelle filiale ? Espionnage ? Criminalité ? Stupéfiants ?

— Non, *Les Experts Miami* surtout. C'est une série.

— Une série ?

— Télé. Là, par exemple, si on en tournait un épisode de notre histoire, ce serait *Les Experts Eure-et-Loir*.

Mariole ne comprend rien à ces affabulations et poursuit l'inventaire de son attirail de guerre. Face à lui sont alignés revolvers, cartouches, couteaux, grenades et ustensiles de nettoyage ad hoc. Le Monsieur Propre du grand banditisme passe la brosse dans le canon de son Beretta pendant que Mathilde punaise les différentes pièces à conviction sur son tableau.

— Ce qu'on sait, à date…

Mariole participe en s'aidant de ses antisèches :

— On a un nom : Marino.

Que Mathilde note en gros, puis l'entoure au Stabilo.

— Commençons donc par une recherche Internet.

Elle allume l'ordinateur ultra-portable premier prix qu'ils viennent d'acheter dans une grande surface en périphérie. Ainsi que deux smartphones chinois pas chers – un pour elle, un pour lui –, des batteries en rab, ne pas se retrouver en rade, une clef 5G pour leur mobilité, un disque dur externe pour les backups, une GoPro, une mini-caméra… Divers outils techniques qui permettent à Mathilde de prendre le relais high-tech de son collaborateur trop vintage à son goût. Si le vieil assassin est armé jusqu'au dentier, pour le reste, il n'est pas équipé pour affronter le monde moderne.

Mathilde google *Marino*. Elle apprend sur Wikipédia qu'il s'agit d'une ville métropolitaine de Rome Capitale dans le Latium en Italie; sur YouTube qu'un Marino Marini a chanté une version peu mémorable de *Que sera, sera* ; sur le site Magicmaman que ce prénom est d'origine arabe et latine, dérivé de *mare*, il signifie « de la mer » et est apparenté aux marins; sur Pinterest que Peter Marino est un architecte américain gay au look cuir fétichiste assumé… Bref, rien d'utile.

La cyber-enquêtrice erre dans les méandres du Web une bonne demi-heure avant de se rendre à cette évidence : c'est pas comme ça qu'elle va le débusquer, le Marino. Et Mariole de commenter l'échec en lustrant le canon de son Beretta :

— Marino, avec un blaze pareil, c'est probablement un mafieux. Dans le milieu, c'est aussi original que de s'appeler Martin chez le Français moyen.

Mathilde resserre sa recherche avec des mots-clefs qu'elle considère pertinents – *Marino, truand, mafia, tueur, méchant* – et tombe sur un article significatif dont elle résume les grandes lignes à haute voix :

— J'ai un Martinot, là, dans une rubrique faits divers. Il a été retrouvé dans le coffre d'une Peugeot 504. Avec un Gitan et un ferrailleur. Tous les trois découpés en morceaux. La voiture flottait sur un étang. Apparemment, leur meurtrier voulait se débarrasser des corps, mais la voiture n'a jamais coulé. On n'a pas retrouvé le tueur, un certain Raymond Truchaud, plus connu sous le surnom de « Roy ».

— Martinot, vous dites ? Non, ce n'est pas notre homme.

— Vous auriez pu vous tromper dans l'orthographe, non ?

— S'il vous plaît, soyons sérieux, je suis un professionnel, enfin... Ma... Ma...

Mariole s'interrompt, bouche béante, l'air piteux. Ses yeux implorent son interlocutrice dont il a oublié le prénom. Encore. Mathilde s'agace à ce qui pourrait devenir du comique de répétition si cette maladie n'était pas si dramatique.

— Vous vous moquez de moi ?

— Hélas, non. Je...

— Mathilde ! Mon nom, c'est Mathilde !

Elle le réécrit et le surligne trois fois sur le tableau. Mariole baisse la tête comme un élève grondé.

— Pardon, je ne voulais pas être brusque. C'est juste que...

Elle observe l'autre feuille sur laquelle est écrit *Mathilde*, justement, en se disant qu'égoïstement, elle a hâte qu'ils passent à son cas à elle.

Le vieil homme en perdition caresse Chonchon. À nouveau, il semble avoir dérivé ailleurs. Pas dans l'oubli, cette fois, mais dans la tristesse. Le constat de sa condition, son impuissance face à son accélération.

Mathilde s'en veut de l'avoir engueulé. Elle voudrait l'extraire de ce moment d'apitoiement. Une idée émerge alors qu'elle observe les documents éparpillés autour d'eux. Elle extrait de sa sacoche le flacon de *Cuir de Russie*, en asperge la main de Mariole et la lui fait renifler. Elle lui désigne ensuite le Polaroid du cadenas.

— Pourquoi faites-vous cela, Mathilde ?

— Pour réveiller vos souvenirs.

Les yeux de Mariole reprennent effectivement vie au stimulus de ces fragrances nostalgiques.

— Pièce à conviction numéro 2, on a établi que le cadenas avait un lien avec lady Madeleine.

— Lady Madeleine ? répète Mariole, perdu dans les méthodes d'investigation de l'enquêtrice.

— L'élue de votre cœur.

— Elle s'appelait Madeleine ?

Mariole vérifie dans son carnet, l'information n'y figure pas.

— Non. Mais comme vous ne vous en souvenez que par l'odeur, Madeleine, ce sera son nom de code. C'est proustien et *Les Experts* à mort, vous suivez ?

— Euh... moyennement.

Euphémisme pour ne pas admettre qu'il est largué.

— Va pour lady Madeleine. Cela dit, sans vouloir vous échauder, je pense qu'il s'agit là d'une fausse piste.

Il consulte son carnet.

— Je relate ici avoir fouillé mes dossiers dans ma planque et il n'y est fait aucune mention d'une quelconque amourette.

— Une amourette ? s'insurge Mathilde, mais enfin Mariole ça avait l'air d'être bien plus que ça !

— Écoutez, mon enfant, nous n'en savons rien. Ne tirons pas de conclusions hâtives.

— Ah non, pas vous, hein ! Vous allez pas me la jouer caricature du mâle déconnecté de ses émotions.

— C'est-à-dire que je souffre de cette maladie qui...

— Je ne parle pas de ça. J'ai vu votre émoi à la parfumerie. Je vous ai vu vous asperger du parfum à l'intérieur de votre poignet depuis. Cette femme a compté pour vous, alors ne faites pas genre c'était une amourette. C'est dévalorisant pour elle et c'est dévalorisant pour votre histoire.

L'amoureux en déni se réfugie le nez dans sa paume parfumée. La gamine a peut-être raison. Il ne sait pas qui est cette mystérieuse femme, mais force est de constater que son cœur bat la chamade chaque fois qu'il repense à elle. Du moins, aux éclats qui en surgissent à son évocation olfactive.

— Je vous accorde le bénéfice du doute...

Cet aveu donne un coup de fouet à la jeune romantique et confirme son intuition : c'est la piste à creuser.

— Néanmoins, je n'avais conservé aucune information sur elle à mon bureau. J'en déduis qu'elle a disparu de ma vie il y a fort longtemps.

— En 1986 ?

— Plaît-il ?

Mathilde punaise la photo floue au tableau, sous laquelle elle écrit, après l'avoir nommée :

— *La photo de la femme mystérieuse.* Et la date indiquée sur le journal : *9 novembre 1986.*

— Diantre.

Mathilde pointe la silhouette aux contours flous assise sur le lit :

— Vous pensez comme moi ?

Une flamme s'allume dans les rétines de l'amnésique.

— Madeleine !

Mathilde se triture le cerveau :

— Marino aurait pu la séquestrer... non ? Pour vous atteindre *vous* ! Vu votre métier, vous aviez des ennemis. Et votre point vulnérable : la famille, les enfants ou l'être aimée... C'est le meilleur moyen de vous faire plier. Ça marche avec les espions, les super-héros, les tueurs à gages, c'est toujours le même ressort...

Cette demoiselle a l'air complètement allumée mais son raisonnement n'est pas entièrement abracadabrant. Mariole se lève et scrute les détails de la photo de plus près :

— 9 novembre 1986. Ce pourrait être le jour de son enlèvement...

— Qu'est-ce qui vous fait dire ça ? demande la novice en criminalité.

— Le journal. Truc classique des ravisseurs pour attester de la date et l'authenticité d'un enlèvement.

Mathilde note *Madeleine* sous la photo et réfléchit tout haut :

— Votre mission, là, vous êtes sûr que c'est un contrat ?

— Que cela pourrait-il être d'autre ?

— De la vengeance... Vous croyez pas ? Moi, ça me paraît pas délirant. Pour que le souvenir vous reste ancré dans la peau comme ça... Malgré votre condition. Ce Marino a dû faire du mal à cette femme, et vous, vous voulez lui faire payer. Vous avez pas réussi à l'époque, et c'est pour ça que vous arrivez pas à oublier... Enfin pas intégralement.

Le professionnel cogite mais tempère les affabulations de cette Fantômette d'opérette.

— C'est une possibilité… Mais il y en a des centaines d'autres.

— Non mais Mariole, sérieux ! Le cadenas des amoureux, son parfum, une photo d'elle avec une date estampillée en premier plan, bien en évidence… Moi, je vois une série comme ça, c'est cramé d'avance : le tueur, il s'en est pris à la dame de votre cœur et vous, vous voulez lui faire la peau ! Parce que vous avez beau être vieux et amnésique – le prenez pas mal, je dis les choses comme elles sont, hein –, ben, ça, vous arrivez pas à l'oublier. Et comme vous êtes du genre un peu macho de la vieille école – encore désolée –, vous osez pas vous l'avouer.

— Mathilde, enfin, je ne vous permets pas…

Mathilde lui colle le Polaroid du cadenas sous le nez et lui asperge les narines de *Cuir de Russie*. Et Mariole de repartir dans une volupté passée.

— Sniffez-moi ça ! Alors, on suit un truand qui fait du trafic d'organes ou un type qui a fait du mal à votre dame ?

Les méninges reparties comme en 40, Mariole inspecte les autres pièces, avant de s'arrêter sur les dessins d'architecte :

— Ce salopard a dû la séquestrer dans cette maison-ci. Ça doit être pour ça que j'en ai conservé les plans.

— Mais oui ! C'est sûr !

Mathilde s'agrippe à la moindre bribe de déduction pour tricoter des liens arbitraires. Si ça a l'air de coller, c'est que ça doit être vrai, se convainc-t-elle.

— Il faut trouver l'adresse.

L'enquêtrice se prend au jeu, épluche les lettres vierges, puis le bloc-notes détrempé et les met de côté :

— Rien de probant là-dessus, c'est illisible...

Puis s'y repenche de plus près. Sur le cuir de la jaquette, on peut encore voir incrustée l'année, qu'elle lit tout haut pour alimenter sa théorie :

— 1986 ! Encore. L'encre est diluée mais...

En effeuillant le carnet, elle tombe sur un nouvel indice qui avait échappé à Mariole. Une mèche de cheveux blonds, coupée et glissée dans la doublure de la couverture. Un marque-page ? Une cicatrice dans son histoire ? Ou alors :

— La preuve de sa détention ? déduit-elle. Elle était blonde, Madeleine ?

— Qu'en sais-je ?

— À moins que vous n'ayez eu vous-même de jolies boucles d'or à l'époque, je dirais que cette mèche lui appartient. Tout corrobore !

En tout cas, Mathilde, elle, elle y croit dur comme fer. Elle insiste dans ses certitudes.

— D'habitude, les malfrats, ils coupent plutôt les doigts, je crois, mais les cheveux sont une preuve comme une autre, non ?

Fausse piste ? Déduction alambiquée ? Peut-être. Mais pour l'instant, Mariole n'a rien d'autre à quoi se raccrocher, alors il suit le fil tordu de ce raisonnement qui semble mener quelque part.

Mathilde s'empare du morceau de nappe déchiré, tente de déchiffrer le code qui y est gribouillé, le tape sur Google, *PF No10 EMi BMV855 JSB*, et lit le message automatique qui s'affiche :

— *Aucun résultat contenant tous les termes de recherche n'a été trouvé...* Bon, ça ne nous avance pas. On dirait une clef WEP pour le WiFi...

— Une quoi ?

Mathilde ne prend pas la peine d'éclairer son binôme qui se décompose à chaque mention technologique.

— Non, la photo date de 86. Internet n'existait pas...

Elle superpose les dessins d'architecture de la maison à la photo :

— Mariole, vous pensez vraiment que ça pourrait être la maison de l'assassin ?

— Ça ne fait aucun doute.

— Et qu'elle correspondrait au lieu où a été prise cette photo ?

— La corrélation paraît cohérente. Une seule question demeure : comment retrouver cette demeure ?

Mathilde fait une pause à cette incise poétique.

— Quoi ? dit le plaisantin avec innocence.

Apparemment il ne fait même pas exprès. Mathilde poursuit :

— Soit aucun de ces éléments n'est lié, mais vous aviez l'air d'être un professionnel organisé, soit ils font tous partie du même labyrinthe et nous avons une clef d'entrée.

— Laquelle ?

Mathilde s'empare de la dernière pièce sur la table. L'assassin amnésique l'avait totalement oubliée, et pour cause.

— Qu'est-ce donc ?

L'enquêtrice secoue la fiole de terre.

— Un indice. Si on élimine la piste peu probable de

l'anthrax, vous pensez qu'on peut localiser une maison à partir d'un échantillon de terre ?

Mariole visse un silencieux au canon de son revolver.

— Nous allons vite le savoir.

Mathilde lance une nouvelle recherche Internet :

— Bon alors, il n'y a plus qu'à trouver un labo spécialisé en analyse de sol. Ça doit bien exister.

— Formidable ! Nous pourrons ensuite passer à votre cas.

Mariole vise le tableau *Mathilde* et tire sur le nom de *Boris*. La balle transperce le point du « i » avec une précision qui laisse sa partenaire pantoise. Ainsi qu'un trou dans la cloison. Il a de bons restes, le vieux.

Le gérant du tiers-lieu fait irruption dans la salle, de l'effroi dans les yeux.

— Qu'est-ce qui se passe ici ? Une balle a traversé mon bureau !

— Désolée, on répète, et euh… c'est une pièce de gangsters, répond Mathilde du tac au tac.

Le gérant fixe l'attirail étalé sur la table. Mariole lui renvoie un regard de tueur plus vrai que nature.

— Mais… vous n'utilisez pas des effets spéciaux ?

— Ah non, répond la puriste, nous, on fait du théâtre *vérité*. Il faut que le spectateur sente la *poudre*, si on veut qu'il ressente la *peur*.

Le gérant comprend qu'il vaut mieux ne pas insister. Il s'en retourne à ses demandes de subventions, en se disant qu'il devrait arrêter d'accepter les cinglés du spectacle expérimental et se cantonner à l'artisanat local.

Profitant de cette matinée de mise en place des opérations, Mathilde et Mariole se sont retranchés dans la clairière d'un bois à l'abri du regard des curieux. Auparavant, le vieil homme avait ramassé un cageot de bouteilles vides au pied d'un conteneur à verre. Les clichés ont la dent dure. Voilà donc l'apprentie en train de tirer sur des tessons comme dans un bon vieux western. Sa vie a pris un tour inattendu depuis sa rencontre avec l'ancien assassin qui se révèle être encore une fine gâchette.

— Je vous ai dit, Mariole, je ne compte tuer personne.

— Savoir se défendre ne signifie pas tuer. Pas nécessairement.

— Pas nécessairement ?

— Ça dépend où vous visez.

En moniteur consciencieux, Mariole initie son élève aux bons réflexes.

— Votre doigt ici. Votre poids comme ça. Verrouillez bien votre position, attention au recul.

Mariole a beau se perdre vingt fois par jour, égarer ses lunettes tout autant et, plus embêtant, son revolver, déconnecter de lui-même constamment, il se souvient des moindres nuances pour donner la mort. Une façon de fuir la sienne ?

Mathilde tire. Une balle dans un tronc, une autre dans une motte de terre, la troisième pulvérise une des bouteilles alignées à la grande satisfaction de son instructeur.

Chonchon s'est réfugiée derrière un buisson. Les bruits de détonation ne lui disent rien qui vaille, surtout dans une région de chasseurs.

Cet exercice donne à Mathilde un sentiment de puissance en définitive assez malaisant. Trop viril, trop violent, l'escalade systématique qu'il implique, l'usage de l'arme à feu la révulse.

— Bravo, vous êtes une élève douée.

La disciple prend la main de son instructeur et y dépose son arme.

— Écoutez, vraiment, c'est pas pour moi. Me venger oui, mais pas comme ça. Je refuse de verser le sang.

Mariole observe le pistolet, dépité.

— C'est embêtant pour un assassin.

— Justement, ça c'est votre rayon. L'important c'est que vous restiez près de moi. On se complète bien, tous les deux.

Après tout, elle a peut-être raison. Tant qu'il peut encore la seconder, tant que son bras ne tremble pas. Seulement ça, c'est pas gagné. Mariole respecte sa volonté et range le Beretta.

Chonchon, sentant la tempête de balles s'éloigner, sort le groin de son buisson.

— Puis-je au moins vous enseigner quelques notions de self-défense ? Cela pourra vous être utile.

Mathilde réfléchit, repense à tous ces moments où des mains se sont baladées trop près de son cul dans le métro, où des mecs l'ont suivie dans la rue, à ceux qui ont été insistants en boîte, pour ne pas dire abusifs, à cet exhibitionniste devant son école, quand elle était petite, à ce mec qui se branlait dans le RER D, à ce type qui l'avait coincée dans l'entrée de son immeuble un soir où elle était ivre, et répond :

— D'accord.

Mariole a lu dans son regard la douleur. Et la colère.

— Vous connaissez les classiques points vulnérables : testicules ou tibia. Mais il y a d'autres variations utiles. Il vous faut viser un endroit qui, une fois la pression appliquée, provoquera une douleur invalidante : la gorge, sous l'arête du nez, la tempe, la clavicule également, très douloureux...

Mariole illustre les postures sur Mathilde qui l'imite. Elle se surprend à être plus à l'aise avec cet outil de défense qu'avec un flingue.

— Je suis impressionnée que vous sachiez encore vous battre comme ça, dit-elle.

Mariole observe ses mains qui ne sont plus que des nœuds osseux et maudit les ravages du temps.

— J'ai su...

Mathilde voudrait lui dire que ça va aller, qu'il va se rétablir, tout en sachant bien qu'on ne guérit pas de la vieillesse...

— Mariole, je...

Refusant sa pitié, le vieux professeur reprend avec aplomb :

— Autre figure incontournable : l'étranglement. Attention, en cas d'étranglement contre vous, il est primordial de...

Un temps. Mariole cherche.

— De quoi ?

— Il est impératif que…

Un temps plus long. Mariole divague vers le ciel. Son souffle se fait profond.

— Que ?… Mariole ?

Le visage de l'instructeur s'est assombri.

— Je ne me souviens plus…

Son esprit l'abandonne un peu plus chaque jour. Mathilde lui donne une tendre accolade pour le ramener à elle.

— On va arrêter la leçon pour aujourd'hui… OK Dory ?

— Dory ?

— Bah oui, *Le Monde de Némo*, vous l'avez pas vu ? Dory, la poisson amnésique.

Mathilde s'interrompt pour une question existentielle de la plus haute importance :

— On dit *poissonne* au féminin ?

— Ma chère enfant, vous m'avez complètement perdu.

— Bah voilà, du Dory tout craché, ça. Attendez.

Sachant que la situation ne va cesser de se reproduire, Mathilde se dit qu'elle va avoir besoin de supports visuels. Elle lui emprunte son portable :

— Dory est comme vous, elle a des troubles de la mémoire immédiate. Souriez.

Bonne pâte, Mariole esquisse un sourire un peu benêt. Mathilde prend un selfie d'eux qui témoigne de leur complicité.

— Pour votre prochain décrochage, on gagnera du

temps… Dory, elle est trop chou, je l'adore. Et vous aussi, je vous adore.

Mathilde pose une bise sur la joue du poisson-clown désorienté.

— On y va, Dory ?

— Je n'ai pas compris un traître mot de ce que vous venez de dire. Mais oui, allons-y…

Mariole tire Chonchon en laisse puis se fige.

— Mais euh… où allons-nous exactement ?

Mathilde brandit la fiole de terre.

— Au laboratoire d'analyse sédimentaire.

Les crises rapprochées de son chauffeur ne la rassurant guère, c'est Mathilde qui conduit la Dauphine sur la route de Paris. Mariole s'est d'abord rebiffé puis a tôt fait d'oublier le sujet de la querelle avant de lui céder le volant. Assis à la place du mort en sursis, l'enquêteur relit ses notes :

— Où en sommes-nous ? Avez-vous une idée de comment remonter la piste de votre homme ?

— Euh, mon homme, mon homme... Attention au choix de vos mots, Mariole.

— Ne soyez donc pas si tatillonne.

— Bah si, justement. C'est bien tout le problème avec le harcèlement, s'emporte Mathilde, on pose pas le bon vocabulaire sur les dérapages, du coup, c'est la fête à l'impunité. Chez les mecs, comme chez les flics, on s'en *ballek*, et qui c'est qui trinque ? Bah, c'est les filles, comme d'hab', et y en a marre parce que...

Mariole n'ayant pas une espérance de vie assez longue pour se lancer dans ce débat féministe, si justifié soit-il, lui coupe la parole :

— D'accord, d'accord... Avez-vous son numéro de téléphone ?

Mathilde se contient, pourrait l'éduquer sur deux-trois

notions de sexisme, mais elle a un autre homme à abattre :

— J'ai essayé celui que j'avais, il ne marche plus. Il a dû le désactiver. Et il m'a bloquée sur Romantica.

— Sur quoi ?

— Romantica. L'appli sur laquelle on s'est rencontrés.

— Une appli, dites-vous ?

S'il faut updater l'ancêtre sur la révolution numérique des dix dernières années, elle va être longue, cette traque.

— En gros, c'est comme les petites annonces dans le journal, mais sur Internet. Et c'est interactif. On se séduit via des profils, ensuite on peut tchatter...

— Tchatter ?

— Discuter, quoi.

— Eh bien, pourquoi ne dites-vous pas discuter ?

Choc générationnel. Sur certains aspects, Mariole lui rappelle parfois son père. Mathilde se retient d'être agacée, parce qu'en majeure partie, le vieil homme ne lui montre que gentillesse et respect. Contrairement à son patriarche qui n'a eu de cesse de la rabaisser.

— Parce qu'on dit tchatter, Mariole. Le monde change, la langue aussi. Bref, on se connecte, ça permet d'apprendre à se connaître. Avant de se rencontrer, on se séduit, on s'envoie des photos, on se chauffe quoi...

— On se chauffe... Mazette... Donc j'imagine que vous avez une photo de votre... *cible*.

Mathilde apprécie l'effort d'adaptation du lexique.

— Ouais, j'ai surtout une *dick pic*.

— Une quoi ?

Elle va lui préserver son pacemaker en ne lui donnant pas plus de détails que nécessaire.

— Un cliché où on ne le reconnaît pas. Des photos de lui, j'en avais. J'avais fait des captures d'écran, mais sur mon autre portable, celui qui est resté chez moi... De toute façon, comme je vous le disais, il m'a bloquée sur Romantica.

— Bloquée ?

— Ça veut dire qu'on ne peut plus communiquer. Je peux pas le retrouver. Enfin pas comme ça...

Mariole retranscrit ces informations dans son carnet tout en étudiant les précédents témoignages que Mathilde lui a fournis au fil de leur vagabondage.

— Vous avez été à l'hôtel lors de vos rencontres nocturnes.

— Oui, pourquoi ?

— Commençons par là. Les solutions les plus simples sont souvent sous nos yeux.

— OK, mais d'abord, on doit gérer le dossier *Marino*.

Courte halte dans un laboratoire d'analyse sédimentaire, rue Lafayette. La laborantine les avertit : ils ne pourront pas localiser une maison, ils ne sont pas Google Maps. La technicienne leur parle de carte pédologique, de rapport état texture, d'analyse physico-chimique... Des termes alambiqués auxquels Mathilde ne comprend rien. La conclusion, par contre, lui donne de l'espoir : ils n'ont pas la technique pour cibler une maison, mais cerner une région, ce n'est pas impossible.

En attendant les résultats d'analyse, les enquêteurs effectuent une visite à l'hôtel. Le IXe chic. Dossier *Boris*, le lieu du crime. Mariole prend le commandement de cette partie des opérations :

— Observez le professionnel.

Mathilde craint le pire mais le suit. Ils font irruption incognito mais sans discrétion puisque cachés derrière des lunettes de soleil qui leur donnent aussitôt un air suspect. Sans parler du look pour le moins coloré de Mathilde.

— Bienvenue à L'Euphoria.

Le réceptionniste à l'accueil affiche un sourire trop forcé pour ne pas cacher quelque chose de louche, se dit l'ancien tueur à gages à qui on ne la fait pas. Mariole s'accoude au comptoir sans ôter ses lunettes, panote la tête sur le côté, l'air de ne pas y toucher, tout en lui indiquant d'un geste discret de se pencher pour s'entretenir avec lui en secret.

— J'aurais quelques questions à vous poser.

— Euh, mais bien sûr. Que puis-je pour vous ?

Mariole tire de son manteau sa carte de résident de l'Ehpad et l'expose brièvement au réceptionniste sans qu'il ait le temps de la lire.

— Inspecteur Rochemore, brigade des mœurs.

Le réceptionniste pas dupe s'interroge sur les intentions de cet hurluberlu. Mathilde, elle, observe la scène, entre admiration et consternation.

— Nous souhaiterions connaître le nom d'un de vos clients. Il a séjourné ici, dans les nuits du…

Le soi-disant inspecteur Rochemore claque des doigts vers son adjointe :

— Quelle date, adjudante Pichon ?
— Euh, le...

Mathilde vérifie sur son calendrier Google, remonte l'historique jusqu'aux différentes dates marquées *RDV Boris*.

— Le 2 mars 2021... Et aussi le 9, le 18 et enfin le 25.

La date fatidique.

Mariole pointe l'ordinateur de la réception avec l'autorité inhérente à ses galons.

— Vous me sortez la liste des gus qui ont réservé une chambre ces quatre nuits, vous serez gentil.

— C'est que...

Le réceptionniste, aussi suspicieux qu'agacé, ne sait pas s'il est victime d'un *happening* d'une troupe comique ou si ces deux-là sortent tout droit de l'asile :

— ... Voyez-vous, je ne suis pas autorisé à divulguer ce type d'informations. Elles sont confidentielles, vous le comprendrez. Nous préservons l'identité de notre clientèle.

Mathilde s'immisce en se prenant au jeu du *good cop, bad cop* :

— Et vos clientes, vous les protégez aussi ?

Le réceptionniste s'offusque de cette remise en question de son intégrité.

— Je vous demande pardon ?

— C'est pas vous qui devez demander pardon, dit Mathilde dont les iris s'enflamment d'une rage destinée à Boris.

— Enfin, excusez-moi, mais je ne comprends pas ce que...

— Vous dites que vous protégez l'anonymat de

vos clients. Surtout quand ce sont des violeurs, hein ? Arrangement entre mecs ? On cherche à protéger son petit boys' club ?

— Non, c'est juste la politique de la maison, se justifie l'employé à deux doigts d'appeler la sécurité.

Mariole déboutonne son manteau, exhibant discrètement un Beretta braqué sur lui.

— Ne soyez pas vulgaire et dites-moi où nous pouvons discuter dans un cadre plus intime.

— Qu... quoi ?

— Dépêchez-vous, je m'impatiente. Il ne me reste pas beaucoup de temps à vivre et, à votre attitude, je dirais que vous guère plus.

Devant la situation qui s'emballe, Mathilde s'interpose :

— Mariole, qu'est-ce qu...

— Inspecteur Rochemore, adjudante Pichon. Du respect pour votre supérieur !

Mariole campe un inspecteur Clouseau convaincant, le Beretta aidant. Il désigne la porte de service.

— Je vous suis.

Les yeux rivés sur le revolver, le réceptionniste les entraîne dans la buanderie, en espérant que l'odeur de lavande adoucisse la brigade des mœurs.

— Qu'est-ce que vous comptez me faire ?

— Ça dépend de vous, mon garçon. Vous couvrez votre client qui s'avère être un scélérat. Cela fait de vous son complice.

— C'est la politique de l'établissement. Je ne peux pas y déroger. À moins que vous ayez un mandat ?

Mariole fait fi de ces excès de déontologie et

réendosse son uniforme d'instructeur, spécial *serial killer*.

— Voyez-vous, adjudante Pichon, plusieurs méthodes de torture s'offrent à nous lorsqu'il s'agit de faire parler un suspect.

— De... tortures ? s'étrangle le réceptionniste.

Mariole grappille une pile de serviettes fraîchement pliées sous les yeux éberlués de sa complice qui commence à s'inquiéter de la tournure des événements :

— Mariole, je...

Et laisse choir de sa manche quatre oranges qu'il avait subtilisées sur le comptoir de l'accueil :

— Glissez des oranges dans une serviette, resserrez le tout et frappez les organes. Ça ne laisse pas de marque, mais ça démolit tout à l'intérieur.

Le réceptionniste livide fixe l'issue de secours. Mariole le tient en joue à bout de Beretta.

— Tut tut tut...

Puis reprend ses instructions :

— Vous pouvez également l'obliger à ingurgiter le bout d'une serviette. L'estomac va commencer à la digérer. La serviette va s'accrocher à la paroi. Il ne vous restera plus qu'à tirer l'autre bout, l'estomac viendra avec. Très douloureux.

Le réceptionniste est à ça de tourner de l'œil.

— Toutes ces méthodes ont leur avantage, mais profitons des ustensiles que nous prodigue ce cagibi.

Il attrape un entonnoir et décapsule un bidon de javel.

— L'ingestion d'eau de Javel est mortelle, c'est bien connu. Il y a pourtant un moyen d'éviter la mort, il suffit de...

Le bluff fonctionne, l'employé craque :

— D'accord, d'accord, je vais tout vous dire, mais je vous en supplie, ne me faites pas de mal !

Mathilde réprouve la méthode mais est forcée d'admettre son efficacité. Et Mariole de lui susurrer à l'oreille :

— Et vous voyez, pas de sang versé.

Deux minutes plus tard, le réceptionniste tremble devant son écran en faisant défiler la liste de ses clients, les jours de *check in* et de *check out*.

— Nous avons eu plusieurs réservations, ces soirs-là. Mais un seul client récurrent...

Mariole se congratule d'avance. Mathilde, elle, retient sa respiration. Le réceptionniste lit le nom :

— Monsieur Tony Stark...

— Bingo ! se réjouit Mariole. Et vous avez les coordonnées de ce monsieur Stark ?

Mathilde baisse la tête, effondrée. L'inspecteur Rochemore, lui, se frotte les mains.

— Tu ne perds rien pour attendre, Tony Stark.

La fausse Pichon le tire par le coude :

— Inspecteur, je peux vous parler ?

Le duo de branquignols s'éloigne du réceptionniste atterré.

— On ne retrouvera pas Boris avec cette information.

— Mais voyons, pourquoi ? s'insurge l'enquêteur sûr de lui. Nous détenons enfin le vrai nom de votre agresseur et...

— Tony Stark n'est pas un vrai nom, c'est celui d'un personnage de fiction.

— Plaît-il ?
— C'est l'alter ego d'Iron Man.
— De quoi ?
— Un super-héros milliardaire. Écoutez, laissez tomber. Je vous dis juste que Boris nous balade dans son ego trip. Boris-Beau_Risque, Iron Man-Iron Dick, on continue dans le champ lexical viriliste. Tout ce que je peux affirmer, c'est que ça ne nous aide pas.

Mariole gamberge, relit ses notes...

— Attendez, j'ai une autre idée...

Et rejoint le réceptionniste, son arme pointée dans la poche de son manteau.

— L'homme que vous avez mentionné, ce Tony...
— ... Stark ?

Le réceptionniste reste docile, ne pas irriter les fanatiques, surtout quand ils sortent de l'HP.

— Vous devez avoir l'empreinte de sa carte bancaire. C'est le protocole pour tout enregistrement dans un hôtel, je me trompe ?

Mathilde reprend espoir. Le réceptionniste vérifie dans sa banque de données et implore pour ne pas avoir à ingurgiter un stock de serviettes. Il se décompose à la lecture :

— Monsieur Stark a payé... cash...

Mariole se fige dans une expression crispée. Mathilde se demande s'il n'est pas en train de faire un AVC.

— Eh bien, je vous remercie, mon brave, vous avez été des plus serviables.

L'inspecteur prend son adjudante sous le bras et se dirige vers la sortie, comme si de rien n'était.

— Ma chère enfant, je crains que nous ne repartions bredouille...

— Sans déconner ? Bah on n'a qu'à appeler Captain America, il pourra peut-être nous aider, lui.

— Qui donc ?

— Bon, le prenez pas mal, Mariole, mais dorénavant on va le faire à ma façon.

— Qu'entendez-vous par *à votre façon*?

Mathilde n'a pas l'expérience de terrain, ne sait pas manier les armes, ne saurait pas déboîter l'épaule d'un assaillant, en revanche, elle sait utiliser d'autres outils, tout aussi nuisibles, selon l'usage qu'on en fait. Les détourner de leur fonction ludique pour les rediriger vers une variation moins anodine. N'est-ce pas, Beau_Risque?

Mathilde entraîne Mariole et Chonchon sur un terrain vague de Ménilmontant. Squat de graffeurs, fresques aux compositions hallucinatoires, émulations aux couleurs flashy, un décor propice aux frasques créatrices de cette Alice tombée dans le pays des malices d'un Lewis Carroll sous acide.

Elle confie son portable à Mariole.

— Vous allez me photographier. Vous attendez mon signal, vous me cadrez et *clic*, vous appuyez là.

— Est-ce bien le moment de se faire tirer le portrait, Mathilde?

— Croyez-moi, Mariole, ça l'est!

Elle enfile le loup de carnaval à tête de chat qu'elle a acheté à la friperie. Ses cheveux arc-en-ciel en débordent, l'effet visuel devrait stimuler la persistance rétinienne de tout chaud lapin. La créature se cambre dans une attitude lascive face à un mur de graffitis.

— Allez-y, appuyez sur le bouton du milieu. Le rouge.

— Mais enfin, Mathilde, qu'est-ce que c'est que cette pose ? Ce n'est pas une attitude convenable pour une jeune fille.

— C'est l'idée. On n'appâte pas du porc avec de la morue.

Un grouinement la tire de son analogie d'un goût douteux.

— Oh pardon, Chonchon, je voulais pas faire d'amalgame.

Concentration, Mathilde compose pour le photographe des poses érotico-soft, version polychrome punk.

— Allez-y, Mariole.

— Je vous demande pardon ?

— Le bouton. De l'appareil, là.

Mariole a baissé le portable, il a dérivé dans l'autre ailleurs. Il contemple les oiseaux alignés sur le fil à haute tension au-dessus de lui.

— Mariole ?... Vous avez encore décroché ?

Le vieil homme dévisage cette créature de fantaisie. Mathilde ôte son masque pour qu'il la reconnaisse. L'amnésique l'examine comme s'il la découvrait. Mathilde s'y est habituée, le rejoint, en lui refaisant l'historique en accéléré :

— Je m'appelle Mathilde, on est associés. On fait des photos pour piéger Boris. Je vous aide pour Marino, vous m'aidez pour Beau_Risque. C'est le deal.

— Ah, je... bon... Vous êtes sûre ?

Mariole esquisse un rictus confus tout en tapotant ses poches. Mathilde y pioche son bloc et l'ouvre à la page du jour :

— Oui, je suis sûre. Lisez, vous avez toutes vos notes dans votre calepin, là. Vous regarderez dans le détail après, pour l'instant, j'ai besoin que vous preniez ces clichés.

Mariole relit ses notes en palpant sa veste. Mathilde commence à le décrypter et prend les devants comme une gentille infirmière d'assassin :

— Et votre revolver est dans la mallette à vos pieds, là, regardez.

Elle en ouvre le loquet. Aperçu de l'arsenal, reconnexion laborieuse des synapses endommagées.

— C'est bon ? On peut y aller ?

L'assassin égaré tente d'assimiler ces informations qui lui paraissent aussi nouvelles que farfelues.

— Mais oui, tout à fait, mademoiselle. Allons-y.

Il agrippe son Beretta sans discrétion et le cale dans son pantalon. Se disant qu'à ce rythme-là, elle sera sénile à son tour avant que tout ça ne se termine, Mathilde s'empare du téléphone et lui montre le selfie sur lequel ils sourient.

— Vous voyez ? Je suis Mathilde, on est amis.

Mariole s'illumine aussitôt d'une mine d'angelot.

— Aaaaaaaaaaah, Mathilde, mais oui, bien sûr ! Comment allez-vous, ma très chère ?

À chaque fois que Mariole revient à lui, le petit cœur de Mathilde fond. Elle s'est prise d'affection pour ce vieux monsieur.

— Bien, Mariole, bien. On était en train de faire des photos, vous vous souvenez ? Enfin, non, vous ne vous souvenez pas, mais je vous le dis.

— Des photos ? Ici ? Le lieu ne me semble pas des plus adaptés pour...

Trêve de bons sentiments, il leur faut avancer.

— Non mais, on s'en fout du lieu, l'important c'est l'appât et l'appât, c'est moi. Alors prenez-moi en photo, et après je vous fais le topo.

La mannequin des terrains vagues reprend ses poses en guidant son photographe. Cachée derrière son masque de chat, un regard provocateur, Mathilde se livre sans filtre à cet exercice qu'elle espère cathartique.

La séance terminée elle invite son vieux compagnon à prendre le thé.

— Venez, je vais tout vous expliquer.

Le Loir dans la théière, un salon de thé du Marais qui fait écho aux personnages délirants du Lièvre de Mars et du Chapelier fou. Mariole s'y sent parfaitement dans son élément, et pour cause. Le lieu étant un hommage à une certaine folie, les gérants ont accueilli Madame Chonchon qui se fond dans le décor à merveille.

Telle Alice, Mathilde s'est plongée dans un autre monde, non pas à travers le miroir, mais à travers son écran tactile.

Romantica.

Elle essaie d'en expliquer les règles à Mariole.

— J'ai rencontré Boris sur ce site. C'est un prédateur, il a l'habitude d'y chasser, il faut donc qu'on le débusque sur son propre terrain.

Voulant faire bonne figure, Mariole montre qu'il peut prendre le train du digital en marche :

— Et vous allez le contacter via cette... application ? Comme avec les textos en somme. Je comprends... Tout cela n'est finalement pas sorcier...

— C'est un peu plus compliqué que ça.

Mariole ramasse son dentier. Il doit bien l'admettre, il n'entrave rien à tout ça.

— Après notre petite sauterie, Boris m'a bloquée. Ça veut dire que je n'ai plus accès à son profil via le mien. L'ancien, on s'entend. Il faut donc que j'en crée un vierge et que j'arrive à le retrouver dans les méandres de cette saloperie d'appli.

Mathilde dérushe ses photos. La plupart sont bonnes à jeter à la poubelle. Mal cadrées, Chonchon dans le champ, le modèle les yeux à moitié fermés quand sa tête n'est pas simplement coupée. Mais elle en sélectionne quelques-unes exploitables.

— Et comment comptez-vous vous y prendre ? Vous avez les coordonnées de ce garçon ?

— Non, j'ai le pseudonyme qu'il utilise. Mais ça ne me sert à rien, on ne peut spécifier qu'un nombre très réduit de critères de recherche sur l'appli. L'identité n'en fait pas partie.

Mariole s'accroche comme il peut.

— Ah ? Vous voulez dire des critères comme sa personnalité, ses traits de caractère, vos goûts réciproques, vos poètes préférés ?

La blasée des applis lui jette un regard authentiquement attendri.

— Vous êtes tellement mignon.

Et commence à renseigner lesdits critères :

— Non, seulement l'âge, le sexe et le degré de proximité géographique.

Mariole en reste interdit.

— Vous vous moquez de moi ? Les gens espèrent réellement rencontrer l'amour avec ces trois seules exigences ?

— C'est pour ça qu'on les appelle des *utilisateurs*. On est tous devenus des consommateurs, même en amour.

— Trois critères... Misère...

— Non, il y a le quatrième. Le plus important !

Mathilde lui désigne le portrait qu'elle vient d'*uploader* pour son profil : le visage partiellement caché par ses cheveux multicolores, un sourire mystérieux, un regard évocateur, tapi derrière le loup en velours noir, et un angle qui révèle un aperçu sur son décolleté, prometteur. Autant jeter un baquet de sang frais dans un aquarium de requins.

— Vous n'allez quand même pas utiliser cette photo ? s'oppose Mariole.

— Oh que si !

Trois critères, Mathilde n'a que trois critères pour traquer un prédateur sur un site qui privilégie l'anonymat tout en donnant l'opportunité de baiser avec n'importe qui. Le renseignement du sexe, *masculin*, ne réduit pas le périmètre d'investigation. Par contre l'âge et la proximité, oui. Si Boris l'a entraînée dans cet hôtel, ça veut dire qu'il sévit à Paris. Des dizaines de milliers de mâles inscrits sur la capitale, Mathilde se dit qu'à vingt kilomètres à la ronde, ça devrait réduire suffisamment le champ d'action pour s'assurer qu'il est dans le lot.

Maintenant, sa carte maîtresse : l'âge. Un critère en apparence futile qui devrait lui permettre d'écrémer drastiquement les prétendants. Boris avait renseigné trente-trois ans, détail dont elle se souvient. Elle connaît le visage de Boris, elle connaît son pseudonyme, son âge, elle a restreint le champ d'exploration à quelques milliers d'usagers, ne reste plus qu'à swiper.

Mariole n'y entend rien, mais a confiance. Dans le regard de sa protégée brille une étincelle de tueuse qui attend derrière la lunette de son fusil que sa cible se pose dans son viseur. Pour n'avoir plus qu'à tirer.

Alors Mathilde swipe. Mariole, lui, sirote son thé.

Son profil est sexy et intrigant, tout comme l'alias qu'elle s'est choisi pour attirer son harceleur dans ses filets : *Dark Rainbow*. Il ne faut pas que Boris s'arrête sur sa photo et la reconnaisse, il pourrait prendre peur et swiper gauche. C'en serait fini, Mathilde ne pourrait plus entrer en contact avec lui. Alors que s'il swipe droit, c'est le *match*, le début d'une relation idyllique, lui ont vendu les équipes marketing du site. Ils ne lui auraient pas menti. Si ?

— Et s'il ne vous « swipe » pas ? questionne Mariole qui patauge toujours autant.

Mathilde désigne une icône sur l'interface :

— Cette appli a ce petit avantage sur les autres : l'intro.

— Qu'est-ce donc ?

— Une *intro* est un message non sollicité. Chaque usager peut écrire a un profil qui ne l'a pas encore vu.

— Une missive, en quelque sorte.

— En quelque sorte, oui. Sauf qu'on n'a le droit qu'à un seul message. Au risque, sinon, de passer pour un ou une grosse reloue et d'être bloquée.

— Une quoi ?

— Une… – Mathilde réfléchit à la définition appropriée dans un vocabulaire désuet – ... pimbêche ? Ou goujat, pour un mec ?

— Mmm, je comprends. Art délicat que le choix des termes pour cette lettre empoisonnée. Vous ne voudriez pas qu'on tue le messager.

Malgré l'anachronisme qui les sépare, ils se comprennent.

— Exactement !

Pendant des heures, elle trie les profils : des types qui font les coqs à califourchon sur des motos mastodontes, des mecs au torse rasé dans leur salle de bains, les slips qui sèchent derrière, des aventuriers qui posent devant des panthères, comme si visiter un zoo rendait viril, des bellâtres ambiance jet-set, coupe de champagne à la main, qui se prennent pour un Grey de plus, les cinquante nuances en moins...

Florilèges de pseudos qui se veulent irrésistibles : Casanovamour, DJ FrenchKisser, Universal lovHer, K-resses 1-Team... Des phrases d'accroche qui laissent présager de lendemains qui déchantent : *Je baisse toujours la cuvette des WC / J'ai ma carte de donneur d'orgasmes / Je déguste mes copines comme mes confitures, je les finis en les léchant / Je suis pas en dépression, mais je touche le fond (22 cm)*... Des choix musicaux pour faire passer des messages subliminaux : Ed Sheeran, *I'm in Love With Your Body*, ou des versions détournées de Peter et Sloane, *Besoin de rien, envie de doigts ?*

Mathilde hallucine d'avoir autrefois espéré rencontrer l'amour sur ce site. Il lui faut rester de bonne foi, tous ne sont pas à balancer aux ordures, il y a des mecs normaux dans le tas. Certains ont même l'air gentils, mais perdus dans cette masse d'efforts virils pour sortir du lot, les chic types ne font pas le poids et se noient dans ce déferlement d'hormones mâles.

Mathilde fatigue, a les yeux qui brûlent, l'index qui tremble. Elle focalise son attention sur le pseudonyme *Boris* et sur le visage de son prédateur qui s'efface derrière ces profils interchangeables.

Mariole s'est intéressé à l'exercice les vingt premières minutes, depuis il a décroché. Pour une fois qu'Alzheimer lui est bénéfique...

Au bout de deux heures infructueuses, la swipeuse n'y voit plus clair, besoin de prendre l'air. Une idée surgit dans son cerveau engourdi par le balayage de visages. Le salon de thé ne se trouve pas loin du pont des Arts. Un tourisme utile dans l'affaire Marino.

Ils s'y rendent d'un pas alerte, également l'occasion de promener Madame Chonchon, plus rien ne semblant surprendre les passants dans la capitale trop pressée. Tant mieux.

Mathilde s'arrête devant une affiche de cinéma sur une colonne Morris.

— Ne me dites pas qu'ils en ont tiré un film ?

On y voit une grand-mère rabougrie, l'air malicieux, armée d'une pelle et d'un pistolet. L'affiche titre : *Mamie Luger*.

— Eh beh, ils ont pas perdu de temps.

— De quoi s'agit-il ? demande Mariole qui est passé à côté de l'événement.

— Un fait divers qui a défrayé la chronique. Une

centenaire qui se trimballait avec un flingue, elle aussi. C'est vrai qu'elle me fait pas mal penser à vous, j'avais pas fait le rapprochement.

— Enfin mon enfant, je ne suis pas si vieux que ça, j'ai à peine…

Le vieil homme réfléchit. Quel âge a-t-il ? Il ne sait plus. Mathilde lui renvoie une moue de compassion. Il ne trompe que lui-même, en ne voulant pas se l'avouer. Sa nouvelle amie à l'arrogante jeunesse poursuit son parallèle, parce que, quand même, la ressemblance lui paraît flagrante :

— Elle avait cent deux ans. Les journalistes ont dit que c'était une tueuse en série. Sauf que, dans son cas, c'était pas son métier.

— Quoi, un loisir ? Je ne porte pas dans mon cœur les amateurs du meurtre. Ils nuisent au sérieux de la profession.

— Pas un loisir, non. Elle se protégeait. Elle a avoué en avoir tué dix. Tous des hommes. Dans son témoignage, elle a révélé que chacun l'avait violentée. Elle a plaidé la légitime défense.

— Dix fois ? À croire qu'elle n'avait pas de chance.

— Ou qu'elle a préféré réagir de la manière forte, là où beaucoup n'ont pas pu se défendre.

Mathilde songe. Comment cette grand-mère s'en serait-elle tirée dans sa situation ?

Mariole lit tout haut :

— *Mamie Luger*… Drôle de sobriquet.

Mathilde rigole, mutine :

— Vous pouvez parler, « Papi Mariole ».

— Dites, oh, moi c'est Mariole tout court…, s'offusque le vieux.

Mathilde jette un dernier regard à l'affiche dont le bandeau plastronne le succès :
— « Déjà trois millions d'entrées. » Quand même... Si ça donne des idées aux spectatrices, on va moins rigoler chez les machistes.

Le pont des Arts. Mathilde espère provoquer une brèche dans les souvenirs de Mariole, grâce à la mémoire des sens : la vue, cette fois. Ils arrivent face aux barrières en Plexiglas qui ont remplacé les grilles, les fameuses qui autrefois recueillaient des cadenas par kilos.
— Alors ?
Malgré ses efforts, le vieil homme ne parvient pas à se remémorer celle avec qui il aurait pu sceller son amour sur ce pont, de ce cadenas immortalisé sur le mystérieux Polaroid.
— Rien...
L'attention toujours fixée sur son portable, Mathilde swipe en continuant à guider l'amoureux amnésique.
— Prenez une bouffée de parfum. La fiole dans votre poche.
Mariole asperge sa main et s'immerge les narines dans sa paume nimbée de *Cuir de Russie*. Comme dans la parfumerie, son odorat éclot, l'enchantement se répand, la douceur d'une peau, palpable rien qu'à l'odeur, la silhouette féminine, évanescente, dont il devine la grâce et le lien fort qui les a unis. Une brise l'envahit, euphorisante sensation de quiétude. De l'amour, il y en a eu, mais l'émotion, comme ses traits, reste un mirage...
Frustré de se sentir si près du but, Mariole hume à

nouveau. Même stimulé par les facultés miraculeuses du parfum, le visage ne se définit pas davantage. Mathilde lui glisse la mèche de cheveux coupés dans la paume. Il la caresse. Le velours de cette mèche blonde... L'exercice réveille chez l'amnésique d'autres émotions. Plus noires. Il est frappé par un pressentiment glaçant. Ou bien est-ce du vécu? Il ne saurait dire. Ce dont il est certain, c'est qu'il ressent comme un coup de poignard dans le bide. Mariole en devient livide.

— Cette piste-là est froide...

À Mathilde de se glacer.

— Par froide, vous insinuez?...

— Cette... «amour» d'autrefois... elle est... morte...

— Mais... comment vous le savez?

Mariole se tend, son visage se referme. Il s'agrippe à la barrière.

— Je ne le sais pas, je le sens... Et ça fait un mal de chien.

Mathilde tente de questionner la véracité de sa conclusion avec le plus de tact possible:

— Vous êtes sûr?... Enfin je veux dire, votre... condition... pourrait vous induire en erreur... non?

Si la mémoire du cerveau lui fait défaut, celle du cœur parle pour lui. Cette douleur dans le ventre, cette sensation noire... Mariole n'a pas digéré son deuil. Des années après sa gorge se serre. Lui viennent des envies de meurtre.

— J'en suis certain... Elle est morte... Depuis longtemps...

La rancœur le ravage de l'intérieur. Cette femme, il n'en a aucun souvenir, mais il réalise qu'elle lui manque. Terriblement. Elle a laissé un vide immense à son départ. Et tout ça, c'est de la faute de...

— Marino... ça ne peut être que lui !
— Vous croyez qu'il l'a tuée ?

Mariole enrage, il tourne en rond, dans sa maladie, dans ses trous de mémoire, sur ce pont... Le vieil assassin vérifie sa montre, comme si elle pouvait lui indiquer le temps qu'il lui reste à vivre.

— Vous aviez raison, Mathilde, dit-il en relisant ses notes. Ce Marino a dû vouloir m'atteindre à travers elle... Elle est un dommage collatéral... Marino doit avoir son sang sur les mains... Je le sens... Sinon pourquoi serais-je sur sa piste des années plus tard ?... Ce fumier doit payer ! En souvenir d'elle...

Sa carapace d'assassin se fend.

— ... même si je ne sais plus *qui* elle est...

Mariole inspire, l'émotion bloque son souffle. Saisi de pudeur face à Mathilde, il lui tourne le dos. Ses épaules se mettent à trembler, presque imperceptiblement. Sauf aux yeux de la jeune fille.

Le vieil homme pleure.

Mathilde ne sait comment réagir. Elle pose ses doigts sur son manteau. Mariole ne se retourne pas. Alors elle le contourne. Elle ne veut pas le laisser comme ça, aux prises avec son désarroi. Elle lui ouvre les bras. Le vieil homme a honte, il voudrait lui cacher ses larmes. Il ne sait même pas à qui elles sont destinées. Il se sent triste. Et si fragile. Seul au monde. Avec pour unique compagnon un cochon. Et cette jeune fille. Qu'il connaît à peine. Mais qui lui sourit.

D'un si doux sourire...

Alors il cesse de résister. Il pose son front dans le creux de cette épaule offerte. Et se laisse aller à pleurer.

Mathilde cherche des paroles qui pourraient le réconforter. Des mots sensibles, des mots justes... Les seuls qui lui viennent sont teintés de son vocabulaire à lui et la surprennent :

— On va le retrouver, ce fumier. Je vous le promets.

Le soir venu, éclairée par la faible lumière de son écran configuré en mode nocturne, Mathilde poursuit son impossible quête. Elle swipe. Allongé dans le lit jumeau, bien au chaud dans son pyjama à carreaux, Mariole ronfle à quelques brassées d'elle. Chonchon ronronne à leurs pieds. Le duo est passé maître en escamotage de cochon.

Ils ont décidé de partager leur chambre, par simplicité autant que par économie. L'arrangement permet à Mathilde de garder un œil sur son compagnon malade. Quant à elle, la présence à ses côtés d'un tueur professionnel, si sénile soit-il, la rassure. Elle se dit qu'avec son ange gardien, il ne lui arrivera rien.

Le souffle de Mariole l'apaise. Partager sa chambre avec cet homme lui paraît naturel. De parfaits étrangers, il y a deux jours à peine, ils sont devenus proches, elle oserait dire intimes. Mathilde sait que Mariole ne lui fera pas de mal. Avec lui, elle ne craint pas le dérapage. Elle a fait confiance, autrefois, et on a abusé d'elle. Avec Mariole, c'est différent. Il la protège. Ce qu'aurait dû faire son père. Ce qu'il n'a jamais fait.

La violence masculine a commencé à la maison. La première dégradation de l'image de soi a débuté dans le regard du père. Toujours à la rabaisser. À l'humilier. Pas besoin de violence sexuelle pour déglinguer une gosse.

Son père a coupé les liens. Il l'a effacée de sa mémoire. Un Alzheimer volontaire. Dont elle a fait les frais. Elle, son enfant. Dont le seul tort est d'avoir été victime de *revenge porn*…

Mathilde retient ses larmes. Surtout ne pas ouvrir cette porte. Rester focalisée sur sa traque.

Elle swipe. Ses pensées défilent en même temps que les visages de quidams sur son écran. Mathilde est épuisée, sur les nerfs. Impossible de dormir. Elle est en train de tamiser un océan, pourtant elle ne parvient pas à s'arrêter.

Mariole et Chonchon ronflent en canon lorsqu'un murmure blanc les sort de leur torpeur :

— C'est lui…

Mariole émerge, plus confus encore qu'à l'accoutumée.

— Hein ? Quoi ?

Mathilde a parlé d'une voix fantomatique.

Devant ses yeux, la photo de Boris.

Et son sourire qui étincelle de promesses. Des promesses qui disent : S*wipe droit, et nous partagerons ensemble une nuit de sensualité et de rêves à deux.* Avec une assurance qui dit : *Je vais t'aimer, je vais te donner du bonheur, et tu vas en redemander. Tu vas me supplier…*

Pussy Doll !

Pigalle, un samedi soir, beaucoup de passage, beaucoup de brassage. Au goût de l'after beat, un bar-club fréquenté par la crème de la branchitude qui vient s'y frotter de façon décomplexée. Une population en transe sur la *vibe* « on est jeunes, on est beaux, la nuit est éternelle et elle nous appartient ». Ça danse, ça guinche, ça suinte.

Un Uber dépose son passager devant la terrasse bruyante. Boris claque la porte de la berline et scrute le bar bondé. Suite à leur tchat de la veille, Dark Rainbow l'a invité à la rejoindre, entamer les négociations en terrain neutre et surpeuplé. Le cyber-manipulateur est nerveux. Il regarde autour de lui, la parano aiguisée. À raison. La fille a des preuves contre lui, soi-disant. C'est ce qu'elle a insinué dans son « intro » la nuit dernière : *Je sais qui tu es, Pussy Doll lover. J'ai des preuves pour te faire tomber...*

Phrase d'accroche efficace. Boris en sait quelque chose, il bosse dans la pub et se fait payer grassement pour ses compétences marketing. Elle l'a hameçonné, il a entamé le tchat. Comprendre ce qu'elle voulait. Elle est restée synthétique.

... Retrouve-moi, sinon il y aura des conséquences. Pense à ta famille.
Signé Dark Rainbow.

Elle n'en a pas dit plus. Pas de menace explicite, juste un sous-entendu. Suffisant pour déclencher sa parano. Il aurait pu la bloquer ou se désactiver, mais si c'était vrai ? Si elle savait vraiment qui il est ? Qu'est-ce qu'elle pourrait savoir d'autre ? Son nom ? Son adresse ? Et remonter jusqu'à lui ? Sa famille ? Le faire chanter ? Pire, le dénoncer ? Les flics ne trouveraient rien chez lui. Il ne conserve aucune donnée physique. Il cache tous ses fichiers en virtuel derrière des sites miroirs. Rien qui puisse le trahir. Espère-t-il.

Boris est un garçon tout ce qu'il y a de plus normal. En apparence. Une gentille famille, une femme, des enfants... Un monsieur Tout-le-monde qui cherche à rompre avec la monotonie de sa vie bien rangée. Personne ne soupçonne son petit hobby. Son activité secrète, lors de ses insomnies, là-haut dans son bureau aménagé au grenier, dans sa maison à Rosny, quand il a du travail à finir.

Et qu'il se branche sur des tchats pour chasser.

Un type normal. Qui s'amuse. Rien de plus.

Au chaud dans son pavillon de banlieue.

Alors il a accepté ce rendez-vous avec cet avatar aux cheveux multicolores. Pourquoi ? Parce qu'il craint sa capacité de nuisance ? Pour l'intimider ? Ou parce qu'il sait qu'il est coupable ? Cette Dark Rainbow est crédible sur un point : elle l'a traqué et l'a retrouvé. Danger.

Il n'a aucun moyen de savoir si cette fille bluffe. À

moins d'aller vérifier par lui-même. Il ne peut pas laisser cette menace en suspens. Trop risqué. Même si c'est du vent. Ce soir, il a du mal à l'admettre, mais il se sent vulnérable. Ironique inversion des rôles.

Boris scrute les alentours. Elle lui a donné l'adresse de ce bar bondé. Malin. Avec autant de témoins, elle se sait protégée. De toute façon, il ne compte pas utiliser la violence physique. Juste discuter. Et l'intimider. Si elle insistait, l'avertir qu'il a des amis qui pourraient s'impliquer. Des mecs normaux, comme lui, qui n'aiment pas qu'on vienne chahuter la tranquillité de leur quotidien. Jusque-là, il s'amusait. Avec ses vidéos innocentes. Dans le monde virtuel. Mais il pourrait tout aussi bien lui faire mal. Dans le monde réel.

En est-il seulement capable ? L'important, c'est qu'elle y croie. Il a songé à se procurer une arme, pour lui faire peur, mais il n'en a pas, n'en a jamais utilisé. Et puis en cas de dérapage, ce serait une preuve de culpabilité auprès de la police. Police qu'il ne peut pas non plus appeler pour se protéger. Cercle vicieux.

Il se frotte les paumes. Elles sont moites.

Boris pénètre Au goût de l'after beat, il étudie la faune impudique qui se déhanche sans se soucier du qu'en-dira-t-on. Des gens beaux et dans la norme du haut, qui exhibent un masque de bonheur arrogant. Boris sait que parmi ces *happy few* réside une partie de son public. S'il pouvait revendiquer officiellement la paternité de ses œuvres, il serait ovationné.

Le réalisateur de l'ombre se faufile dans la foule compacte. Comment a-t-elle réussi à remonter sa trace ? Il avait bloqué cette Pussy Doll. Comment s'appelait la fille déjà ? Il n'est plus bien sûr. Ça remonte à plus d'un an. Il y en a eu d'autres depuis. Il n'a pas une très bonne mémoire des noms. Celle des visages davantage. Et celle de ses cibles est indélébile. Normal, il se repasse régulièrement ses petits films, dans l'intimité de son bureau, là-haut dans son grenier.

Là où il officie, la nuit, quand sa femme est couchée.

Il se souvient bien d'elle. Un peu ronde, en manque de confiance, une fille paumée qui, comme tant d'autres, avait laissé s'éteindre son amour-propre. Une cible parfaite. Une constante chez celles qu'il piège. Souvent leur laisser-aller psychologique déteint sur leur physique. « Tu te méprises, je te méprise. » C'est son adage, à Beau_ Risque. « Quel mal à en faire profiter les autres ? » Ces raisonnements alimentent la pulsion du cyberharceleur à salir ces filles. Une vulnérabilité qu'il traque avec avidité.

Parfois il se dit qu'il va trop loin. Il craignait que l'une d'elles puisse remonter sa trace. Pour cette raison, il ne le fait pas souvent. Des vidéos, il en a tourné combien ? Huit ? Dix ? À chaque fois, il se dit qu'il va arrêter. À chaque fois, il se dit qu'il prend trop de risques. Mais il y a pris goût.

À les humilier.

Il aime sentir la puissance que lui donnent ses tournages, puis la diffusion de ses vidéos. Le pouvoir qu'il a sur ces filles, il y est accro.

C'est juste… trop bon.

Il a dû annuler son *date* avec sa proie en cours pour être ici ce soir. Cindy. Une nana qui sort de dépression et qui vient tout juste de s'inscrire sur Romantica. Trois semaines qu'il l'a repérée et qu'il tchatte avec elle. Son mec l'a larguée une semaine avant le mariage. La meuf est en miettes, elle a du mal à se reconstruire. Boris allait s'outiller d'une balayette et d'une perche à selfie. Il s'apprêtait à tourner un petit film arty de son cru qui s'annonçait très satisfaisant en terme de dégradation de son image. Plus la cible est vulnérable, plus l'exercice est payant.

Aux aguets, Boris scanne la populace, mains dans les poches. De l'extérieur, il dégage une certaine décontraction. À l'intérieur, c'est la fièvre du samedi moite. Il n'a pourtant rien fait de grave. Juste une petite vidéo. Il s'en convainc intérieurement. À chaque fois qu'il les filme, il s'assure bien qu'elles donnent leur consentement. À l'image. Accord irréfutable. Rien de mal donc. Rien d'illégal. Qu'est-ce qu'elle va faire ? Se plaindre à la police ? Il ne l'a pas forcée. Il ne l'a pas violée. Elle a accepté de participer. Son consentement est filmé. Elle a dit « oui ». Comme les autres. C'était un jeu. Juste un jeu. La preuve en images. Elle n'a rien contre lui. Elle a tout accepté. Tout ce qu'il lui a proposé. Qu'elle aille raconter ça aux flics, ils vont bien se marrer.

Son Apple Watch lui notifie que son rendez-vous avec Cindy aurait dû avoir lieu dans une heure. Le harceleur enrage. Frustration.

Boris observe des filles sexy qui se dandinent sur l'estrade. Le lieu servait autrefois de bar à tapin. Comme beaucoup de troquets à Pigalle, il a été reconverti en club à bobos qui se dévergondent en se trémoussant autour d'un podium de pole dance qui a vu des Ukrainiennes suer pour conserver leur passeport, en vendant un peu plus que leur honneur. Maintenant, on y sirote des Spritz à douze balles en allumant des coups d'un soir. L'ironie amuse Boris et le dégoûte à la fois. « Hypocrites. »

Il avance, rigide, un corps étranger dans l'uniformité festive. Là, un groupe de filles célibataires venues s'enjailler, ici, un groupe de gars maqués venus lever de la chair fraîche, des couples qui roucoulent, des observateurs solitaires et là-bas, autour d'une table où s'amoncellent cocktails et gâteaux apéro, une bande de nanas qu'il qualifierait volontiers d'« hystériques », affublées de perruques multicolores, venues enterrer la vie de jeune fille d'une des leurs. Une appellation qui sied parfaitement au mariage, selon lui. Un cercueil.

Au milieu des guincheuses, une emperruquée sort du lot. Les cheveux multicolores, elle sirote un cocktail bleu, les lèvres autour d'une longue paille rose qui a tôt fait d'évoquer, au regard du pervers, une fellation. Cette fille dégage un truc fort, très fort, une assurance que n'ont pas les autres.

Dark Rainbow !

Elle a du chien ! pense Boris. Bien plus qu'il ne l'aurait imaginé. Une assurance à l'opposé de ce qu'elle affichait dans la chambre d'hôtel, lorsqu'elle miaulait à quatre pattes. Il ne peut pas s'agir de la même fille. Et pourtant.

Boris inspire, prêt à durcir le ton. Qu'elle comprenne que des deux, c'est lui le patron.

— Excusez-moi, mon bon, auriez-vous un instant à m'accorder ?

Boris se retrouve nez à nez avec un vieux gars qui n'a

pas l'air complètement là. Qui, pour sûr, n'est pas à sa place dans ce club, dans son imper d'une autre ère, avec sa moustache qui pourrait être classe, si elle était portée par un fringant trentenaire, mais qui, sur son faciès fatigué, lui donne des airs de Jean Rochefort largué au milieu d'un ancien bar à putes.

— Je suis désolé de vous importuner mais voyez-vous, je souffre de troubles dus à Alzheimer, et bêtement... voilà que j'ai perdu mon chemin... Vous serait-il possible de me raccompagner?

Il est attendrissant, ce vieil homme. Il lui rappelle son grand-père qu'il adorait. Boris était un bambin jovial qui n'aimait rien tant que jouer au loup avec son papy dans le petit bois derrière la maison familiale.

Aujourd'hui, c'est lui, le loup.

Ce pauvre hère l'attendrit. Boris aimerait l'aider, seulement il n'a rien d'une assistante sociale, il a cette Dark Rainbow à gérer, donc les problèmes de boussole d'un vieux sénile, ça l'émeut deux secondes mais il a d'autres cocottes sur le gril. Ce qu'il lui dit d'un ton qu'il voudrait cordial :

— Euh... Je suis désolé, pour vous, monsieur, mais j'ai rendez-vous et...

— Je me vois dans l'obligation d'insister.

Boris tique alors qu'une piqûre lui tétanise la fesse. Une douleur aiguë. Incongrue, dans ce lieu. Comme le rictus facétieux de ce vieux monsieur. Et cette sensation qu'un fluide chaud lui pénètre l'épiderme.

Boris vacille.

La fille aux cheveux multicolores les rejoint au ralenti. Ses contours flous se noient dans les vagues de fêtards qui déferlent autour eux, à lui en coller le mal de mer.

Sa vue se brouille.

Et puis plus rien.

Boris rouvre les yeux. Les paupières engluées, de l'écume aux lèvres, la bouche desséchée, aveuglé par un spot de lumière braqué sur lui.

— Qu… qu'est-ce qui se passe ? Où je suis ?

Une main ridée décapsule une bouteille d'eau face à lui. Une autre se plaque contre l'arrière de son crâne pour l'aider à boire.

— Hydratez-vous, mon garçon.

Boris pourrait protester, craindre l'empoisonnement, mais le bouchon semblait scellé avant que son ravisseur ne le dévisse, et il est bien trop assoiffé pour faire la fine bouche. Il boit, à larges goulées. Ses yeux scrutent autour de lui. Comprendre ce qui lui arrive, savoir s'il est en danger, traquer une issue de secours. Ses rétines toujours sous l'emprise de la drogue ont du mal à faire le point. La définition du décor qui l'entoure est encore brouillée.

— Bien dormi, mon chaton ?

Une voix féminine. L'éblouissement du projecteur sur son trépied l'empêche de discerner la silhouette qui se tient debout derrière le faisceau lumineux. Boris se concentre, commence à distinguer le visage du vieillard, le même que dans le bar, qui continue de l'abreuver.

— Doucement ou vous allez faire une fausse-route.

Boris vide les trente-trois centilitres d'une traite avant de reprendre une large inspiration, comme après un crawl de trente-trois kilomètres, puis beugle dans le même souffle :

— Putain, mais vous êtes qui ! Qu'est-ce qu...

La silhouette se détache du contre-jour. Esquissant de gracieux entrechats, la femme arc-en-ciel s'approche de son ex-harceleur à présent prisonnier.

— À ton avis ?

Boris la reconnaît sous ses cheveux multicolores. Sa voix déterminée, son ton revanchard et le fait qu'il soit ligoté à une chaise accélèrent ses connexions neuronales. Dark Rainbow, Pussy Doll, Au goût de l'after beat, tout lui revient par bribes.

— Qu... qu'est-ce que vous me voulez ?

— Rien. On l'a déjà obtenu.

Mathilde agite un portable allumé devant la mine déconfite du cyber-manipulateur. Le verrouillage par empreinte digitale, système de sécurité pratique mais faillible quand on a les doigts du propriétaire à portée de main. En fond d'écran, une gentille famille sourit à l'objectif. *Sa* famille.

Boris, un mec normal. Là-haut dans son grenier à Rosny.

Le prisonnier tente de se débattre, en vain. Il élargit son champ de vision. Il focalisait sur l'image déroutante de ce vieillard et son cochon, sur la silhouette hostile derrière le projecteur, son cerveau commence à appréhender une réalité plus inquiétante encore : il est séquestré. Dans un théâtre. Vide. Au beau milieu d'une scène. Sanglé à un fauteuil, face à un lit en ferraille, accessoires d'un décor factice. Ses liens, par contre, sont bien réels. Et solides.

La salle est plongée dans l'obscurité, pas de public, seule la scène est éclairée. Et ce soir se joue une pièce dont il est le protagoniste. Le spectacle semble avoir déjà commencé et il a manqué le premier acte.

— Qu'est-ce que vous m'avez fait ? Qu'est-ce que je fous là ?

— Ça fait beaucoup de questions, Boris. Ou devrais-je dire Beau_Risque_69 ?

Dark Rainbow lui balance un regard à l'acide qui finit de lui faire fondre tout espoir que cette folle soit juste là pour l'intimider.

Boris entreprend de l'amadouer :

— Écoute, euh…

Lorsque sa mémoire le trahit. Sa langue tâtonne, il cherche son prénom, se souvient bien du sobriquet dont il l'a affublée, mais ne peut décemment pas l'appeler Pussy Doll. Pas maintenant. Dark Rainbow, à la limite…

Mathilde n'en revient pas, sans être réellement étonnée. Il ne se souvient pas de son prénom. Elle n'était qu'une marionnette, pour lui. Sans visage et sans identité.

Mariole, tenant son bloc-notes à la main, s'apprête à souffler son texte à l'acteur. Mathilde lui fait signe de ne pas intervenir.

— Tu n'as aucune idée de comment je m'appelle, hein ?

Boris se triture la tête.

— Si, c'est… Morgane ? Attends, non… Jennifer ?

— Je vais t'aider.

Mathilde lâche sur ses genoux une petite culotte sur laquelle est dessiné un chat noir qui miaule, une mignonne illustration brodée sous le mot *Miaow*.

— Ce nom-là, par contre, tu t'en souviens, je me trompe ?

Boris garde le silence. Quelle que soit sa réponse, elle lui pétera à la gueule à présent.

— Vraiment ? Attention, tu vas me vexer. Alors, dis-le !

Mathilde tortille une de ses mèches de cheveux en feignant l'ingénuité d'une *baby doll*. Boris s'exécute, pas honteux, mais pas à l'aise :

— Pussy Doll.

— Ah, celui-là tu t'en souviens bien. Mais la fille derrière le sobriquet que *tu* lui as donné, par contre ?

— Non mais oui, mais... Ton prénom... on s'est à peine connus et...

Le ton vire sulfurique :

— Et quoi ? T'as oublié ?

Le bourreau ne peut qu'acquiescer.

— Pas moi. Moi, j'ai pas oublié.

Mathilde pioche dans la mallette ouverte aux pieds de son assistant mise en scène. Elle en sort un couteau de chasse, double cranté, d'une lame de trente centimètres, assez épaisse pour transpercer n'importe quelle cage thoracique, assez aiguisée pour perforer n'importe quel estomac.

Boris blêmit.

— Qu'est-ce que tu comptes faire de ça ?

— Ça dépend de toi.

Il tente un bluff, pathétique.

— Tu sais pas à qui t'as affaire. J'ai des... amis... Ils savent que je suis là... Ils vont appeler les flics, et...

— Personne ne sait que tu es ici. Ils vont te retrouver comment, tes petits copains ?

Mathilde frotte la lame à sa cuisse. Boris déglutit. Fin du rapport de force. Ça n'a pas été long.

— J'ai de l'argent... Je peux te dédommager...

— Ne sois pas vulgaire. Ce que tu as fait ne se quantifie pas en monnaie.

Le cinéaste amateur voudrait minimiser son acte :

— C'était juste une vidéo... Ça ne mérite pas de...

— Juste une vidéo ? Je suis contente de te l'entendre dire.

Mathilde brandit le portable de Boris. Le destin d'une femme qui tient dans la main. Celui d'un homme aussi bien.

— Tu trouveras rien de compromettant là-dedans.

— Je te confirme, j'ai rien trouvé. Tu effaces systématiquement tous tes petits films, n'est-ce pas ?

Boris ne répond pas. L'interrogatoire est trop grossier, il ne va pas tomber dans le panneau. Évidemment qu'il ne laisse aucune preuve dans son téléphone. L'outil est trop fragile, trop accessible. Une fois filmé, tout est backupé sur des sites sécurisés. Son portable n'est qu'une coquille vide qui ne peut l'incriminer en rien.

Mathilde navigue sur son écran digital :

— Bien entendu, tu ne veux pas te faire prendre,

petit malin. Tu as raison d'être prudent. Tu vides tout ce qui pourrait être incriminant. Tout sauf...

Et clique sur une icône :

— ... ton carnet d'adresses !

Le cœur de Boris se met à battre une chamade arythmique. Des pensées en désordre tentent de le convaincre que tout va bien. Elle a accès à ses contacts, la belle affaire. Elle ne peut pas lui être nuisible. Comment le pourrait-elle ? Elle n'a rien contre lui. Rien.

Dark Rainbow se penche sur son cyberharceleur et lui susurre, sensuelle :

— « Ça te dirait qu'on fasse une petite vidéo ? »

Et le palpitant de Boris part en tachycardie. Beau pays, paraît-il, riche en promesses d'émotions.

L'acteur du drame en cours observe le lit derrière lui, se fait des films dans sa tête, craignant d'avoir à en tourner un sous la contrainte.

— T'obtiendras rien de moi, espèce de cinglée !

— Je te retourne le compliment.

Le dos ruisselant de sueurs froides, Boris projette les pires scénarios. Il a l'imagination fertile, elle l'entraîne loin. À trop errer sur le dark web, il a visionné des vidéos aux contenus insoutenables pour n'importe quel esprit sain. Ou malsain. Même le sien.

— Écoute, Mathilde...

— Tiens, ça y est, t'as imprimé mon prénom ?

— ... on peut discuter, je...

— Trop tard.

— Qu... qu'est-ce que tu comptes faire ?

— Oh mais je ne compte rien *faire*. C'est déjà *fait*. Moi aussi, je suis une artiste, vois-tu.

Elle hisse le téléphone du harceleur face à ses yeux écarquillés, du bout de son ongle au vernis pailleté, elle enclenche le mode vidéo.

Et appuie sur *Play*.

Au goût de l'after beat, c'était dans l'intitulé.

La piqûre au GHB a fait son effet. Boris s'est mis à tanguer. Sensation de s'évanouir mais il est resté éveillé. Il tenait encore debout sur ses deux jambes. Au début. Rapidement, elles ne l'ont plus soutenu. Mariole a glissé son bras sous son aisselle, Mathilde l'a imité sur son flanc opposé, et les bons amis ont raccompagné en dehors du club bondé ce pauvre garçon qui semblait, selon l'assemblée de teufeurs, avoir un coup de trop dans le nez. De la chance qu'il soit pris en charge par ces deux bonnes âmes. Ce vieux monsieur devait être son daron. Elle, sa petite copine ou une inconnue charitable. Personne ne s'est inquiété de le voir tituber vers la sortie. Un soûlard qui se bave sur la chemise dans un bar à Pigalle un samedi à vingt-deux heures, quoi de plus ordinaire ?

Boris s'est fait embarquer dans une Dauphine garée au fond d'une impasse sombre, aux côtés d'une truie qui l'attendait de pied ferme.

Mathilde tenait sa revanche.

Elle la tenait fermement par le bras, quand Boris brinquebalait de ses pas incertains dans la ruelle vide, direction la Dauphine.

Elle la tenait par les couilles dès la veille, quand Boris avait répondu à son message Romantica : *Tu n'as rien sur moi. Je ne sais même pas qui tu es.*

Qu'il prenne la peine de répondre à son accusation était déjà signe de mauvaise conscience. Qu'il rétorque par la négation l'enfonçait davantage. Nécessité de se justifier de son innocence auprès d'une inconnue sous couvert d'anonymat ?

Coupable.

Mathilde a échafaudé un plan qui lui semblait solide. En théorie. Secondée par son tueur à gages amnésique, elle s'est rendue à Stalingrad. Depuis le démantèlement de la « colline du crack », la place est redevenue une plaque tournante de la drogue à ciel ouvert. Dealers et consommateurs y ont établi leurs quartiers en toute impunité, allant jusqu'à bloquer ponts et arcades aux usagers, pour y trafiquer tranquillou sous le nez des autorités dépassées. Mathilde n'y connaissait rien en narcotrafiquants mais, fréquentant régulièrement le cinéma Quai de Loire, elle avait vu la situation se dégrader en deux ans et avait une certitude : elle trouverait là-bas les composants chimiques dont elle aurait besoin pour la suite.

Elle ne s'était pas trompée.

Tout d'abord, un sachet de GHB. Une vente peu courante pour ce genre de profil. D'ordinaire, les femmes, pour des raisons évidentes, ne sont pas clientes de cette drogue du violeur.

— Du GHB ? T'es sérieuse ?

Les dealers l'ont scrutée, interloqués et méfiants. Flic ? Le fric tendu et l'air à la ramasse de cette cliente flanquée de son grand-père grabataire les ont fait taire. L'autre commande a provoqué leur hilarité. « MDMA et Viagra ? » La meuf leur a paru partie pour une sauterie bien déglingue. Ou un gang bang sur un parking, selon son trip.

Le combo a stimulé l'imagination malsaine de ces revendeurs de paradis artificiels. Mathilde, avec son look haut en couleur, a électrisé les vils instincts de ces animaux en rut. Déjà bien chargés à la dope, ils n'avaient plus guère de barrière contre un boost de testostérone supplémentaire. Les trois trafiquants, terrés sous l'alcôve d'un glauque consommé, se sont échangé des regards entendus. Plutôt que de grappiller une centaine d'euros facile via cette allumée du sexe chelou, pourquoi ne pas goûter la marchandise sur place, au milieu des pipes à crack.

Et en parlant de pipes...

Qui allait les en empêcher ? Les CRS ? C'était un soir sans. Ils avaient d'autres manifestants à fouetter à République et ne pouvaient pas siéger sur la place H24. Les flics ? Pas plus au rendez-vous. Les frictions quotidiennes dans cette zone de non-droit accaparaient trop leurs équipes, ils avaient leur lot d'urgences dans le reste de l'arrondissement. En sous-effectif, la police effectuait ce soir-là ses rondes ailleurs, loin de cette perspective de viol collectif. Alors qui ? Ce grand-père moustachu au sourire perdu ? Les trois dealers se sont marrés de plus belle.

Ils n'auraient pas dû.

Mathilde n'a rien compris. Eux non plus. Elle était en train de tendre la somme due lorsqu'on lui fit cette cordiale invitation au polyamour : « Suce nos bites, salope. » Une main crasseuse s'est emparée de son avant-bras aussitôt dégagé par une parade de Mariole. Puis la déferlante. Le vieil Alzheimer a jailli de sa torpeur et les a démontés façon Rubik's Cube. Des têtes qui valsent, des ligaments qui claquent, frappes propres et rapides, Mariole a remis d'équerre leur esprit pervers. Impressionnant pour un homme de son âge. Impressionnant pour quelque individu que ce soit, à vrai dire.

La maîtrise du combat de son garde du corps a bluffé Mathilde, plus encore que les dealers, qui ont fini la tronche écrasée contre le pavé. Pour conclure, Mariole a sorti ses deux Beretta.

— Dégagez ou je vous explose vos crânes de cancrelats.

Le regard ancestral de cinquante ans d'expérience en assassinat était glaçant de sérieux. Mathilde a su à ce moment-là que le vieil homme ne lui avait pas menti. Il était le tueur qu'il lui avait décrit.

Elle était autrefois une femme droite et morale, contre la violence. Mais ce type d'individus, tout comme le pompiste, tout comme Boris, la violence, ils carburaient à ça… Alors assister à leur démolition par un vieux monsieur perçu comme vulnérable, elle a eu honte de se l'avouer, mais oui, c'était jubilatoire.

Mathilde et Mariole sont repartis de ce shopping nocturne la came gratuite dans leur besace. Autre avantage de la négociation au 9 mm, on fait des économies.

Mathilde tremblait encore quand Mariole lui a renvoyé, de son air innocent et perdu :

— Excusez-moi, mademoiselle, mais pouvez-vous me dire ce que je fais là ?

Après un rapide update, la stratège a griffonné sur une feuille, à l'intention de son complice amnésique, les prochaines étapes de l'opération. En faction devant le bar Au goût de l'after beat, elle s'est assurée qu'il avait bien le papier dans la poche. Et la seringue au GHB dans l'autre.

Des pilules préalablement diluées avait résulté une mixture soporifique dont ils avaient rempli la seringue. Ne restait plus à Mariole qu'à se faire passer, auprès de Boris, pour ce qu'il était, un vieux monsieur sénile perdu loin de son asile, et profiter de la confusion pour injecter le sérum dans le gras de sa fesse. Au milieu de la foule de fêtards, qui remarquerait ?

Personne.

Et c'est exactement ce qu'il s'était passé.

Boris n'a pas moufté longtemps. La mixture était efficace. Mathilde l'a installé sur la scène de ce petit théâtre de quartier qu'elle avait loué pour la nuit, en vue de cette occasion très spéciale. Les propriétaires lui avaient laissé les clefs, contents d'arrondir les recettes d'une saison pas folichonne.

En bon assistant, Mariole s'occuperait des lumières et de la caméra. Mathilde gérerait les costumes et la mise en scène. Un huis clos pour deux comédiens. Scénographie et texte : Dark Rainbow. Une représentation unique.

Ce soir seulement.

Grâce à l'index de l'endormi, la cinéaste improvisée a débloqué le portable de Boris, sans trop y croire. Elle n'y a rien trouvé de préjudiciable. Pas de vidéos dégradantes, pas de photos condamnables, rien pour la brigade des mœurs. Le pervers couvrait ses arrières. La victime s'en doutait, même si c'était décevant. Elle aurait préféré que la mémoire du téléphone regorge de preuves contre cette raclure.

La sienne en était saturée.

Il allait donc lui falloir mettre en scène sa propre pièce à conviction.

Mathilde a entrepris de déculotter son manipulateur pendant que Mariole fixait l'iPhone de Boris sur un trépied de caméra. L'assistant ne se souvenait plus du déroulé, avait égaré son plan de travail, mais déduisait de ces préparatifs que Mathilde tenait là sa vengeance. Et sans sang versé. À moins que? Il fallait qu'il vérifie.

— Bon Dieu, où ai-je donc foutu ce satané carnet?

Mariole palpait ses poches vingt fois par heure, à la recherche de sa béquille cérébrale. Dans le doute, il a vissé un silencieux à son Beretta. Il ne voulait pas gâcher la prise en n'étant pas préparé quand la réalisatrice crierait «Action!».

— Mathilde, ne m'en tenez pas rigueur, mais j'ai comme qui dirait oublié la suite du programme… Rappelez-moi, ce que nous filmons là… J'avoue être intrigué par cette mise en place pour le moins… avant-gardiste.

— Je vous ai retranscrit le scénario, Mariole.

— C'est-à-dire que je ne le trouve pas.

Mathilde commençait à avoir l'habitude de voir le pauvre homme chercher son revolver dans le frigo ou son dentifrice dans la poubelle. Il lui fallait surveiller Mariole comme une casserole sur le feu, lui qui range du vitriol dans sa trousse de toilette, entre son after-shave et son déodorant... Elle guidait son vieux compagnon avec une intarissable patience et Mariole lui en était reconnaissant. Le ciment de leur amitié naissante.

— Dans votre sacoche.

Mariole a pris connaissance du script, puis une inspiration dubitative.

— Je vois... Pas très Nouvelle Vague.
— Non. Pas très.
— Ni très catholique.
— Non plus. Mais je ne suis ni Godard, ni croyante. Vous êtes toujours OK ?
— Rappelez-moi de quoi est coupable cet homme ?

Mathilde a soupiré, puis elle s'est dit que de lui répéter ce qu'elle lui avait déjà narré à tant de reprises l'aiderait à se motiver. Parce que, même elle, avec toute la colère qui la rongeait, allait devoir puiser au plus profond de ses forces pour se livrer à ce qui allait suivre.

Préparation du plateau.

Mathilde a déballé une nouvelle seringue et a concocté l'autre sérum. Celui destiné à la deuxième partie du plan. Le film. Un shoot de Viagra mixé à la MDMA afin de mettre l'acteur en condition. La réalisatrice n'a pas osé lui piquer la queue, de crainte que celle-ci n'explose en cas de mixture trop chargée. Elle n'était pas accoutumée à la manipulation de ce genre de substances, ne connaissait pas les proportions, et puis elle ne voulait pas toucher son sexe. Elle l'avait pris dans sa bouche, lors de leurs nuits à l'hôtel, l'avait accueilli dans son intimité. Aujourd'hui sa simple vue lui donnait la nausée.

Alors elle a enfilé des gants chirurgicaux. Infirmière ? Ou technicienne en charge des cathéters pour l'exécution ? Coup de piston. Injection du sérum.

Acte deux.

— Mariole, je vais me changer, je reviens. Ça va aller pour vous ?

— Ne vous en faites pas, Mathilde. Je suis là. Je ne vous abandonne pas.

Le vieil homme l'accompagnerait jusqu'au bout, Mathilde le savait. Mais qu'il le dise la rassurait. Elle a hésité, une milliseconde. Qu'était-elle en train de faire ? Le piège, le GHB, le Viagra, la MDMA et maintenant ça ? Était-elle en train de devenir folle ? Ses harceleurs avaient-ils créé un monstre ? Et puis elle a repensé aux propres mots de Boris : « C'est juste une petite vidéo. »

Et elle est allée enfiler son costume.

Après une brève session maquillage, quand l'actrice est revenue sur le plateau dans la peau de son personnage. L'efficacité de sa potion la rassura et révulsa à la fois. Boris bandait comme un âne, une expression de bienheureux au visage. Preuve qu'il serait excité par ce qui allait suivre, alors qu'il était abruti par la drogue. La magie du cinéma.

Mathilde portait des dessous sexy et un loup de carnaval, en forme de tête de chat, aux oreilles pointues en velours noir. Un accoutrement détonnant avec ses cheveux arc-en-ciel. Impact cinématographique garanti.

Elle s'est tournée vers Mariole :

— Prêt ?

Le cameraman a hoché du chef. Mathilde a fermé les yeux, concentration avant le clap, puis a prononcé des mots qu'elle espérait ne pas avoir à regretter :

— Action !

Mariole a enclenché la caméra. L'actrice a minaudé, roulé des fesses, miaulé. À l'abri derrière l'anonymat de son masque, Mathilde ne ressentait aucune pudeur, elle était un personnage, étrange et *dark*. Celui laissé à l'agonie dans la chambre d'hôtel des mois auparavant, qui concoctait sa vengeance.

— Alors ça te plaît, mon Boris ? Tu l'aimes, ta Pussy Doll, hein ? N'est-ce pas que tu l'aimes ?

Des dialogues explicites, un nom évoqué, sans fard et sans filtre, une pièce à conviction accablante.

Mathilde a gardé ses sous-vêtements. À défaut de rester décente, elle ne voulait pas exposer sa nudité. Après tout, sur la vidéo originale, Pussy Doll avait exposé bien plus d'anatomie qu'elle n'y avait consenti. Ce soir, l'aspect érotique suffirait. Ce qui allait tout changer, c'était le contrechamp.

— OK, coupez.

Mathilde a repris les rênes du plateau, ainsi que le portable de Boris qui servait de caméra.

— On tourne les plans sur lui maintenant.

Mariole a relu le script :

— Bon… À la guerre comme à la guerre.

L'assistant s'est emparé de la main du drogué et en a

enserré les doigts autour de sa verge innervée, gonflée à en éclater par la piqûre de Viagra :

— Quand vous voulez, Mathilde.

— Et... action !

Cette fois, c'était elle qui filmait. Un goût amer dans la bouche, pas fière des images qu'elle capturait, mais celles-là seraient d'utilité publique. La méthode prenait une tournure abjecte, elle en convenait, seulement la victime se battait avec les armes qu'elle avait. Les mêmes que celles de son bourreau. Une punition qui sauverait, elle l'espérait, les futures proies qu'avait programmées Beau_Risque dans son planning digital.

Gros plan, face caméra. Mariole a ouvert les paupières d'un Boris stone sous l'emprise du GHB, et amoureux sous celui de la MDMA, pour lui donner un air plus vivant. Il lui a dessiné à la commissure des lèvres un sourire de guingois, et a entamé un mouvement de son avant-bras afin de simuler une friction. Ainsi placé derrière lui et filmé hors cadre par Mathilde, on ne voyait pas le marionnettiste qui opérait dans la pénombre, sa main sous la veste de Boris, pour manipuler le coude du protagoniste. L'illusion opérait à merveille. De toute évidence, le tricard prenait son pied à se masturber devant le spectacle que lui offrait Pussy Doll hors champ. Mathilde entretenait la narration en poursuivant ses jérémiades de hardeuse derrière la caméra.

— Oh oui, je vois bien que tu l'aimes, ta Pussy Doll.

Elle a ensuite pivoté la caméra pour se filmer de face, dans le même plan, histoire de lier Beau_Risque et Pussy Doll dans leur *sex tape* :

— Regardez-moi cette belle démonstration d'amour. Merci, mon Boris.

Enfin, briguant l'oscar, Pussy Doll a pris une pose à placer au panthéon des Catwomen sexy dans la même catégorie que l'indétrônable Michelle Pfeiffer, imitant son cultissime :

— Miaow !

Nouveau pano de caméra. Boris s'astiquait avec son sourire de clown en cire, sous l'impulsion du marionnettiste. Illusion parfaite. Chef-d'œuvre en cours.

Chonchon s'est cachée derrière le rideau, c'en était trop pour elle.

Cut avant clap de fin. Il leur fallait ensuite insérer les comédiens dans un même cadre, clair et explicite, sans quoi, on pourrait crier au fake.

— Ça va, Mariole ? Vous n'êtes pas trop mal à l'aise ?

— Oh, vous savez, j'ai fait l'armée.

La réponse a dérouté la metteuse en scène, et lui a soutiré un petit rire. Elle ne s'y attendait pas, à rire. Pas ce soir. Mathilde a rendu la caméra au vieil homme qui l'attendrissait un peu plus chaque jour.

Inspiration, tableau final, elle s'est mise à quatre pattes, capturée en plan moyen par le cameraman alors qu'elle s'approchait de Boris d'un air vorace.

— C'est pour moi, cette belle queue ? Faudra surtout rien dire à ta femme, hein ?

Le mâle en rut tenait son érection, telle une offrande des dieux. Une fois cadrée serré, Mathilde a pu reprendre elle-même le mouvement de branlette, en bougeant le coude du drogué alors hors champ. Elle a approché son visage masqué de la verge tendue, en se passant la langue sur ses lèvres charnues.

Mathilde a ouvert grand sa bouche, signal pour Mariole de panoter et remonter sur le visage penché en arrière de Boris, clairement en pleine extase alors que Pussy Doll lui prodiguait, sans nul doute possible, une fellation d'anthologie.

— Et coupez !
— C'est dans la boîte.

Mathilde a soufflé, surprise par l'apaisement qu'elle ressentait déjà.

Mariole lui a posé une main sur l'épaule. Il ne trouvait pas de mots pour commenter le moment. Son dodelinement bienveillant suffirait, espérait-il. Mathilde le lui a confirmé d'un silence reconnaissant.

Elle a ensuite mis à profit ses formations de montage. À partir d'une même matière, un monteur ingénieux peut faire raconter, à n'importe quelle histoire, tout et son contraire, manipuler ainsi les émotions de tout spectateur crédule. Fake news et conspirationnistes en font leur beurre à longueur de crises. Au tour de Mathilde. Mais ici nul recours à tous ces artifices pour faire monter la sauce. Grâce au petit coup de main de Mariole – coup de poignet, pour être exact – Boris a imprégné l'objectif d'une vérité aussi graphique qu'explicite.

La créatrice aux doigts d'argent a monté les rushs directement dans le logiciel intégré au portable de son propriétaire, en a profité pour couper ses interactions avec son assistant. Dernier visionnage pour vérification. Le rendu était probant. Le hardeur malgré lui, mais harceleur en conscience, allait connaître l'heure de gloire qu'il n'avait jamais sollicitée. Tout comme Pussy Doll avant lui.

Mathilde a rhabillé Boris. Plus qu'à attendre qu'il se réveille.

— Bienvenue dans l'orgie digitale, Beau_Risque_69.

Boris écarquille les yeux à s'en arracher les paupières. Les images que vient de faire défiler Dark Rainbow sur son propre portable dépassent son entendement. Il se sent sali, abusé, violé. Comment a-t-elle osé ?

Assez fière de son film, la réalisatrice observe les réactions de son public en tortillant une de ses mèches multicolores.

— Alors ? Ça te plaît ?
— Putain mais t'es complètement tordue.
— La faute à qui ?

Dark Rainbow lui crache au visage.

— Hein ? La faute à qui ? Tu veux qu'on se remate tes films à toi ? T'étais pas si bégueule quand tu me sodomisais. Ah oui, pardon, j'oubliais, détail important, t'as flouté ton visage. Ça aide à trouver la blague plus marrante, n'est-ce pas ?

Tapi dans l'ombre de la psychopathe multicolore, le vieux garde du corps se peigne la moustache avec les crans de son couteau. Le prisonnier s'affole, amorce un brusque réflexe pour se libérer. Coup d'épaule, torsion du flanc, extraction impossible. Boris est comprimé dans ses liens et dans la situation dans laquelle ils l'ont piégé. Comme si le tableau n'était pas assez humiliant, il remarque seulement maintenant qu'il est toujours en érection. La mixture fait encore son effet. Pour combien de temps ? Nul ne saurait dire.

Entamer des négociations avec une telle trique, au temps pour sa crédibilité.

— Tout ça te mènera nulle part. Cette vidéo pue la mise en scène. Normal, c'en est une. Ces images sont fake, n'importe qui le verra.

— Fake, vraiment ? Moi, j'ai l'impression que tu y as pris du plaisir, non ?

Du bout du talon, Mathilde lui agace la bosse du pantalon.

— J'ai connu bien des amants qui ne m'ont pas montré un tel enthousiasme. Si tu simules, il faudra leur donner le secret de ton endurance.

Boris maudit l'espièglerie de cette connasse.

— Qu'est-ce que vous m'avez filé ?

— Viagra.

Boris enrage et se retient de faire allusion à son acolyte grabataire. Pas sûr que se moquer des problèmes d'impuissance d'un assassin sur le déclin soit la meilleure attitude à adopter pour conserver ses attributs masculins.

— C'est de la manipulation par l'image. Tu pourras rien en tirer. Ça n'a aucune valeur juridique.

Dark Rainbow, contrairement à Pussy Doll, ne se laisse pas intimider.

— Je te parle de la condamnation sociale. Les réseaux, la famille, tu vas voir, c'est génial. Mais bon, je vais pas t'apprendre ta spécialité, tu connais. Enfin, pas de ce côté-là de l'objectif.

Mouvements de tête giratoires, Boris cherche une échappatoire. En proie à la panique, les arguments lui arrivent en vrac :

— Vous vous en tirerez pas comme ça, je vais vous dénoncer aux flics. Pour me faire taire, il va falloir me tuer et vous êtes pas des assassins.

Mariole rigole sous sa moustache, comme un garnement qui attendait son moment pour allumer la mèche de son pétard :

— À votre place, je ne m'aventurerais pas à de trop hâtives conclusions.

Le blagueur ouvre son manteau et exhibe ses deux Beretta, dont le gabarit fait blêmir le manipulateur, soudain moins arrogant, malgré son érection. Changement de stratégie, le prisonnier à son propre jeu entreprend un échange diplomatique.

— Et puis quoi, qu'est-ce que t'as contre moi ? Une vidéo où je me branle ? Même si les gens tombent dans le panneau, et faudrait qu'ils soient bien cons, tu crois que ça va choquer qui ?

— Eux.

Dark Rainbow clique sur l'icône *Contacts* du téléphone. Toujours celui de Boris.

— Tout ton répertoire.

Une goutte d'effroi s'immisce sur la tempe de l'incriminé.

— C'est juste une vidéo de masturbation. C'est pas un crime, pas un viol. Y a qu'à voir, c'est toi-même qui a filmé. On voit bien dessus que t'es consentante !

— Pour ta femme, tu penses que ça fera une différence ? Pour tes enfants ? Pour toutes tes relations enregistrées dans ton répertoire ? Tu crois qu'ils vont prendre le temps d'approfondir ? Non. On est dans le monde de l'immédiateté, le jugement sans recul, la condamnation sans discernement. Je sais de quoi je parle, j'en ai fait les frais. Tu te souviens ?

Dark Rainbow le transperce du regard. L'homme acculé tente de ne pas se démonter :

— Pour les mecs, c'est pas pareil. Un mec qui se branle devant une chaudasse sur un lit ? Toi, on te traitera de pute, mais moi, on m'acclamera. Je suis désolé, ça paraît sexiste de dire ça, mais c'est pas moi qui ai écrit les règles. Tu sais bien que c'est la réalité.

Il n'a pas complètement tort. Mais s'il y aura toujours des gros porcs pour l'applaudir, ce film va le salir. Et le couler. Ce que Mathilde lui explique en une évocation :

— J'ai un nom pour toi : Benjamin Griveaux.

Le nom du candidat à la disgrâce résonne aussitôt dans les réminiscences du manipulateur-manipulé. Un fait divers qui aurait dû rester anecdotique. Un type qui se masturbe devant une webcam. Sauf qu'il briguait la Mairie de Paris. Un pauvre gus piégé par un Russe revanchard. La queue à la main. Et l'effondrement d'une carrière, en pâture dans les médias, la risée des réseaux, puis sa disparition des radars.

— Et encore sa vidéo, elle était mignonne à côté de la tienne.

Dark Rainbow paramètre l'envoi collectif. Boris a envie de la supplier, qu'elle ne fasse pas ça. Mais à quoi bon ? Mathilde l'oblige à avaler le même poison qu'il lui a administré.

Réflexe de survie du condamné :

— OK, vas-y, envoie-la, cette vidéo. Et après quoi ? Il faudra que je m'explique avec ma famille, mes amis…

— Tes parents, ton patron, ta banque, ton assurance voiture, maison, maladie…, lui énumère Mathilde, qu'il prenne bien conscience des implications.

Boris déglutit, sa voix déraille, des larmes s'immiscent :

— C'est sûr, ça va me demander un effort…

— T'as pas idée.

Dark Rainbow tapote son message en sifflotant un air que Boris met du temps à reconnaître, mais qui finit par lui revenir : *Ooooops, I did it again*. Britney Spears, Dark Rainbow, même combat. Toutes deux folles à lier.

— Moi, les flics m'écouteront…

Il est assez désespéré pour vouloir y croire.

— Là n'est plus la question. Toi et moi, on sait que t'es coupable. Plus important, tes « amis » le savent. Les « gentlemen de bonne compagnie », là, ils sont au courant, non ?

Un trou noir s'ouvre sous les pieds de Boris.

Quand elle a allumé son portable à son arrivée au théâtre, Mathilde a inspecté sa galerie, vide de pièces à conviction. Puis ses textos, rien de probant non plus. C'est dans ses conversations WhatsApp qu'elle a trouvé le nid de vipères. Elle se doutait que le garçon était du genre à entretenir des conversations salaces avec ses potes. Un boys' club avec qui partager ses sévices. Le groupe s'appelle « Gentlemen de bonne compagnie ». Douce ironie. Blagues graveleuses et délires sexistes y sont échangés dans la joie et la gaudriole. Rien de condamnable par la loi, juste des blagues misogynes entre potes. Les notifications de leurs conversations sont en sourdine pour que leurs femmes ne les grillent pas. En scrollant dans leurs tchats, Mathilde s'est dit que les contenus trop compromettants devaient être effacés après lecture, ou envoyés via un lien sur une autre plateforme, certainement cryptée. Mais ce classieux groupe de quatre gentilshommes distingués nourrit des propos qui ne trompent personne. Ils aiment les femmes d'une manière particulière. Ils aiment les humilier.

Des types normaux, bien sous tout rapport. Comme Boris.

— Ils vont adorer ta petite vidéo..., conclut Dark Rainbow.

Nul besoin de développer. Lui-même sait.

— Tu vas tomber. Et eux avec.

Boris ne veut pas affronter cette réalité. Ne peut pas. La frayeur le fait délirer. Il martèle, comme pour se convaincre lui-même.

— Tu n'as aucune preuve !

— Moi, non. Mais quelque part, sur un serveur, sur un disque dur, je ne sais où, des preuves, il y en a. Alors je t'en prie, fais-moi plaisir, va voir les flics et dis-leur que tu as été piégé. Clame-leur ton innocence. Donne-leur une excuse de venir enquêter dans tes dossiers secrets, et ceux de tes potes *de bonne compagnie*. Parce qu'une vidéo comme ça ? Toi qui te branles devant Pussy Doll ? Ils vont vouloir fouiller. Dans ton ordi, dans ton historique, dans ton cloud, et dans ceux de tes «amis», les gentils messieurs. Moi, je ne sais pas ce qu'ils vont y trouver, mais *toi*, tu sais. Et eux aussi, il faudra qu'ils s'expliquent...

Mariole ne comprend rien au cyber-charabia mais en constate l'impact sur Boris qui blanchit comme un linceul. Le sien. Pris à son propre piège, le futur harcelé se décompose de la tête aux pieds, hormis son érection qui n'en finit pas de déformer son pantalon. *Au goût de l'after beat.*

— Sale pute.

Des insultes. Il n'a plus d'arguments. Mathilde a gagné. Boris est vaincu.

Mariole note tout. Ne pas oublier.

Dark Rainbow pose son doigt sur le détonateur, l'icône *Envoyer à tous*. Son regard enfoncé profond dans celui de son harceleur, elle chantonne le refrain culte :

— « *I'm not that innocent…* »

Boris pleure. Comme Mathilde a pleuré avant lui. Il supplie :

— S'il te plaît… Non… Pitié… Si tu fais ça, je suis mort.

— T'y as pensé quand t'as posté ma vidéo ? T'y as pensé quand tu m'as taggée « Pussy Doll » ? T'y as pensé quand tu m'as exposée à visage découvert sur toute la Toile ?

Évidemment qu'il y a pensé. Et ça l'avait bien fait marrer.

Elle appuie sur le bouton rouge. L'arme la plus destructrice de ce monde dématérialisé. La puissance virale. Internet, la machine à broyer.

— Nooooon !

— Trop tard.

La vidéo est envoyée. À tout son répertoire. Par

lui-même. En son nom. À ses parents, sa femme, ses enfants, ses employeurs, sur Twitter, sur Facebook, sur Insta, sur Romantica... Un suicide social, familial, professionnel.

Hashtaggé Dark Rainbow.

Tête baissée, Boris halète. Sa vie est brisée. Il respire encore, pourtant il est mort.

Et Mathilde revit. Enfin.

Le téléphone résonne de dizaines de notifications. La vidéo commence à être visionnée. Le poison se répand. Les réactions ne se font pas attendre. Les gens s'insurgent, s'alarment. Chaque notification est un coup de marteau sur le cercueil du harceleur.

I'm not that innocent.

Mathilde aspire une longue bouffée de nicotine et recrache la volute bleutée, sous la douche du lampadaire qui grésille au-dessus de sa tête. Ça empeste l'urine et la désolation urbaine, mais elle ne le sent pas. Elle ne le sent plus. Tout est suspendu. Le temps, ses émotions... En lévitation entre deux mondes? Celui des vivants et celui des morts? Est-elle morte, d'ailleurs? Ou est-ce une renaissance? Difficile à dire. Pour l'instant, elle est surtout sonnée. Nouvelle bouffée. La fumée emplit ses poumons et lui vide l'esprit. Un moment à elle, loin de tout.

Que ça fait du bien. Cette impression qu'elle peut enfin se poser. Que le plus dur est fait. Que la fracture est colmatée. Elle peut commencer à cicatriser.

Elle se remémore la soirée. Dans le désordre. Des souvenirs par flashs. Et sa résolution.

Le soulagement.

Après avoir réglé son compte à Boris, elle a rendu son revolver à Mariole:

— Je vous avais dit que je ne m'en servirais pas. Je ne suis pas une tueuse.

Le vieil assassin compréhensif a rengainé sans un

mot. Il lui a caressé l'épaule, un geste maladroit qui témoignait de son soutien.

Mathilde a senti un froid l'envahir. Un vide qui a failli la faire défaillir. Ses protections s'écroulaient. Elle a eu un besoin urgent de tendresse. Comme une enfant après une trop forte émotion. Chonchon. Mathilde s'est penchée sur son flanc. La truie lui a léché le cou. Mathilde s'est allongée près d'elle. Toutes deux lovées l'une contre l'autre. Mariole les a observées. Les deux êtres les plus chers à son cœur. Il les a prises en photo avant d'oublier.

Mathilde fume, les yeux dans le vide. Vertige. Le reste de sa vie s'offre à elle. Sa vie brisée. Qu'elle pensait ne jamais pouvoir réparer. Au point de vouloir l'abréger.

Jusqu'à sa rencontre avec Mariole…

Mariole.

Marino.

Ils doivent reprendre son affaire à lui. Avant qu'il ne soit trop tard. Parce que le vieil homme fatigue. Mais pas ce soir. Demain. Là, il lui faut prendre du recul. Digérer. Demain, elle pourra retourner au combat. Celui de Mariole. Mais aussi le sien.

Parce qu'il ne s'arrêtera pas là.

Boris n'était pas seul. Il avait son boys' club. Avec qui il s'amusait à échanger ses vidéos. Sa bande de potos que ça faisait bien marrer. Quand Mathilde a vu le groupe WhatsApp « Gentlemen de bonne compagnie », trois tonnes d'effarement lui ont compressé le plexus.

Même si en réalité, elle s'y attendait. Boris avait un public, celui anonyme de la Toile, mais il était certain qu'il avait également son cercle restreint.

Son boys' club personnel.

Autre effet pervers des réseaux, Mathilde le sait bien, ces groupes décomplexés de l'humiliation. La Ligue du LOL, épinglée en 2019, l'avait choquée. Mais il reste tous les autres. Ceux qu'on ne voit pas. Si des journalistes, membres honorables de la presse et des médias qui ont pignon sur rue, ont pu s'y adonner, pourquoi pas le simple quidam ? N'importe quelle fille photographiée par son mec, un ami, un étranger, peut se retrouver dans un fil de conversation privé. Et prisé. L'image partagée, moquée, salie. Sans qu'elle en ait connaissance. Mathilde est bien placée pour le savoir.

Ici, ils sont quatre. Des *gentlemen de bonne compagnie*. Le boys' club de Boris. Mathilde a noté leurs noms, leurs coordonnées. Numéros et adresses. L'avantage de fouiller directement dans le carnet de leur meilleur pote, pas besoin de galérer sur Romantica pour les traquer.

Mathilde, alias Dark Rainbow, inhale une longue bouffée, puis souffle. Tout l'air contenu dans ses poumons. Depuis des mois. Un nuage de rancœur qui se dilue autour de ses cheveux colorés.

Quelle étrange nuit…

Elle a abandonné Boris, en vie, derrière la poubelle face aux volets fermés du théâtre. À tout prendre, il ne s'en sortait pas si mal. Comme tout prédateur, il ne s'était jamais projeté dans la peau de ses victimes.

Comment allait-il s'en sortir ? Il allait avoir tout le loisir d'y réfléchir.

Mathilde revisualise cette image. Son tortionnaire dans le caniveau. Boris était le premier. Il lui faut terminer ce qu'elle a commencé. Connaîtra-t-elle alors la paix ? Comment savoir ? Elle a coupé la gangrène. Il lui faut cautériser sa plaie.

Quatre noms. Encore quatre noms avant le repos. Comment va-t-elle s'y prendre ? Elle n'en a encore aucune idée.

Il faut qu'elle en parle à Mariole.

Mathilde insère sa clef dans la serrure de la chambre d'hôtel qu'elle partage avec son vieux compagnon et Dame Chonchon. Une odeur pestilentielle la chope à la gorge. À peine a-t-elle entrebâillé la porte que des gémissements lui parviennent, tout juste perceptibles par-dessus le grincement des gonds rouillés, appuyés par des grouinements d'animal inquiet.

— Mariole ?

La panique la saisit. À travers la pénombre, elle devine deux formes au sol. Celle de Chonchon qui s'agite dans de menus mouvements nerveux, et celle de Mariole qui, elle, ne s'agite plus. L'homme gît sur le parquet aussi racorni que sa carcasse. Mathilde claque l'interrupteur mural du plat de la main. Mariole, écartelé de honte, tend le bras dans sa direction : qu'elle le replonge dans l'obscurité, qu'elle n'assiste pas à *ça*. La décrépitude d'un homme que la maladie mâchonne un peu plus chaque jour et chaque nuit.

Mathilde ne l'a qu'entraperçu mais elle a compris. Une image d'une tristesse qu'elle aura du mal à effacer. C'est ce que redoutait le vieillard. Mathilde l'a lu dans son regard. L'impuissance d'un homme si impotent qu'il ne parvient plus à se redresser, s'extirper de la fange alors que ses muscles l'abandonnent.

Fort d'un naturel combatif, le bougre a su montrer quelque résistance face à la maladie, hélas, il arrive que ses fonctions motrices le trahissent. Mariole geint à terre, victime d'un relâchement du sphincter. Ses jambes ne le portent plus. Dans un reste de dignité, il se débat pour échapper au regard de cette douce enfant. Qu'il a tirée d'un mauvais pas. Qu'il cherche depuis à protéger, tel un ange gardien. Un ange qui, à cet instant, ressemble davantage à un goéland mazouté.

Mathilde veut préserver le pauvre vieillard diminué de tout jugement. Ou pire, de la pitié. Elle ne ressent ni l'un ni l'autre. De l'empathie, oui. Par geysers entiers. La jeune femme ne voit plus les excréments, n'en ressent plus l'odeur, elle voit un homme en détresse. Alors elle se baisse pour lui prodiguer ce dont il a besoin : du réconfort et un bon bain.

— Venez, Mariole. Agrippez-vous à moi.

Dans la voix de son amie, le vieillard ne perçoit ni dégoût, ni effroi. Comment peut-elle ne pas être rebutée par cette image si pathétique ? Il ouvre la bouche, chevrote des bégaiements. Son menton tremble, il voudrait l'implorer de s'en aller, de le laisser là, il saura se débrouiller. Tout en sachant qu'il en est incapable.

Chonchon coince son groin sous sa paume ravinée. Son instinct animal lui signale que son pauvre Mariole est au plus mal. Fidèle à celui qui l'aime et qu'elle aime en retour, elle le soutient comme elle peut. Une réaction animale plus humaine que celle de bien des humains.

Mathilde passe autour de son cou le bras sans force de Mariole, puis enroule son bras à elle autour de sa cage thoracique qui hyperventile. Elle sent ses côtes comme de vieilles brindilles de panier tressé. En bout de course, lui aussi.

— Je suis là, Mariole. Je vais m'occuper de vous.

— Hon... Re... ga... dez... pas...

— N'essayez pas de parler. C'est rien, ne vous inquiétez pas. On va vous laver.

— ... ar... don...

La lumière ocre de la rue filtre à travers les rideaux et esquisse les contours de sa silhouette cadavérique. Du bout de ses doigts crispés comme des serres, Mariole tente de masquer son visage honteux en se griffant la peau parcheminée. Ce réflexe de pudeur brise le cœur de Mathilde, plus encore que ce bête accident d'incontinence.

Elle rassure celui qui n'est plus un enfant depuis soixante-dix-sept ans mais qui le redevient peu à peu :

— Chut, Mariole, chuuuuuut... Je suis là. Tout va bien...

Elle accueille ses doigts contractés dans la douceur de sa paume, se penche au-dessus de ses yeux, qu'il aperçoive son visage à travers l'obscurité. Le cœur de Mariole reprend un rythme modéré, s'éloigne de l'infarctus. Ses doigts se décrispent autant qu'ils le peuvent, et enserrent le moelleux de la main qui leur est tendue. Le vieil homme baisse les yeux, puis les armes, et tente de s'appuyer sur elle pour se redresser.

— Venez, la salle de bains est à quelques mètres.

— ... er... ci...

— Chut... Ne dites rien... Voilà, comme ça, c'est bien.

Il claudique en appui sur l'épaule offerte, constate qu'il souille la combinaison de Mathilde. Celle qu'elle a achetée dans cette friperie qui sentait la poussière, et qui lui a soutiré une expression plus fière que si elle sortait d'un défilé Chanel.

Mathilde ressent son inconfort, elle passe son index sous son menton pour l'orienter vers son sourire. Un phare dans sa nuit.

— On y est presque. Je vais vous faire couler une douche bien chaude.

Chonchon les suit à la trace. La salle de bains est trop exiguë pour qu'ils y tiennent à trois. La truie piétine devant la porte, tourne en rond, voudrait accompagner le pauvre homme, qu'il n'oublie pas qu'elle est là. Lui qui oublie tout.

Mathilde procède par étapes. D'abord sa chemise de pyjama, tachée comme le reste de son vêtement de nuit. Mariole, dans un ultime réflexe de dignité, tente de repousser les doigts qui défont ses boutons. Mathilde l'apaise, d'une voix sans tension :

— Il faut vous nettoyer. Ne vous en faites pas, je ne vais pas allumer la lumière.

Le vieillard gigote, hésite encore, puis capitule. Il n'a plus la force de batailler. Il s'abandonne dans ses bras. Mariole constate ce qu'il advient de lui, il se répugne. Il hait cette chienne de vieillesse. Il tombe comme un poids mort dans les bras de Mathilde qui ploie sous sa charge. Elle glisse sur le carrelage souillé et se casse le dos à retenir la masse du vieillard qui choit contre la paroi au-dessus de la baignoire.

Chonchon émet un cri apeuré. Mathilde gémit, reins en feu, elle parvient à redresser l'homme qui ne cesse de geindre. Le vieillard ne tiendra pas dans l'espace réduit de la douche sans son soutien. Elle en enjambe le rebord, se cale contre le corps sans vitalité, et lui apporte son ancrage. Ainsi appuyés l'un contre l'autre, Mathilde récupère une liberté de mouvement qui lui permet de faire glisser le pantalon de Mariole sur ses chevilles. D'une torsion du pied, elle parvient à expulser le bas de pyjama maculé hors de la baignoire. Elle s'en occupera plus tard.

Mariole se retrouve nu comme un ver dans les bras d'une femme. Ça ne lui était pas arrivé depuis un siècle. Dans la vulnérabilité la plus absolue, il ne rêve que d'une chose : fermer les yeux et ne plus jamais avoir à les rouvrir. Étonnamment, et malgré la violence de cette humiliation, Mariole se surprend à ressentir la délicatesse de Mathilde, dans chacun de ses gestes, alors qu'elle passe le jet d'eau sur lui et qu'elle le savonne comme si tout cela était naturel. Ce moment restera entre eux, tous deux le savent. Malgré l'odeur nauséabonde, malgré cet innommable abandon de lui-même, Mathilde le lave sans afficher de gêne. Le temps d'une douche, de la simple bonté. Au crépuscule de sa vie, c'est un sentiment bienvenu. Mariole lui en est reconnaissant et le lui dit :

— ... er... ci...

Mathilde s'accroche à sa main :

— Merci à vous, Mariole.

Après avoir séché le vieil homme grelottant, Mathilde part s'enquérir de draps propres. Et s'en retourne border le vieillard épuisé. Mariole s'éteint dans un soupir de soulagement. Elle espère que ce ne sera pas son dernier.

Du bout de son groin, Chonchon vient dénicher la main de son maître, qu'elle dégage de sous le drap pour la faire basculer sur le côté du lit et reposer sur le sommet de son crâne. Il saura, en se réveillant, qu'elle ne le quitte pas. Gardienne de son sommeil, Chonchon s'avachit contre le sommier. Un bulldozer ne pourrait l'en déloger.

Mathilde observe son ange gardien déplumé, dont la respiration soulève la couverture d'un mouvement régulier. Elle se remet elle-même à souffler. L'impression d'avoir été en apnée depuis qu'elle a pénétré dans la chambre. L'odeur, qu'elle était parvenue à bloquer jusque-là, se rappelle violemment à ses narines. Mathilde asperge de son parfum sur un foulard qu'elle enserre autour de son nez, puis s'empare d'une serpillière.

« Égoïste. » Obnubilée par Beau_Risque, elle portait des œillères. Elle n'a pas voulu voir que Mariole déclinait. Son allié donne le change, avec sa bonhomie, en réalité, c'est un homme en fin de vie. Elle n'a pas honoré sa part de contrat : le seconder dans sa traque de Marino. Qu'il trouve la paix avant de s'éteindre. Ce qui peut arriver d'un instant à l'autre.

Mariole s'est endormi comme une masse et ronfle dans une respiration de tronçonneuse enrouée. Ils doivent débusquer ce Marino, ça devient urgent.

Si Mariole n'en est plus capable, c'est elle qui s'en chargera. Après tout ce qu'il a fait pour elle, elle le lui doit. Demain, arriveront les résultats d'analyses de l'échantillon de terre. Elle prie pour que cette piste soit concluante.

Fin du ménage et des tergiversations, elle reste au chevet du convalescent. Jamais elle n'arrivera à dormir après ce qu'il vient de se passer. Mathilde se pose à la fenêtre, y inspecte une nouvelle fois les indices que Mariole avait rassemblés dans l'affaire Marino. Détective amatrice, de qui se moque-t-elle ? Enfin, faut bien qu'elle essaie. Surtout vu l'état du principal concerné.

Elle n'allume pas, ne veut pas le réveiller. Elle éclaire les éléments à la torche de son portable, n'a presque plus de batterie, le rebranche. Le fil est trop court, tant pis, elle retourne fumer à la fenêtre, elle ne veut pas déclencher les détecteurs d'incendie. Elle empoigne la page vierge, intitulée *Mariole*. Un brouillon inachevé ? Une feuille tirée d'un tas d'autres qui feraient sens ? Si l'assassin professionnel l'a conservée, c'est qu'elle recelait une information d'importance.

Mais laquelle ?

Mathilde allume sa cigarette. Du bout de la flamme de son briquet, elle éclaire le papier, n'y voit rien. La fatigue. Elle rapproche la flamme d'un peu plus près, fait gaffe à ne pas foutre le feu, puis laisse échapper un « Oh » de stupéfaction. Devant ses yeux épuisés apparaissent des phrases, tandis que la chaleur de la flamme les fait ressortir.

La lettre a été écrite au jus de citron.

Mathilde se souvient d'avoir vu l'astuce dans un vieux film d'espionnage. La chaleur cuit les traces séchées du liquide invisible, révélant les mots brunis à sa destinataire émerveillée. Un tour de magie simplissime mais efficace.

Elle se met à lire avec frénésie, lorsque :

— C'est une blague ?

Un nom parmi les autres la frappe, tel un signe divin, elle qui n'est pas mystique :

Madeleine.

Mariole peine à ouvrir les paupières. Son souffle laborieux, sa poitrine froide et compressée, comme si un camion frigorifique avait passé la nuit garé sur sa cage thoracique. Il a du mal à recouvrer une respiration apaisée. D'un œil vitreux, il scrute le décor alentour. Ne reconnaît rien. Il semble se souvenir qu'il vit dans un hospice… Ou est-ce sa maison d'enfance ?… Il n'est plus certain. De rien. Tout est flou. Dans sa tête. Autour de lui. Sauf ce minois radieux. Qui se penche sur lui. Celui d'un ange ? C'est donc cela, le paradis ? La déco est à revoir, mais pour ce qui est de l'accueil, le comité est divin.

— Ah, enfin. Ça fait des heures que j'attends que vous émergiez. Vous avez bien dormi ?

L'apparition aux cheveux multicolores est agitée comme une gamine qui attend que son daron se réveille pour aller à la plage.

— Pardon, mon enfant mais… qui êtes-vous ?

Mathilde voudrait lui annoncer ses découvertes nocturnes qui l'ont empêchée de dormir, mais connaît le protocole. Elle sort bloc-notes et photos, et réattaque l'historique par le menu. De son évasion de l'Ehpad à leur rencontre, en passant par la vengeance

Beau_Risque, pour aboutir à ce qui la fait trépigner : la mission Marino.

— Eh bien, il semble qu'on ne s'ennuie pas avec vous, commente Mariole, avec un humour aussi amer que son humeur. Pour cause, il ne se souvient de rien de ce que lui raconte cette demoiselle.

— Avec vous non plus, Dory.

Petit clin d'œil complice. Mariole lui renvoie des yeux de merlan frit, se gourant de poisson au passage.

— Dory ?

— Laissez tomber... Regardez plutôt ce que j'ai découvert.

Mathilde lui montre la lettre sur laquelle s'étalent des phrases brunes tracées d'une écriture épineuse.

— De quoi s'agit-il ?

— La page blanche, Mariole ! L'indice numéro 5 ! Une feuille vierge intitulée *Pour Mariole* sans autre mot, ni notes. On se demandait ce que ça faisait là... Tadaaaaaaaa, c'est une lettre ! Une lettre entière, Mariole !

Le vieillard se redresse sur son lit qui grince presque autant que ses articulations. Front plissé, sourcils noueux, il a plus de mal à reconnecter qu'à son habitude. Chonchon pointe un groin anxieux. Son maître ne reconnaît pas l'animal, mais sa présence lui tire un simili-rire au milieu de son désarroi.

— Écoutez, jeune fille... je...

Mathilde conserve un rictus enjoué, sans parvenir à cacher son trouble dans ses yeux qui papillonnent d'inquiétude.

— Mathilde. Mon nom c'est Mathilde, vous vous souvenez ?

— Eh bien... non... Vous l'avez dit vous-même, il semble que je souffre d'une condition qui...

Mariole tire le drap par-dessus lui, pour en recouvrir sa poitrine et masquer sa peau fripée, parsemée de longs poils argentés. Mathilde en a le ventre qui se noue.

— Ne vous en faites pas, on va prendre notre temps. Je vais vous chercher un café ?

— Je... je voudrais prendre ma douche... Si ça ne vous fait rien.

Une phrase en forme d'invitation à gagner la porte.

— Vous êtes propre. On a pris une... douche... hier...

Au regard gris du malade, Mathilde n'insiste pas. Ne pas retourner le couteau dans la plaie d'un ancien maître en armes blanches.

— Bien entendu. Je vais vous attendre dans le couloir. Je ne m'éloigne pas. Si vous avez besoin de quoi que ce soit, je serai...

— Merci, mademoiselle.

La tristesse dans cette voix déchire le cœur de Mathilde. Cet épisode nocturne semble avoir diminué Mariole plus qu'elle n'aurait cru. La lettre pincée entre ses doigts, le vieillard attend qu'elle prenne congé.

— Je vous laisse. Mais avant, accordez-moi une petite seconde...

La fée arc-en-ciel virevolte jusqu'à sa mallette, y pioche sa fiole, prie pour que sa trouvaille fasse effet, et rejoint l'amnésique qui s'impatiente. Elle lui vaporise dans les mains deux sprays de *Cuir de Russie*. Le vieil homme ronchonne. Mathilde, qui a l'habitude de son mauvais caractère, le désamorce de son sourire, tout en hissant ses paluches jusqu'à ses naseaux.

— Humez-moi ça.

Le rouspéteur n'a guère le choix, s'il ne veut pas mourir asphyxié. Et magie des sens, les pupilles de Mariole se dilatent. Ressuscité par l'envoûtement des sensations passées, son palpitant se remet à battre et une constellation de questions se résume dans l'émoi d'un mot au singulier :

— Qui ?

— Mais lady Madeleine, bien sûr ! Je vous explique tout après votre douche.

Mariole observe la lettre, hume le parfum, une émotion puissante bat dans sa poitrine. Quelque chose qui ressemble à de l'optimisme.

— Merci… Mathilde.

Et Mathilde s'irradie. Ça y est ! Il est revenu.

Je t'écris cette ultime lettre, d'une encre transparente. Qu'elle ne soit pas lue par qui que ce soit si ce n'est toi.

Tu voulais me protéger. Tu voulais « nous » protéger. Comme tout ça paraît vain à présent.

Tout est perdu.

La vie à tes côtés est trop dangereuse, disais-tu. Tu avais raison. Aujourd'hui j'ai peur, j'ai mal, je ne peux plus respirer...

Je t'écris ces mots impuissants, comme nous, comme maintenant. Sauras-tu les lire? Toi qui n'as jamais su. Un appel au secours. Un de plus? Non, je te rassure, c'est le dernier.

Je me souviens de tes baisers, si tendres et hésitants. Tes gestes, professionnels et parfois distants. Dans tes bras, j'avais l'impression d'être un objet volé, une bombe à retardement.

Tu étais l'homme de ma vie. Je ne sais pas si j'ai jamais été la femme de la tienne. À trop te protéger, tu ne m'as pas laissée accéder à toi. Je suis restée dehors, voilà le résultat, tu ne m'as pas protégée, moi.

En fermant les yeux, je me remémore notre mélodie au pied du clocher de Sainte-Madeleine. T'en souviens-tu ? Elle m'accompagne durant ces derniers instants de nous.

Je m'accroche à l'impossible, dis-tu. Peut-être, mais cette fois, c'est bien fini.

Tout est perdu.

Ne te retourne pas, tu ne l'as jamais fait. Ne pleure pas, tu en es incapable. Ne me regrette pas, je ne suis déjà plus là...

La Dauphine rugit à s'en exploser l'injection. Mathilde conduit, pied au plancher. Les rues de Paris défilent comme un film en accéléré. Le fil d'une vie ? À la place du mort ressuscité, Mariole tripote la lettre qu'il a bien relue trente fois depuis que son associée l'a remis au parfum, à grands jets de *Cuir de Russie*.

— Une lettre de rupture, donc.

— Ou un appel à l'aide déguisé.

L'apprentie inspectrice croit à son sixième sens aiguisé. Elle a flairé une piste et compte bien la suivre de sa conduite sportive. Brinquebalée dans les virages serrés, Chonchon s'accroche à l'accoudoir comme elle peut.

— Mais enfin, Mathilde, le texte ne prête pas à ambiguïté.

— Ah vous trouvez, vous ? « Appel au secours », « Tu ne m'as pas protégée », « Tout est perdu », « J'ai peur, j'ai mal, je ne peux plus respirer... », récite Mathilde qui connaît la lettre sur le bout des doigts, après l'avoir étudiée toute la nuit.

Mariole affiche une moue dubitative. Déni ou mauvaise foi ?

— Un vocabulaire amoureux classique, pour ne pas dire mièvre. Nous sommes à ça d'une bluette.

— Mariole, ne soyez pas cruel, vous savez bien que ces mots évoquent des émotions bien plus profondes que ça.

Oui, il le sait. C'est pour cette raison qu'il triture ainsi le papier citronné. L'assassin au cœur meurtri n'ose l'avouer. À elle. À lui encore moins. Il ne sait pas d'où provient le ressentiment qui lui bombarde l'estomac. Il ne se souvient plus des causes de cette rupture. Mais cette douleur lui rappelle que la plaie n'a pas cicatrisé.

L'enquêtrice développe sa théorie d'un texte à double lecture :

— Pourquoi elle vous aurait écrit à l'encre sympathique ?

— Je vous l'accorde, cet aspect prête à confusion. Une lettre de rupture illisible, ça cache quelque chose… Par jeu peut-être ?

— Non mais sérieux, vous avez vu son ton ? Elle écrit pas à l'eau de rose, elle écrit…

— … au citron ?

Mariole abuse de la plaisanterie. Il semble se protéger d'une blessure enfouie qu'il a peur de rouvrir, et agace Mathilde à ne pas voir l'évidence. Elle dégaine un autre indice :

— Examinez bien la photo floue. L'indice numéro 3.

Ce qu'il fait, intrigué par l'assurance de sa coéquipière dans sa démonstration. Instinct professionnel ou foi aveugle ? La photographie dite « de la prise d'otage » regorge de détails indéchiffrables. Le seul qui paraisse tangible : la femme sur ce cliché et celle qui a écrit la lettre seraient une seule et même personne. Et Marino serait à l'origine de cette photo, à l'intention de son ennemi. A fortiori Mariole. Le parfum, la mèche de cheveux, la lettre SOS, le tout dans la même enveloppe au nom de cet homme à abattre. Tout corrobore. Enfin selon Mathilde.

Durant sa nuit d'investigation des mots au citron, elle s'est demandé si ses déductions étaient absurdes. Est-ce qu'elle entraîne Mariole dans sa folie ou lui dans la sienne ? Puis s'est persuadée : peut-être qu'ils sont à côté de la plaque, mais au moins ils vont quelque part.

Mathilde continue les citations :

— « Je suis restée dehors », « Ne te retourne pas »... Elle guide votre regard. À travers la fenêtre, derrière elle.

Effectivement, derrière la victime hors focus, une fenêtre donne sur un paysage plus flou encore. Ce cadre ouvrant sur l'extérieur est strié par une forme sombre verticale.

— Eh bien ?

— Le pic noir, dans l'encadrement, ça pourrait être...

— ... tout et n'importe quoi. Un arbre, une tour...

— Ou un clocher !

Frappé par cette révélation, son équipier se replonge dans la lettre. Conclusions aux fondations instables mais qui se tiennent. Dans un sens. Celui qu'ils veulent bien lui donner. Mathilde parle en stéréo par-dessus sa relecture.

— Le clocher de Sainte-Madeleine. « Toi, tu sauras en percer le secret. » Elle ne vous évoque pas un souvenir, elle vous donne un repère ! Pour la retrouver !

Mariole s'assombrit.

— Donnait...

— Oui... pardon... donnait..., corrige Mathilde qui avait oublié la sombre résolution de cette cellule de crise, avant de reprendre. Mariole, elle ne mentionne pas cette église par hasard. Elle n'évoque aucun autre souvenir. Faites pas genre ça saute pas aux yeux. Pourquoi elle nommerait précisément cet endroit ? Non, c'est certain, elle délaye les informations pour ne pas se faire griller par son geôlier. Elle vous aide à la localiser !... Enfin, elle vous aidait...

— Ma chère, votre raisonnement est solide... Mais j'ai peur qu'il ne s'agisse là que de spéculations... Au mieux d'interprétations. Je...

Mathilde lui coupe le sifflet, sûre de son fait :

— Vous avez vu la date de la lettre ?

Fasciné qu'il était par les mots poupées russes, non, Mariole n'y avait pas prêté attention. *9 novembre 1986.* Ses yeux rebondissent sur la photo. Le journal en avant-plan, seul élément net sur le cliché. Mathilde articule tout haut la pensée de Mariole qui frôle l'arrêt cardiaque.

— La même date ! Elle l'a écrite le jour où Marino l'a séquestrée. Une lettre impossible à déchiffrer, à moins d'être un agent secret ou un assassin ? C'est pas une lettre d'adieu, c'est...

— Un appel au secours !

Le cœur de Mariole pompe l'adrénaline comme le moteur de sa Dauphine le sans-plomb 95, et redonne à sa vieille carcasse une seconde jeunesse.

— Nous allons retrouver ce salopard et lui faire

la peau. Et nous avons un indice, Mathilde ! L'église Sainte-Madeleine !

L'inspectrice roule des yeux outrés à cette appropriation de son travail d'investigation, bel exemple de *mansplaining* par l'acariâtre. À moins que ce ne soit sa mémoire immédiate en vrac. Un peu tard pour déconstruire ce reliquat de schéma patriarcal, Mathilde ravale son laïus contre l'aïeul.

— Bon bah voilà, on est raccord, conclut-elle avec une pointe d'agacement.

— L'antre de ce félon doit se trouver aux abords de ce clocher.

— Exactement ! Reste plus qu'à la trouver. J'ai checké sur le Net et…

— Vous avez quoi ?

Mathilde switche de vocabulaire millennial sans ralentir :

— J'ai googlé « église Sainte-Madeleine » et…

Les globes de Mariole n'en restent pas moins écarquillés. Il se dit qu'un dictionnaire serait utile à son amie qui souffre indubitablement de dyslexie. Mathilde sur-articule :

— J'ai *cher-ché* sur *l'or-di-na-teur*…

— Pas la peine de me parler comme à un idiot, se vexe le vieux toujours gaillard. Je sais ce qu'est un ordinateur. Je sais même utiliser un fax, je vous signale… Enfin j'ai su.

Mathilde soupire et poursuit :

— Des Sainte-Madeleine, y en a une pelletée en France. Je sais pas qui distribue les noms aux églises, mais ils ont zéro imagination.

— Eh bien il nous faudra les visiter une à une. Dussé-je y épuiser mes dernières réserves de vie…

— Sauf si…

Mathilde pile avec un sourire vindicatif, à l'annonce de son GPS : « Vous êtes arrivé à destination. »

Le laboratoire d'analyse sédimentaire.

Les résultats de la fiole de terre aussi sont bien arrivés. La laborantine les avait avertis, ils ne pourraient pas cibler une adresse précise, en revanche, ils pouvaient réduire le champ d'exploration.

— Effectivement, les analyses montrent la présence de…

Et la spécialiste en sédiments de déblatérer une liste de composants incompréhensibles pour le commun des mortels. Mathilde souhaitait une résolution du type Cluedo : « Le colonel Moutarde avec le chandelier dans la cuisine. » Cette logorrhée la noie dans un imbroglio de « bla bla bla blââââââh ».

— Pardon, mais en langage vulgaire, ça donne quoi ?

La laborantine ravale sa science et encaisse le paiement en faisant la gueule à ce manque d'intérêt pour sa spécialité :

— Le sol d'où a été extraite cette terre se trouve en bord de mer.

Mariole frappe dans ses mains, provoquant un claquement à réveiller les morts. C'est heureux, c'était son cas ce matin encore.

— Formidable ! Il ne nous reste plus qu'à cibler les églises Sainte-Madeleine qui se situent sur une côte maritime.

Alors que Mariole quémande un bottin auprès de la laborantine ahurie – il compte appeler tous les curés de Marseille à Dunkerque –, Mathilde navigue sur Maps à la recherche d'une icône rouge qui lui indiquerait la position d'une église portant ledit nom en bord de mer. Et :

— Bim !

Trop fière, elle tend son poing à l'intention de son partenaire, en mode *check*. Raté. L'homme d'une autre ère la fixe sans bien saisir, comme à son habitude. Plutôt qu'une explication sur l'évolution des formes de salutation dans la culture urbaine, Mathilde lui désigne l'écran GPS de son portable : *Église Sainte-Madeleine, à Grèges, aux abords de Dieppe. Itinéraire en voiture, 2 h 53 par la A13.*

Elle relativise néanmoins la bonne nouvelle :

— C'est la plus proche qui a popé. Le bord de mer réduit considérablement le cercle d'exploration mais pas toutes les options. À vue de nez, il reste une grosse dizaine de Sainte-Madeleine le long des côtes. C'est beaucoup, mais c'est faisable. Prêt pour un petit tour de France ?

Galvanisé par cette piste brûlante, Mariole s'apprête à dégainer son Beretta.

— Marino, fils de chien, l'heure de payer tes crimes a sonné !

Mathilde calme les ardeurs de l'assassin remonté à bloc en souriant avec gêne à la laborantine.

— N'y prêtez pas attention, mon papa débloque.

De l'index, elle dessine un rond autour de sa tempe :

— Alzheimer.

La laborantine compatissante ne se déride pas pour autant.

— Je comprends. Bon courage.

Mariole n'aide pas la mascarade, vu qu'il est le plus sérieux du monde :

— Lui collerai deux pruneaux dans le buffet, moi… Vais lui aérer le caisson, à ce salopard…

— Oui, papa, dit Mathilde en le poussant vers la sortie. Allez, viens, c'est l'heure de prendre tes médicaments.

— Église Sainte-Madeleine, lady Madeleine, c'est fou, non ? Les signes. À croire que vous êtes en mission pour le Seigneur. Comme dans les *Blues Brothers*.

Mariole dévisage la conductrice qui jubile à la symbolique de ses trouvailles.

— Oh, faites pas genre vous connaissez pas. C'est votre époque, cette référence, pour le coup.

— Mon enfant, il arrive que je…

— … « ne comprenne rien à ce que vous racontez », empiète Mathilde. Je sais, vous me le dites tout le temps. N'empêche, c'est peut-être une coïncidence, mais moi j'y vois un signe.

Dinéault, Meucon, Guérande, Froidfond, Bidart, Pleine-Selve, la liste des églises Sainte-Madeleine en bord de mer reste longue, alors pourquoi avoir choisi celle-là ? Parce qu'il faut bien commencer quelque part ? Ou parce qu'elle se situe en Normandie ? Tout comme Gregory Gallo, membre des Gentlemen de bonne compagnie, cible numéro 1 du boys' club de Boris. Heureuse concordance qui donne à Dark Rainbow l'opportunité de coordonner deux vengeances. Mais ça, elle se garde de le préciser à son partenaire. Quelle urgence ? Il aura aussi vite oublié.

Elle le lui rappellera en temps voulu. Quand elle aura élaboré son plan.

D'ici là, elle trace la route. Mariole sourit à ses côtés, il ne se souvient plus pourquoi. Il se reporte à ses notes et s'illumine à nouveau : Ah oui, c'est vrai, il tient Marino !

Chonchon, pieds sur l'accoudoir, s'abreuve du vent frais à travers la fenêtre. Langue sortie, enivrée par les bourrasques, elle grouine, tout à sa joie, dès qu'ils croisent un camion qui ne manque pas de saluer ces drôles de vacanciers d'un coup de klaxon.

Se disant que des tubes de son époque plongeraient Mariole dans un bain de jouvence, Mathilde branche radio Nostalgie. Bien joué. Le vieux bonhomme fredonne par-dessus la mélodie qu'il reconnaît, souvenir lointain, et baragouine des paroles approximatives sur celles d'origine qui le sont tout autant. La Dauphine avale les kilomètres au rythme de Michel Jonasz qui fait l'éloge des *Joueurs de blues*. Mathilde rigole aux arrangements datés, mais qui fait rimer «Toulouse» avec «*I was born to lose*» mérite tout son respect.

Les moments de gaieté sont assez rares pour ne pas en profiter, constatant que le morceau passe du baume au pacemaker de son compagnon en fin de vie, Mathilde entonne en chœur avec lui :

— *Joueurs de blues, on est des joueurs de blues !*

Emporté par l'euphorie du moment, Mariole sort son Beretta et tire en l'air à travers la fenêtre ouverte. Mathilde en fait une embardée de stupeur. Le trente-trois tonnes derrière elle l'imite et manque de provoquer un carambolage avec cinq autres bagnoles. Coup de klaxon bien moins avenant qu'avec Chonchon.

— Non mais, Mariole, vous êtes malade ! Rangez ça !

Rétablissement du dérapage non contrôlé, Mathilde baisse le son de l'autoradio, pour prévenir tout autre débordement. Le garnement grondé range son pistolet pas du tout en plastique :

— Pardon, je m'emporte.

Mathilde lui arrache le flingue des mains et le glisse entre ses cuisses.

— Confisqué !

Mariole fait la moue. Les pommettes empourprées par le coup de sang, Mathilde maugrée :

— « Je m'emporte », non mais l'autre...

Le camionneur les double en les invectivant :

— Ohé, là ! Ça va pas de balancer des pétards sur l'autoroute ! Surveillez vos chiards, bordel !

Pétrifiée de gêne, la chauffarde affiche une affabilité de façade et hurle à sa fenêtre :

— Pardon, c'est mon papa ! Il a Alzheimer !

— J'ai Alzheimer, moi ? s'inquiète son passager largué.

— Psssch, taisez-vous ! le rembarre Mathilde.

Le routier attendri balance l'information dans sa CB, calmant ainsi la colère partagée de ses collègues, avant de reprendre du haut de sa cabine :

— Ma pauvre, comme je vous comprends. Je viens de perdre ma maman à cause de ça. Vache de maladie !

Mathilde pourrait halluciner d'avoir cette conversation, coincée entre un semi-remorque et la bande d'arrêt d'urgence, sur l'autoroute à cent dix kilomètres à l'heure, mais plus grand-chose ne l'étonne depuis qu'elle a rencontré Mariole. Elle sourit au routier, comme s'ils partageaient le calvaire de cette maladie dans la salle d'attente d'un hôpital.

— Allez bonne route, et prenez soin de votre papa. Sont pas immortels, nos parents.

L'énorme bahut finit de les doubler, alors que Françoise Hardy prend le relais de Jonasz et en rajoute une couche dans la mélancolie :

« *On est bien peu de chose*
Et mon amie la rose
Me l'a dit ce matin
À l'aurore je suis née
Baptisée de rosée
Je me suis épanouie
Heureuse et amoureuse
Aux rayons du soleil
Me suis fermée la nuit
Me suis réveillée vieille... »

Ils sont forts en timing, radio Nostalgie. Et Mariole de commenter :

— Comme elle a raison...

Mathilde observe le vieil homme qui se fane à vue d'œil. Qui, malgré sa mémoire en charpie, a conscience de ce qui l'attend. Sur ce point, il ne peut pas se mentir. Elle prend sa main dans la sienne. Qu'il sache qu'elle est là. Maigre réconfort. Mais au moins, il n'est pas seul. Avec sa condition. Avec ses questions.

— Mariole... vous avez peur de mourir ?

Le vieil homme inspire longuement, les yeux perdus dans l'horizon.

— S'il y a un adversaire contre lequel on ne peut

pas lutter, c'est la vieillesse... On peut lutter contre la guerre, contre la maladie, contre l'ennemi... Pas contre la vieillesse... Quand c'est fini, c'est fini...

Et derrière un sourire sans tain :

— Mais non, je n'ai pas peur... Je suis prêt.

Le vieil homme embrasse l'inéluctabilité avec dignité. Mathilde le trouve inspirant. Elle sait qu'il va mourir. Bientôt il ne sera plus là. Il y a quelques jours elle ne le connaissait pas, mais elle réalise à quel point il va lui manquer...

Elle repense à son père. Un goût âpre dans la bouche. De tout ce qu'elle a subi, ces derniers mois, la plus grande violence, c'est sa violence à lui. Son rejet l'a anéantie. Depuis, elle se reconstruit. Le chemin est long, mais elle est bien accompagnée.

Souchon les sort tous deux de leur humeur morose.

« *On avance, on avance, on avance*
On n'a pas assez d'essence,
Pour faire la route dans l'autre sens
Il faut qu'on avance... »

Comme si on avait glissé une pièce dans son jukebox, Mariole se rallume et reprend le refrain, avec un entrain communicatif qui redonne la banane à Mathilde. Elle fout le son à fond et chante avec lui :

— *On avance, on avance, on avance !*...

La vie est trop courte pour faire la gueule.

Deux heures et des bluettes plus tard, ils arrivent à Grèges, aux abords de Dieppe. Le clocher de Sainte-Madeleine. Beau, majestueux.

— Bon, c'est pas Notre-Dame, mais ça a quand

même de la gueule, dit Mathilde qui cherche toujours à se convaincre qu'elle suit la bonne piste.

La jeune fille et le vieil homme contemplent le monument dans un silence de connivence, une satisfaction dans les mirettes. Chonchon en profite pour se soulager dans un buisson.

— Sainte-Madeleine, on t'a retrouvée, fanfaronne Mathilde, pas peu fière.

Puis ses lèvres s'étirent en une forme moins naturelle, avant de s'effacer et de laisser place à un air pénétré.

— Certes, mais… que faisons-nous de cette information ? ose un Mariole qui ne sait plus si c'est son défaut de mémoire qui le maintient dans le flou, ou le manque de méthodologie de ces enquêteurs amateurs.

Mathilde n'en sait foutre rien. Mystique à ses heures, elle s'est accrochée à la pertinence de sa découverte en se disant qu'une fois sur place le chemin de leur enquête s'éclairerait de lui-même. Il n'en est rien. Des églises Sainte-Madeleine, il y en a une chiée dans l'Hexagone. Celle-ci pourrait correspondre. Du fait de se trouver au bord de mer. Comme la fiole de terre que Mariole conservait précieusement. Le clocher flou à l'arrière-plan de la photo est un indice supplémentaire. Et après ? Comment vont-ils trouver la tanière de Marino ? Par où commencer ? Ils ne vont quand même pas toquer à toutes les portes du coin.

Réalisant que téléphage, c'est un passe-temps, enquêtrice, c'est un métier, Mathilde conclut :

— J'ai besoin d'un verre.

La part des anges.
Un signe, encore un. Mathilde en voit partout. Elle se gare devant le bar, pas le dernier avant la fin du monde, mais pas loin. Le dernier avant la fin de Grèges, ça c'est certain. Et à quelques encablures de l'église. L'enseigne à l'auréole prête à confusion. Repaire de pochtrons ou d'anges gardiens ? Le sien scrute les environs. Sous-éclairés, potentiellement malfamés. Mariole vérifie si son arme est bien chargée.

Le geste n'a pas échappé à Mathilde. Comment le pourrait-il ? Son compagnon le répète toutes les dix minutes. Non pas qu'ils soient en danger permanent, seulement il oublie aussi vite qu'il vient de le faire. Le moment évaporé, l'amnésique palpe ses poches, interroge Mathilde, où a-t-il mis son Beretta ? Reporte la faute sur son assistante, est-ce elle qui l'a encore mal rangé ? D'une patience inaltérable, son aide sans domicile le rassure :

— Dans votre holster, Mariole, là où vous le gardez. Il n'a pas bougé.

Voir son associé s'assurer toutes les deux minutes de son armement attriste Mathilde, mais ça la sécurise aussi. Au moins, en cas de pépin, il sera prêt à dégainer.

La vengeuse, l'assassin et sa truie pénètrent dans la taverne qui se targue d'angélisme, un silence de méfiance siffle dans l'assistance. Mariole pousse à la cantonade :

— Mesdames, messieurs, bien le bonsoir.

Chonchon en rajoute d'un grouinement de son cru. Mathilde lance un coup d'œil périphérique. Au mur, pas de tête de sanglier – au moins ils n'ont pas atterri dans un repaire de chasseurs –, mais des étagères remplies de livres. La personne qui tient les lieux, si miteux soient-ils, fait mentir les apparences, en affichant érudition et amour de la littérature. Quand on dit qu'il ne faut pas juger un livre à sa couverture.

La patronne lève les yeux au-dessus de ses lunettes de lecture. Katie n'a pas fait grand-chose de glorieux dans sa vie, à part monter ce bar criblé de dettes et de trous de vrillettes. Mal fagotée, la dame ne prend pas soin de son look, elle prend soin de ses bouquins. Et de sa clientèle. Ceux qui ont soif de bière ou de livres ont de quoi se sustenter. Ils sont autorisés à embarquer les ouvrages chez eux, tant qu'ils n'oublient pas de les rapporter, en bon état s'il vous plaît. La part des anges, le nom lui va bien, à ce rade.

Mathilde s'approche du comptoir. Ça sirote du calva, ça mâchonne du mégot. Trois joueurs, balafrés comme il se doit, tapent le carton. Mais ça lit aussi, de-ci, de-là. Plutôt Dostoïevski que *L'Équipe*, d'ailleurs. Ce lieu est un bon exercice de remise en question de ses préjugés.

— Bonsoir… euh, vous servez à boire ?
— Ça se voit pas ?

Voilà pour l'accueil. Mathilde ne relance pas, pas la

peine. La barmaid repose son ouvrage sur le comptoir. *Cent Ans de solitude*, tu m'étonnes.

Mariole installe son séant caleux sur le rembourrage ravagé du tabouret.

— Bonsoir, chère madame. Voyez-vous un inconvénient à ce que nous soyons accompagnés de Madame Chonchon qui, sous ses apparences atypiques, je vous le concède, s'avère être un animal d'une compagnie fort délectable ?

— Si elle me salope pas tout, non, j'y vois pas d'inconvénient.

On peut lire García Márquez et s'exprimer comme une roturière. Le sosie de Rochefort la tranquillise :

— Ne vous souciez pas, très chère. Dame Chonchon est pourvue d'une meilleure éducation que bien des membres soi-disant éminents de notre société.

— Je vous présente Mariole. Il est déstabilisant au début, mais on s'habitue. Moi, c'est Mathilde.

— Katie, dit la patronne. Qu'est-ce que je vous sers ?

La meilleure entrée en matière pour apprendre à se connaître.

Seule à une table dans un coin de la salle, une cliente, par le dialogue intriguée, relève les yeux de son Despentes à la couverture cornée. *Baise-moi*. Blonde platine, trahie par ses racines, yeux charbonneux, la liseuse porte sur le visage les morsures de la cinquantaine, mais elle a du chien.

Mathilde et Mariole s'installent près de la cheminée, autour d'une bouteille de vin. Par considération pour Chonchon, Katie n'a pas proposé sa traditionnelle assiette de charcuterie, et leur a plutôt sorti rogatons et claquos. Pas vraiment une farandole de fromages, mais pour l'apéro, de quoi se ravigoter. Une gamelle d'eau pour la truie, puis elle a repris bouquin et vigie derrière son comptoir, en se demandant ce que ces deux-là pouvaient bien tramer.

Eux-mêmes le savent-ils ?

Mathilde allume son ordinateur après avoir débranché un ventilateur à l'arrêt pour l'y recharger. Pas un espace de coworking optimal, mais ça fera la blague.

— Récapitulons : on a un nom et une zone, autour de l'église Sainte-Madeleine. On imagine qu'a priori, lady Madeleine a été séquestrée dans le coin...

Mariole examine ses notes et nuance ses déductions un rien précipitées :

— Enfin si tant est qu'il s'agisse bien de cette église. Je lis là que nous en avons dénombré une dizaine d'autres le long des côtes de l'Hexagone ?

Mathilde ravale ses approximations.

— Effectivement... mais faut bien commencer quelque part.

— Je vous l'accorde.

Mariole se penche sous la table, défait la gaine de sa botte, en extirpe un couteau cranté, format king size, idéal pour dépecer du brontosaure, et se découpe une tranche de Pont-L'Évêque, sous les yeux ahuris de sa complice.

— Reste à déterminer dans quel périmètre et à quelle distance de ce clocher pourrait se trouver la tanière du félon.

— Mariole... rangez ça...

L'assassin a jeté un froid parmi les anges au calva.

Les joueurs de poker ont figé leurs postures, cartes en l'air. Katie a reposé sa lecture et l'a troquée contre sa carabine cachée sous le comptoir. L'amatrice de Despentes n'en perd pas une miette. Le lecteur immergé dans Dostoïevski tourne une page dans un bruissement qui déchire le silence.

De son couteau disproportionné, Mariole se tartine une généreuse portion de beurre salé.

— Plaît-il ?

Mathilde voudrait engloutir le gâteau d'Alice, se faire toute petite pour disparaître dans un trou de souris.

— Votre couteau, là... Il est un peu... *too much*... Non ?

— Il est *tout* quoi ? baragouine Mariole la bouche pleine.

— Pas discret, traduit Mathilde, il est pas discret.

Un couteau de chasse, tout aussi maousse, se plante dans leur planche à fromages. Mathilde se décompose et remonte les yeux vers son propriétaire, une bonne tête de chasseur. Ou de serial killer, elle se tâte.

— Bel engin, qu'vous avez là. J'peux y jeter un œil ?

— Mais bien sûr, mon brave.

En fins connaisseurs, les deux hommes se jaugent le couteau, se soupèsent le manche, comparent leur longueur, s'apprécient le diamètre, se vantent de leur potentiel de pénétration... Mathilde hallucine des sous-entendus que personne ne semble relever. Évaporation du malaise, reprise du grignotage, Mariole s'essuie la moustache perlée de vin. Mathilde respire, prie qu'il ne sorte pas un lance-flammes au dessert – surtout ne pas commander de banane flambée –, et ouvre différentes applications sur son explorateur. Mariole, lui, se rafraîchit la mémoire en décortiquant ses notes :

— La forme que nous avons identifiée comme étant le clocher, ne semble pas si éloignée de la fenêtre derrière elle, c'est acquis, mais comment déceler le lieu exact à partir de cette donnée ?

Les neurones en feu dès qu'il s'agit de traquer Marino et de venger lady Madeleine, l'enquêtrice trouve des solutions même là où il semble ne pas y en avoir. Elle trifouille dans la liste de pièces à conviction collectées par son partenaire et en extrait les plans de la maison. Indice numéro 6.

— Grâce à ça !

— En quoi cela pourrait-il nous être utile ? Je n'ai pas de diplôme en architecture, moi.

— Moi non plus, mais je sais manier My Own Home 3D.

— Maillot homme quoi ?

Mathilde retourne son écran afin que Mariole puisse voir en temps réel ce qu'elle y trafique.

— C'est un soft grand public pour modéliser votre appartement. Ça vous aide à conceptualiser votre déco intérieure. Vous rentrez les cotes de votre salon, la taille de vos meubles, de votre vaisselle, de votre chat, vous modélisez le tout, assez grossièrement, avec des outils basiques, et *bim*, vous voyez si ça rentre ou pas.

— Ma chère enfant, je ne comp...

— « ... prends pas un traître mot de ce que vous dites. » Je sais, mais laissez-moi faire. En image, ça va être plus clair.

La bidouilleuse du monde virtuel entreprend un rendu

3D de la maison du tueur. Opération pas plus compliquée que d'utiliser le logiciel Ikea pour confectionner sa cuisine. Sauf qu'ils ne vont pas y encastrer des éléments Äpplarösk, mais des balles de Beretta.

Une heure plus tard, le résultat est probant. Le rendu en volume contient des coquilles, mais la bâtisse apparaît en relief devant les yeux émerveillés de l'assassin vintage.

— Saperlipopette ! Vous avez de l'or dans les mains, mon enfant.

Mathilde rougit. Un compliment. Elle avait perdu l'habitude. Elle repense à son père. Sa dévalorisation constante. Paradoxe de sentiments envers son géniteur, entre l'envie de lui pardonner et le désir qu'il meure. Théorique, mais l'intention y est.

— Merci, Mariole, je suis touchée.

Le vieil homme se demande bien pourquoi. Cette jeune fille regorge d'une variété incroyable de talents – à ce qu'il a noté dans son carnet –, pourtant elle semble ne pas en avoir conscience. Il la trouve formidable, il tient à ce qu'elle le sache.

— Je suis très admiratif. Votre papa doit être fier de vous.

Mathilde se rembrunit.

— J'ai dit quelque chose qui vous a blessée ?

Elle aurait envie de lui raconter, puis se dit à quoi bon ? Il aura oublié dans une heure... Elle-même voudrait oublier. Mathilde esquive la séance psy d'un sourire glissant et se replonge dans sa maquette. Elle presse le bouton *Entrée* avant de demander à la patronne :

— Excusez-moi, Katie, vous auriez une imprimante ?

— Euh oui, je dois avoir ça dans le cagibi. Faut juste que je la rebranche et que je me souvienne comment ça marche.

— Merci !

Mathilde susurre à l'oreille de Mariole :

— On va le choper, votre Marino.

Le vieil assassin est prêt à y croire.

— Eh bien trinquons à ça !

De son couteau cranté, il sabre une bouteille de beaujolais plus si nouveau.

Il a du style, l'étranger.

— Mon enfant, je suis fourbu.

Quelques verres de trop plus tard, Mariole s'étire, essuie son couteau sur la toile de son pantalon, le fourre dans sa botte, puis se lève en titubant. Mathilde, si elle a repris du rouge aux pommettes, ne voulait pas être pompette. Elle a su garder la maîtrise, ne veut plus perdre le contrôle, contrairement à son partenaire qui, lui, est franchement bourré.

— Il est tard, il faut qu'on se trouve un hôtel, dit la responsable du groupe.

— Eh bien, en route, moussaillon.

Tenant plaquée contre son torse l'impression 3D de la maison de Marino, Mariole tangue sous le regard concerné de la patronne.

— Vous voulez pas que je vous appelle un taxi ?

Katie ne se veut pas intrusive, mais elle s'inquiète.

— Merci de votre sollicitude, chère madame, mais nous avons notre Dauphine, éructe Mariole, entre deux borborygmes.

— Vous avez pas l'air en état de conduire.

Mariole sort une liasse de billets et s'acquitte de son ardoise. Cash. Ce qui n'échappe pas à la moitié des clients.

— Ma chère amie, je conduisais déjà en état d'ébriété que vous n'étiez pas née.

Ces deux étrangers ne paient pas de mine, un vieil Alzheimer et une gamine paumée, tendance punk à chien – remplacé ici par un cochon –, dans ce genre de patelin, pas de quoi pavoiser. Au contraire, ils font de bonnes cibles.

— Faites quand même attention. Pas que ça craint par ici, mais…

— Point d'inquiétude, nous savons nous défendre.

Le tueur à gages hoche la moustache avec confiance, pivote sur lui-même, s'emmêle les bottes dans le tabouret, manque de se vautrer, se rattrape au portemanteau, qu'il salue bien bas au passage…

— Toutes mes excuses, madame.

… en s'adressant à l'imper accroché, puis repart cahin-caha en direction de la sortie, sous le regard mi-interloqué mi-désintéressé de l'assistance.

La capitaine de soirée tranquillise Katie :

— Ne vous en faites pas, c'est moi qui vais conduire.

La patronne des Anges acquiesce, pas complètement rassurée.

Guidés par une Chonchon plus alerte qu'eux, le duo désarticulé bringuebale jusqu'à la Dauphine. Ils hument l'air frais de la nuit, s'enivrent davantage de l'iode ambiante. Mathilde contemple les étoiles, se fait la remarque qu'elle ne les apercevait jamais à la capitale. Depuis quelque temps, elle se sent plus clairvoyante. Elle discerne mieux ce qui l'entoure. Est-ce les drames qu'elle a vécus qui lui ont ouvert les yeux ?

Ou Mariole qui, de par sa bonté d'âme, lui a ouvert les portes de la lucidité? Alors qu'il galère à ouvrir celles de sa Dauphine.

— Bon sang de bonsoir, voulez-vous dire à cette serrure de cesser de gigoter!

Mathilde lui subtilise les clefs.

— Je vais conduire. Je crois que c'est plus sûr.

— Plus sûr? Pourquoi dites-vous cela?

Elle pourrait lui rappeler qu'il a Alzheimer, par conséquent des notions du code de la route toutes relatives, ajouter qu'il est ivre mais, de peur de le vexer, pointe de son ongle verni l'impression des plans en 3D qu'il tient précieusement contre lui.

— Pour que vous puissiez garder votre attention sur la maison de Marino. Vous vous souvenez?

— Oh mais oui, vous avez raison. J'allais oublier, dit-il en lui tapant le flanc du coude avec une complicité d'alcoolique. On fait une fine équipe, vous et moi, pas vrai?

— À qui le dites-vous.

Toujours un peu largué, Mariole se retourne, cherche une présence dans le noir, se demande si c'est une question piège ou encore un défaut de sa mémoire.

— Bah, à vous. Qui d'autre?

Mathilde lui pose une bise sur le front.

— Je vous kiffe tellement, Mariole.

Le vieillard aviné lui sourit. Qu'est-ce qu'il l'aime, cette petite. Même s'il ne sait plus trop pourquoi. Il s'élance pour contourner la voiture, fait quelques pas aléatoires, ça tourne autour de lui, trop de beaujolais, trop de vieillesse, il titube, voudrait se rattraper à la portière, sa main glisse le long de la tôle, l'ivrogne chute, tête la première, et se cogne contre le rétro de la Dauphine, qu'il emporte au passage en s'éclatant l'arcade sourcilière.

— Mariole !

Mathilde se précipite auprès du vieil homme étalé au sol, inconscient, le front en sang. Elle vérifie son pouls, déboutonne son imper, prête à lui prodiguer un massage cardiaque si nécessaire.

Une silhouette se détache d'un recoin sombre du parking :

— Il ne va pas bien, votre grand-père ?

Les voyants au rouge, dans un réflexe qui la surprend elle-même, Mathilde chope le Beretta offert à elle, sous le manteau ouvert de son ange gardien assassin, et braque l'arme dans le noir. Prête à tirer ? Elle n'y a pas réfléchi. Si on lui veut du mal, c'est pas impossible... En attendant la réponse, elle pose son doigt sur la détente.

— Hé doucement, je suis pas une méchante, moi, dit l'inconnue en levant les bras en l'air.

La silhouette avance dans la pénombre pour se positionner sous la lumière du lampadaire : la lectrice de Despentes, sa blondeur platine qui rayonne sous le halo doré, son sourire chaleureux. Fausse alerte agression. Mathilde ne sait comment dissimuler l'arme et le fait qu'elle vient de la braquer. Elle décide de ranger le Beretta là où il était, comme si tout ça était normal.

— Pardon, je... Je voulais pas...

— Vous excusez pas. Par les temps qui courent, on est en droit d'être parano. D'ici à avoir une arme sur soi, c'est une autre histoire, mais je ne juge pas.

Ces derniers temps, Mathilde se retrouve confrontée à des situations qu'elle n'aurait pas imaginées, alors elle improvise.

— C'est pas à moi, c'est...
— À lui?

Trop de preuves accablantes, cette femme a l'air de confiance, Mathilde est fatiguée, elle dit simplement:

— C'est un peu long à expliquer...
— Il faut peut-être appeler le Samu?
— Non, je crois qu'il est juste ivre.

Dans son sommeil aviné Mariole grommelle et lâche un rot d'alcoolique qui valide le diagnostic.

— Je peux vous héberger pour la nuit, si vous voulez. J'habite à côté.

L'inconnue tend une main solidaire à Mathilde et joue le mystère:

— Wendy Love. J'aime beaucoup ce que vous faites... Dark Rainbow.

Mathilde se raidit, hésite entre le déni et la justification.

— Que?... Comment?...
— Suivez-moi, Mathilde. On a des choses à se raconter, vous et moi.

Wendy Love crèche dans un mobile-home sur un terrain à l'abandon, derrière une pancarte d'affichage vantant un Eldorado de pavillons au confort futuriste déjà daté, qui aurait dû s'implanter là. L'opération immobilière a capoté, le promoteur a fait faillite, le terrain est resté vague. La débâcle a arrangé les affaires de Wendy qui n'a pas eu à déménager sa roulotte, comme elle la surnomme. Son destin s'est arrêté sur cet âpre lopin de terre, il y a quelques années déjà. Sa maison n'a plus de roues, elle sent la moisissure et un certain laisser-aller mais, malgré les coups durs, Wendy a su garder la foi. Preuve en est, l'étalage de crucifix et autres bondieuseries à l'effigie de Jésus, Marie, Joseph et tous les saints du paradis. Ironie de son nom, Wendy Love a été désertée par l'amour, d'elle-même et des autres, mais pas de Dieu.

Riche de cette bonté d'âme, elle recueille, en sa modeste demeure, Mathilde et un Mariole mal en point, contrairement à Chonchon qui, elle, se porte bien et se fait rapidement copine, comme les animaux de son espèce, avec Subutex. Fan de Despentes jusque dans les poux de son chien autrefois errant, Wendy est une femme qui gagne à être connue, se dit Mathilde. Et encore, elle n'a rien vu.

— C'est pas le Hilton ici, mais c'est propre. Et j'ai de la bière et des pansements.

— C'est parfait, Wendy. Vraiment.

Les deux femmes aident Mariole à s'allonger sur une relique de canapé. Toujours cramponné à son bout de papier, le vieil homme gémit, sa gueule de bois en sang.

— Vous vous êtes bien amoché, dit Wendy en lui tendant une bouteille d'eau. Tenez, hydratez-vous.

Elle extrait ensuite du freezer un sac de petits pois congelés, pour faire dégonfler son hématome. Le vieux monsieur la remercie d'un hochement de mal de tête.

— Qu'est-ce qu'il m'est arrivé ?

Mathilde chuchote à Wendy « Alzheimer », avant de répondre à son ami sonné.

— C'est rien, vous avez glissé. Buvez, Mariole. Il faut boire de l'eau. Beaucoup d'eau.

Mariole boit à grandes goulées. Mathilde l'aide tout en s'adressant à leur hôtesse, n'y tenant plus :

— Bon alors dis-moi, *Wendy Love*, qui es-tu ? Et surtout, comment tu connais mon pseudo ?

Wendy sort gaze et Mercurochrome de son armoire à pharmacie, puis du whisky de son buffet. Elle se verse un verre, tout en défaisant son kit de premiers secours.

— Tes cheveux.

— Quoi, mes cheveux ?

Mathilde récupère la trousse pharmaceutique et s'attelle à soigner la blessure de Mariole pendant que Wendy ouvre le clapet de son ordinateur.

— Bah oui, on te pistait.

— On ?

Apparaît un fil de conversation sur Messenger. Mathilde y lit le nom du groupe : Les Vigilantes.

— Qu'est-ce que c'est ?

— Un collectif de résistantes. Des lanceuses d'alerte. On s'implique sur tout ce qui est suivi, informations, dénonciations autour de violences faites aux femmes, harcèlement, féminicides... *revenge porn*...

À ce mot, qu'elle ne connaît que trop bien, Mathilde redouble d'attention. Wendy scrolle sur un des multiples fils de discussion, et clique sur un des liens du tchat. S'ouvre la vidéo de Beau_Risque, piégé par Dark Rainbow. Mathilde change de couleur.

— Mais... je ne comprends pas...

En *off*, courent ses minauderies enregistrées :

— *Alors ça te plaît, mon Boris ? Tu l'aimes, ta Pussy Doll, hein ? N'est-ce pas que tu l'aimes ?*

Toujours vaporeux, Mariole visionne la vidéo comme s'il la découvrait pour la première fois.

— Mais... c'est vous ? dit-il, choqué. Comment avez-vous pu ?...

Mathilde lui apporte sa sacoche pour gagner du temps.

— Vous étiez avec moi, vous m'avez même aidée. Vérifiez vos notes.

Ce qu'il fait.

— Oh... effectivement...

Il rougit.

— Et pas qu'un peu, dites-moi...

Wendy poursuit son exposé :

— L'affaire Pussy Doll nous avait émues à l'époque. Tu faisais partie des centaines de harcèlements qu'on essayait de dénoncer. Quand on a vu cette vidéo, avec ces dialogues outrés, cette coiffure et la signature Dark Rainbow, on a fait le lien. On a vite compris que c'était une mise en scène pour piéger ce type. Que c'était lui, ton harceleur. Et on a trouvé ça… brillant !

Wendy fait défiler des captures d'écran de l'actrice masquée à la chevelure arc-en-ciel.

— Depuis on cherche à entrer en contact avec toi.

Mathilde est sidérée, son coton imbibé de sang en suspension au-dessus de l'arcade sourcilière éclatée de Mariole.

— Passer de Pussy Doll à Dark Rainbow ? J'ai envie de dire Waow ! T'es un Phénix, Mathilde. On est nombreuses à t'admirer, tu sais ?

Admiration ? Après la purge qu'elle a traversée ? Mathilde ne parvient plus à structurer sa pensée.

— Mais… mais… cette vidéo que j'ai filmée en tant que Dark Rainbow… c'était quand ?

Comme Mariole, elle finit par être perdue dans sa temporalité.

— Hier.

Ça lui paraît pourtant des millénaires en arrière.

— Hier ? Mais… comment vous avez pu déjà parler de moi, enfin de Dark Rainbow, depuis hier ?

— Ta vidéo n'est pas passée inaperçue. On est plusieurs à l'avoir relayée quand on l'a vue. T'as des détracteurs, mais t'as aussi pas mal d'admirateurs. Admiratrices surtout. Dont nous. On parle beaucoup de toi sur notre forum. Certaines t'ont vue passer dans la région, elles ont remonté l'information… On te traquait. D'où ma présence aux Anges.

Mathilde pensait que sa vidéo secouerait le carnet d'adresses de Boris, elle ne soupçonnait pas qu'elle pourrait aussi avoir une influence sur des victimes de harceleurs. Encore moins sur une communauté organisée nommée Les Vigilantes.

— On est très impliquées, mais c'est difficile de faire bouger les choses. On essaie de traquer les ordures comme ce type, là, ce Boris, et de les mettre hors d'état de nuire.

L'assassin encore aviné secoue son Beretta :

— Hors d'état de nuire ?

— Mariole, rangez ça !

Mathilde voudrait préserver les apparences qui ne trompent plus personne. Surtout pas Wendy.

— Non, on est des pacifistes. Enfin disons qu'on ne verse pas de sang.

Mariole se redresse en titubant, vérifie si son flingue est bien chargé, avant de le ranger dans le freezer, son téléphone avec.

— Dommage… Ça reste, selon moi, la manière la plus efficace de mettre quelqu'un hors d'état de nuire…

— Mariole, mais qu'est-ce que vous faites ? Vous allez encore le chercher dans cinq minutes.

Mathilde garde son attention sur son malade, sans pour autant quitter l'écran des yeux.

— Je range mes affaires… vous voyez bien.

— Dans le freezer ?

— Pour rester joignable… en cas d'incendie.

La logique se tient. Le vieil homme n'en finit pas de surprendre Mathilde. Wendy, elle, ne se laisse pas déconcentrer :

— Quand j'ai appris que tu débarquais dans la région, j'ai tout de suite compris que tu venais pour *lui*.

Mariole lève un sourcil inquisiteur à travers les vapeurs de l'alcool.

— «Lui»?

Mathilde adopte un ton analogue:

— Attends, tu m'as perdue, là. De qui tu parles?

Wendy la perce du regard. Mathilde est-elle en train de se moquer d'elle? Ou de protéger son anonymat? Paranoïa légitime. Wendy farfouille dans son sac à main.

— À la ville, mon métier c'est lap-danseuse. Autrefois on disait entraîneuse, mais mon patron trouve que ça a moins de cachet. Et strip-teaseuse, il trouve ça vulgaire, cet hypocrite.

Elle dépose une carte de visite sur la toile cirée. Sur le bout de carton au revêtement argenté sont dessinés les contours d'un trou de serrure: *Histoire d'O. – Club privé*. Au-dessous, calligraphié en d'élégants caractères dorés, le nom du directeur: *Otto Jager*.

— Je ne comprends toujours pas, dit Mathilde, pour une fois aussi larguée que son compagnon d'armes. C'est quoi, Histoire d'O.? Et c'est quoi, le rapport avec notre histoire à nous?

— Bah, Dark Rainbow.

— Quel rapport avec Dark Rainbow?

— Mais enfin... les soirées Shaming, dit Wendy, comme une évidence.

Ce terme... La pièce autour de Mathilde se met à branler sur ses fondations.

— Ce... c'est quoi «les soirées Shaming»?

Wendy la scrute plus intensément. Mathilde n'a vraiment pas l'air au courant. Wendy avale son whisky. Comment expliquer l'inexplicable ?

« Otto organise les soirées les plus prisées de la région. Loin des regards et des soupçons. Les soirées Shaming portent bien leur nom. Les soirées de la honte. Dans son petit club isolé, au milieu d'une forêt. Pas trop visible et très sélect. Pour une clientèle triée sur le volet. Sécurisée par des vigiles, mot de passe obligatoire, faut avoir sa carte de membre pour y pénétrer. Ce genre de plaisir, c'est destiné à l'élite. Une élite de déglingués, si vous voulez mon avis. Mais qui veut mon avis ?

» Dans ce club très privé, des richards se réunissent pour danser, mater, baiser, pendant qu'un VJ mixe des vidéos porno sur des écrans géants. Pas du porno traditionnel, hein, ni du voyeurisme *live cam*, trop classique, eux repoussent les limites. Ce qui les fait bander, c'est que ce soit vrai. Du sexe consenti, mais tordu. Fuité à l'insu de la performeuse.

» *Body shaming*, *slut shaming*, *fat shaming*, tout y passe dans le registre de l'humiliation. Sous toutes ses formes. Même si parfois les filles ont accepté de les tourner – pas toutes –, aucune n'a consenti à ce que ces vidéos soient divulguées. Pas comme ça.

» Certaines l'ont fait par confiance, d'autres pour l'argent. Pour joindre les deux bouts, par désespoir, pour clôturer des fins de mois impossibles, pour nourrir leur bébé... En se disant que personne ne saurait. Des enseignantes, des chômeuses, des filles lambda, des femmes normales... Elles ont accepté qu'on les filme, sans savoir dans quoi elles embarquaient. Des vidéos qu'elles espéraient sans conséquences. Qui ont été divulguées, balancées sur le Net, leurs visages dévoilés. Sous couvert de délires sexuels, soi-disant consentis, des vies ont été détruites. Et ça fait des soirées thématiques chez Histoire d'O.

» Otto glane sa matière première sur la toile. Des vidéos comme celles de Beau_Risque, il y en a des milliers. Certains manipulateurs lui envoient directement leurs exploits au club. Comme un trophée. Quand il est à court de matériel, ou qu'il a des exigences plus spécifiques, quant au contenu, Otto passe commande... auprès de harceleurs professionnels.

» Faut pas se leurrer, des lieux comme Histoire d'O., y en a d'autres, mais celui-là est particulièrement prisé. Parce qu'il est spécialisé dans le *shaming*. Ce qui excite la clientèle, c'est que les filles soient piégées. Et ce qui les met en émoi par-dessus tout, c'est qu'elles se fassent humilier. Pas taper, pas violer, pas tuer. Non, eux, ils veulent juste que la fille soit avilie. Et ils l'obtiennent.

» Pourquoi un club secret dédié à ce délire ? Je vais pas détricoter des siècles de domination masculine. Je ne connais pas le profil psychologique d'Otto. Trauma d'enfance ? Gamin abusé ? Adulte désabusé ? J'en sais rien. Le mec aime humilier. Détruire une vie le fait bander. Dans tous les sens du terme. Je suis bien incapable d'analyser la raison, je suis pas psy. Mais il faut l'arrêter. Et les flics ne feront rien. Parce que les filles ont accepté de tourner. Va prouver les droits bafoués. Va prouver le viol. Parce qu'il y en a dans le tas. Va nier le consentement.

» Je suis bien placée pour le savoir, quand t'as des dettes, tu fais des conneries… Moi, chez Otto, j'y fais des happenings. En tant que lap-danseuse, je suis chauffeuse de salle. Et bon, je chauffe pas que la salle, quoi…

» Quand t'es piégée, t'es piégée… »

Mathilde réprime une envie de vomir. Elle tend la carte à Mariole. Malgré sa bouillie cognitive, le vieil Alzheimer partage la collision émotionnelle de son amie. Bien qu'il n'ait pas expérimenté ce genre de maltraitances, le choc du témoignage de Wendy le dessoûle. Comment des hommes peuvent-ils aller si loin dans la haine du féminin ? La colère le sort du brouillard. Pour combien de temps ?

Mathilde essuie des yeux mouillés de rage.

— Et toi, tu… tu participes à ces soirées ?

Pas fière, Wendy ne baisse pas les yeux pour autant.

— Ex-actrice porno sans emploi, j'ai pas mon bac, ancienne toxico, j'ai même fait de la taule. Avec un CV comme le mien, ils ont pas voulu de moi en agence intérim, va savoir pourquoi.

Mathilde s'en veut d'avoir posé la question.

— Excuse-moi.

Que des gentlemen de bonne compagnie se réunissent en club pour s'exciter sur des vidéos de femmes humiliées lui donne envie de mourir. Ou de tuer. Mariole aussi est révolté. Les yeux du vieil assassin se sont ancrés dans le temps présent. Mathilde prend la bouteille de whisky et sert deux verres. Un chacune. Mariole a eu sa dose.

— Pas reluisant, hein ? Bosser pour cette ordure, ça me bouffe. Ces soirées me font vomir. Littéralement. J'ai perdu dix kilos depuis que j'ai commencé à cachetonner pour lui. Mais il paie pas trop mal. Et faut bien que je nourrisse Subutex.

Malaxant les bords de la carte de visite entre ses doigts contusionnés par sa chute, Mariole parle sans relever la moustache :

— La faim et la morale ne font pas toujours bon ménage...

La phrase fait mouche. Wendy l'aime bien, ce grand-père. Il lui rappelle le sien.

— Merci, Mariole...

Le vieil homme lui sourit sans jugement, tandis que sa truie lui lèche la main, loin de toutes ces préoccupations.

— La nature particulière de Chonchon ne vous incommode pas, j'espère ?

— Vous savez dans le porno, on voit des choses qu'on devrait pas. Avec des hommes, mais aussi avec des animaux. D'ailleurs on finit par ne plus trop savoir lequel des deux est une bête.

Mathilde a du mal à imaginer ce que Wendy a dû traverser. N'ose même pas y penser.

— Je suis désolée, Wendy, je voulais pas...

— T'inquiète, je comprends. Ma position est ambiguë. Je travaille pour Otto, malgré tout ce que je sais... C'est pour ça que j'ai rejoint Les Vigilantes. Quitte à être sale, au moins que ça soit utile. J'étais impliquée malgré moi, mais je pouvais leur fournir des informations, de l'intérieur. J'observe, je note...

— Ces fumiers mériteraient une balle dans…

Mariole palpe ses poches.

— Mon Beretta ! Il a disparu !

Mathilde soupire, va chercher l'arme dans le congélateur et la rend à l'amnésique qui s'y gèle les doigts.

— Hou, c'est froid. Quelle idée saugrenue de l'avoir rangé là.

— Je vous le fais pas dire.

Mathilde tâche de rester concentrée sur cette information qui donne une tout autre perspective à sa traque.

— Tu crois vraiment que la police ne peut pas intervenir ? D'accord, il y a sujet sur les vidéos, prouver le consentement, le viol, mais Otto, il les héberge, il les diffuse. Tu dis même qu'il en commande ? Instigateur, ça doit bien être préjudiciable par la loi, ça.

— Dans un monde idéal, je dirais que oui. Mais là, il y a des flics impliqués. Des types de la haute aussi, des gars du gouvernement, ils ont la carte du club. Tu crois quoi ? La voix d'une lap-danseuse, actrice porno à l'occasion, versus des gros pontes ? La loi n'est jamais du côté des femmes qui dénoncent. Alors quand c'est des putains qui dénoncent des hommes de loi, oublie ça.

Mathilde commence à voir se profiler une aubaine :

— Mais toi, tu es infiltrée…

Wendy sourit.

— Exactement. Et toi, tu m'as donné une idée… Dark Rainbow !

Pas besoin d'en rajouter. Ces deux-là se comprennent. Contrairement à Mariole qui, lui, est aux fraises.

Mathilde voit à présent des corrélations partout. Elle relit la carte d'Histoire d'O. et y relie les signes.

— Otto centralise tout un réseau de *shaming*! Vous vous rendez compte, Mariole?

L'assassin se triture les méninges en feuilletant son carnet de notes, l'impression de la maison de Marino à la main.

— C'est que... je ne vois pas le rapport avec Marino... Ni avec votre affaire, d'ailleurs...

— Pas avec Marino, effectivement. Mais avec ma vengeance, oui.

Mathilde a puni Beau_Risque, mais ça ne lui suffit pas. Elle veut se venger encore. De tous les coupables. Même si elle a bien conscience que c'est impossible. Et pourtant Wendy lui apporte une opportunité sur un plateau du même argent que la carte de visite du mystérieux Otto.

— Qu'est-ce que tu as en tête? demande la messagère.

— En faire un symbole. Une sanction qui marque les esprits. Suffisamment pour qu'ils arrêtent. Ou du moins, qu'ils cessent de se croire intouchables.

— Comment?

— Je ne sais pas... Pas encore. Mais on va y réfléchir... Hein, Wendy?

Sa nouvelle amie acquiesce avec l'aura d'une sainte plus si vierge. Elle aussi veut du sang.

— D'ailleurs, c'est quoi ton vrai nom?

— Madeleine.

L'enquêtrice mystique s'illumine. Un autre signe?

— Noooooooooon.

— Mais... Et moi?... Et Marino? s'immisce le vieillard qui se sent délaissé.

— On le retrouvera. Je vous le promets. D'abord Otto, après Marino.

Mathilde s'en veut de probablement lui mentir, mais dans la balance des incertitudes, à cet instant, le mystère Marino pèse moins expressément que celui d'Otto. Et puis c'est pour une bonne cause.

Une cause vitale.

Des bottes avancent sur le trottoir cahoteux. Des semelles déjà bien usées frottent contre le bitume. Des ampoules aux pieds sans chaussettes, des pas qui pèsent des tonnes et un halètement dans la nuit. Un souffle rauque qui cogne contre le silence. Mariole, les yeux vitreux, se traîne plus qu'il ne marche, le long des ruelles d'un village, il ne sait lequel. Comment le pourrait-il ? Il est perdu. Depuis des heures ? Depuis des jours ? Depuis toujours, lui semble-t-il.

Son crâne le lance, il n'a aucune idée de ce qui lui est arrivé. Le vieil homme avance, le plan 3D plaqué contre sa poitrine. Il ne se souvient plus d'où il est parti, il ne sait pas où il se trouve, mais il sait ce qu'il cherche. Cette maison. La résolution réside dans cette maison. Sa mission.

Il fatigue. Son horloge interne l'avertit sans tact, sa mécanique ne devrait plus tarder à s'arrêter, tic-tac, tic-tac. Le temps lui est compté, comme la clairvoyance qu'il lui reste, avant de pouvoir dénicher ce fumier.

« Marino, je vais te faire payer… »

Mariole erre de maison en pavillon, de caniveau en passage piéton, son plan en superposition sur les habitations qui s'offrent à sa vision. Il traque son ennemi.

Celui qui, il en a l'intime conviction, a séquestré la femme qu'il chérissait... et au final lui a tout pris.

Balancements de pendule déréglé, des flashs métronomiques rythment ses pas. Cette femme, ses contours flous, assise sur ce lit, la fenêtre derrière elle, la forme sombre. Un clocher ? Une chimère ? D'autres souvenirs se diluent dans sa démence. Son enfance, des bois, une balançoire rafistolée, sensation de joie, des rires, avec son frère, avec sa sœur, le goût du clafoutis à la cerise, comment faire le tri dans tout ça ? Des coups de feu, des règlements de comptes, des swings de barre à mine. Du sang au sol, au mur, dans le cuir chevelu, sur les mains, du sang partout. Des enveloppes remplies d'argent, des pognes serrées, des chicots en rictus, des fronts balafrés. Des victimes sur le carreau, des coupables, peut-être aussi des innocents. Un slogan. « Quand je nettoie, l'odeur ne remonte pas à la surface. Propreté garantie. Avec Mariole, ça rigole pas ! » Un cadenas, un pont, celui des Arts, un pont encore, au-dessus d'une autoroute, une tentative de suicide, une fille paumée, une femme floue, tout se mélange. Mariole avance. Son plan à la main. Sa mission. Il veut le trouver. Il le doit. Pour qui ? Pour elle ? Pour lui ? Il ne sait plus.

« Marino, tu vas payer... »

La lune, pleine et ronde, le surplombe sans parvenir à éclairer son égarement. Le vieillard a perdu le nord, n'a que foutre de l'étoile du Berger, il ne saurait la situer, il s'accroche au seul repère à sa portée : le plan en 3D.

Il marche, et marche, et marche encore...

Sous le même ciel étoilé, au chaud devant un brasero creusé dans un bidon rouillé, Mathilde et Madeleine, alias Dark Rainbow et Wendy Love, sirotent une infusion camomille-valériane. Boisson aux vertus apaisantes, prémices aux préparatifs. Depuis trois heures, les deux femmes élaborent un stratagème de vengeance, nourrie par des années de macération.

— Ça peut marcher.

— C'est risqué, mais oui, ça peut marcher.

Wendy cale une barre de chocolat entre ses canines, comme s'il s'agissait d'un gros cigare.

— J'adore quand un plan se déroule sans accroc.

Regard en suspension de Mathilde.

— Quoi ? On peut lire Despentes et être fan de l'*Agence tous risques*.

Les filles jouent aux gros bras en mâchouillant leur barreau de chaise Kinder Bueno.

— T'as du chocolat plein les dents, Hannibal.

— Toi aussi.

Wendy pouffe sur sa barre chocolatée et se mouche sans faire exprès. Mathilde éclate de rire, mutine comme la gamine qu'elle était autrefois. Moment de légèreté inattendue dans la gravité de sa cavale. Elle accueille, se réchauffe. Ça fait du bien.

— Et eux ?

Mathilde montre à Wendy la photo qu'elle a prise du tchat WhatsApp de Boris. Les coordonnées du boys' club s'affichent. Elle a raconté à sa nouvelle amie toute son histoire. Elle s'est sentie comprise. Ça aussi, ça lui a fait du bien.

— Oublie-les, c'est des connards. Te venger d'eux, ça te soulagera, mais ça stoppera pas la machine. Alors que chez Otto…

Contrariée à l'idée de laisser ces ordures impunies, Mathilde réfléchit :

— À moins que…

Wendy esquisse un sourire cacao.

— Je te vois venir, cocotte.

Mathilde hisse un sourcil malicieux, et réenfourne sa barre chocolatée entre ses lèvres roses.

— On va leur mettre la misère !

Le cœur qui bat un peu plus qu'elles ne voudraient l'admettre, l'association de futures malfaitrices plaisante, en tâchant de ne pas se soucier de leur appréhension. Seront-elles capables d'aller au bout ? Comment savoir ? Ce qu'elles savent, c'est qu'elles ne veulent pas faire machine arrière. Elles ne veulent plus baisser la tête. Elles ne veulent plus subir.

Elles veulent leur faire payer.

— Je suis heureuse de t'avoir rencontrée, Madeleine.

— Appelle-moi Wendy, je préfère. Madeleine, c'était une autre vie.

Mathilde préfère ne pas creuser dans le non-dit. Elle respecte la pudeur de Wendy.

Un grouinement leur parvient alors. Ça s'agite sec dans la pièce derrière. Elles étaient tellement absorbées par l'élaboration de leurs représailles qu'elles ne prêtaient plus attention au monde alentour. Pas plus à Mariole qu'à Chonchon.

— Bah, qu'est-ce qu'elle a à s'énerver comme ça ?

— Elle doit avoir faim. Je vais lui donner les croquettes de Subutex.

— Non, c'est bizarre.

Mathilde part s'enquérir de la truie dans la cuisine, où elles l'ont installée pour la nuit.

La truie ne se trouve plus derrière le bar, sur le tapis de journal que lui avait confectionné Wendy, mais piétine face à la porte fermée de la chambre que leur hôtesse avait généreusement cédée à Mariole, afin qu'il puisse s'y reposer.

Le cœur de Mathilde cale. Carambolage de mauvais pressentiments.

— Mariole ?

Elle pousse la porte. Un vent frais la saisit. La fenêtre est ouverte. Le lit est vide. Mariole a disparu.

Chonchon grouine à la mort.

Mariole tourne à droite, à gauche, s'essouffle. La ruelle, là, puis cette autre, le dessin pour repère, en éventail devant chaque habitation. Un leitmotiv, « Trouver Marino ». Mariole marche, ses bottes crissent, son Beretta déforme la poche de son pyjama, paré à dégainer, une balle dans la cervelle de ce salopard, lui qui en a encore une, le chanceux. Des pensées en boucle dans ce qui lui reste de caboche. Mariole avance, poussé par la pulsion de mort. Marino lui a tout pris, a tout détruit. C'est de sa faute. Tout est de sa faute. Mariole en a l'intime conviction.

Le tueur à gages égaré tourne à droite, à gauche, la ruelle, là, puis cette autre…

…

— Mariole ?

Un animal vient se frotter à ses mollets. Un cochon

tenu en laisse. Qu'est-ce qu'elle fait là, cette bête ? Face à lui, une demoiselle aux cheveux arc-en-ciel en costume d'aviatrice. À ses côtés, une femme blond platine, du chocolat plein la joue. Y aurait-il un cirque dans le coin ?

— Mariole, où vous allez comme ça ?
— Je... qui... qui êtes-vous ?

Mathilde étrangle un sanglot malgré son soulagement. Elle l'a retrouvé, mais elle le perd un peu plus à chaque instant.

— Je suis Mathilde, on se connaît. Venez, je vais tout vous raconter...

Mariole tournait en rond autour du même pâté de maisons. À deux cents mètres de la roulotte. Il n'a pas été bien loin. Sa maladie lui fait faire du surplace. Et Mathilde est là pour le remettre dans l'axe.

Jusqu'à quand ?

Le front baissé, les yeux tapis sous ses sourcils froncés, Mariole assimile. Pour la centième fois. Quand Mathilde lui reparle de son histoire, qu'il comprenne bien les enjeux derrière tout ça. Le viol de la station-service, Boris et son boys' club, ces boucles d'agressions, qui se répètent comme un cauchemar. Auquel elle doit mettre fin. Et ça va se passer chez Histoire d'O. Mais pour ça, elle a besoin de son ami assassin.

Inlassablement, Mariole lui tapote le dos de la main, sincèrement désolé.

— C'est horrible, je ne savais pas.

Si, il savait, mais il a oublié.

À force de répétition, l'information finit par faire son

chemin dans le cortex du vieillard. Et surtout dans son cœur. La prise de conscience. De tout un système. Lui-même se sent coupable. Durant ses éclairs de lucidité. En tant qu'homme. Il se dit qu'il fait partie de la cause du mal.

— Je vous demande pardon…
— Ce n'est pas votre faute, Mariole.

Il se dit que si. Face à cette situation, il ne peut rester passif. Ce combat de femmes est aussi le sien. Il le note dans son carnet. Le surligne en rouge. Il fouille dans sa mallette et en extrait ses outils de travail. De poudre et d'acier.

— Ces hommes doivent payer.

Mathilde respire. Elle a son allié.

Il leur faut cinq jours pour mettre au point leur plan d'attaque. Mathilde et Wendy ont tout millimétré au cordeau. Elles briefent leur vieil associé, qui suit en pointillé et note scrupuleusement. L'assassin cabossé a repris du poil de la bête. Son bras armé est-il encore d'attaque ? Mathilde a un doute. Heureusement, Mariole n'est pas la pièce maîtresse de son piège. Il faut juste qu'il assure sa sécurité jusqu'à destination.

Pour le reste, advienne que pourra.

Une nuit comme une autre. Ou presque. Un hôtel particulier perdu au milieu de la forêt. De l'extérieur, rien de notable, si ce n'est un certain faste. Et le calme. Glaçant. Quand on sait ce qui s'y trame.

Histoire d'O.

À l'écart du bâtiment un véhicule furtif se gare dans le sens du départ, en prévision de la fuite. Un couple aussi atypique que la Dauphine dont ils s'extirpent. Bien apprêtés, mais mal assortis, une call-girl et son richard de tapin, pourrait-on croire. Mathilde et Mariole sur leur trente-et-un, méconnaissables. Ils endossent leurs rôles à la perfection et entament leur partition au diapason.

Wendy les a briefés, Histoire d'O. est un club sélect, dress code, mot de passe et tout le toutim. Mathilde a donc largué sa combinaison d'aviatrice et envoie du feu dans une robe lamée argent. Elle n'a pas l'habitude de ce genre de tenue, n'a pas la taille mannequin, mais a gagné en confiance. Elle est là pour sa vengeance.

Dark Rainbow opère incognito. Elle a dissimulé ses cheveux multicolores asymétriques sous une perruque mauve coupée au carré. À son bras, son arme secrète. Soixante-dix-neuf ans, toutes ses dents, surtout ses bridges, Mariole a une classe folle dans son smoking. Point de nœud pap, le coquet ne désirait pas avoir l'air trop guindé. Rasé de frais, cheveux et moustache gominés, le James Bond quasi octogénaire s'est pomponné en s'inspirant de l'affiche du dernier opus en date : *Mourir peut attendre*.

« Ils en ont de bonnes, eux », a commenté le vieillard qui a déjà un pied dans la tombe, en revêtant son plastron blanc, dont il se plaint de l'inconfort depuis leur départ.

— Ça me gêne aux entournures.
— Vous êtes très beau, Mariole.
— Je vous retourne le compliment, ma chère.

Le couple de tueurs *under cover* se met en route.

Le duo est bien inscrit sur la *guest list*, grâce à Wendy qui entretient de bons rapports – monnayés, en l'occurrence – avec le physionomiste. Larges comme des taureaux nourris aux protéines, les mastards de la sécurité scannent les deux prétendus invités, pendant que le physio, un teigneux, amer de l'existence, vérifie les informations que lui a fournies sa collègue, en sus de son confortable bakchich.

Les vigiles font leur boulot. Mal. Ils les fouillent. Elle, qui ne porte pas assez de tissu pour dissimuler quoi que ce soit, puis lui. Ne trouvent pas ses Beretta. Normal, il n'en a pas. Ne vérifient pas ses bottes. Dommage, il y a glissé deux S&W 38.

Les amateurs.

Smith & Wesson Bodyguard. Flingues mini-format, grosse puissance de feu, accrochés à chaque cheville.

Pas de quoi dégommer l'intégralité du service d'ordre mais suffisant pour calmer leurs ardeurs.

Ils passent le premier barrage. À l'intérieur, un tunnel noir, des flèches fluorescentes au sol les mènent aux portes d'Histoire d'O. Un passage qui doit les faire basculer dans un autre monde. Sombrer serait plus exact. Dark Rainbow se prépare, s'évertue à contrôler la chamade à l'intérieur de sa poitrine, se concentre sur le déroulé de son plan.

— Mot de passe.

Les deux molosses face au sas imposent un gabarit supérieur à ceux de l'extérieur. Mathilde ne pensait pas que c'était possible. On est sur du vigile génétiquement modifié. Les infiltrés sur la *guest list* n'ont pas intérêt à broncher.

Exercice cérébral d'équilibriste, elle énumère, le regard droit, la voix ferme :

— 8i8_THSiz-HQ_JA*69... Et non, je ne suis pas un robot.

L'insolente ne peut réprimer cette saillie en réaction à la parano du magnat des cyberharceleurs qui, au lieu de concocter un mot de passe aux connotations vaguement érotiques – type «Fidelio» ou «Love on the beat» –, exige des caractères spéciaux, façon *blockchain*. Terminés, les délires libertins à la *Eyes Wide Shut*. Histoire d'O. est entré dans l'ère 3.0.

Elle ne croit pas si bien penser. Le molosse en costard lui fait signer sur sa tablette numérique, non pas un Captcha, mais une décharge légale. Mathilde survole l'écran d'un œil qu'elle veut dédaigneux. «Bon pour accord.» Non nominatif, tout le monde ici utilise un nom d'emprunt. Le service des adhésions enregistre direct l'empreinte digitale, en plus de la signature. Otto protège ses arrières. Du moins de façon légale. Pas grave, Dark Rainbow ne compte pas rester du côté de la loi. Elle étale son pouce verni de mauve sur l'écran tactile qui digitalise son empreinte.

— *Next.*

Mariole, confus, passe des yeux menaçants du molosse à ceux pétillants de cette compagne qui ne lui est pas inconnue, mais dont les traits se brouillent.

— Un problème ?

Le molosse a la formule synthétique. Mathilde se met dans la peau de son personnage. Le spectacle a déjà commencé.

— Aucun problème. Mon chaperon est joueur, voilà tout. N'est-ce pas là le concept de ce club si privé ?

Bouche entrouverte, elle passe le bout de sa langue sur ses dents, aguicheuse et explicite, puis plonge sa main dans la veste de son compagnon. Les vigiles sur leurs gardes déplacent les leurs vers leurs armes. L'allumeuse relève un sourcil sexy et s'asperge le décolleté du parfum qu'elle en tire. Du *Cuir de Russie*. Elle se penche sur son polisson de micheton et lui susurre tout bas des mots qu'on dirait coquins :

— Mariole, posez votre pouce sur la tablette. Notre cible se trouve de l'autre côté de la porte.

Ainsi incliné sur la nuque de sa partenaire de jeu, Mariole se fait happer par la fragrance. Choc cognitif, les contours de Mathilde se redéfinissent. Perturbations sensorielles, mélanges avec les rémanences de la femme floue sur la photo. Il plaque son pouce ridé sur la tablette lumineuse. Scan. *Check*. Le molosse tamponne sur leurs poignets un QR Code qui leur permettra de circuler dans le temple de la débauche.

— Bienvenue chez Histoire d'O.

Politesse robotique. Son subalterne actionne un levier. La première porte s'ouvre sur un sas aux cloisons miroirs, éclairé par un plafonnier de lumière noire. On leur signale qu'ils peuvent entrer.

Les invités s'exécutent. Ils se positionnent au centre de la cabine qui multiplie à l'infini le reflet de leurs mines concentrées. La porte se scelle derrière eux. La pressurisation les enrobe dans un cocon ouaté qui les isole de tout autre son.

Le duo d'infiltrés dispose de quelques secondes avant que la seconde porte du sas ne s'ouvre.

— Mariole, je suis Mathilde. Vous êtes avec moi ?
— Oui, Mathilde, je suis avec vous.
— OK. Concentrez-vous sur ma voix.

Le sas étant relié à des caméras de surveillance, Mathilde ne veut en dire plus. Faisant mine de le caresser, comme une escort qu'elle est censée être, l'espionne allie le geste à la parole en lui calant un *earbud* discret dans l'oreille. Le microappareil est connecté en Bluetooth à son portable. Elle actionne un fichier son. La voix de Mariole enregistrée. Lors de leurs préparatifs, une fois le tueur à gages convaincu de la nécessité de cette nouvelle mission, ils ont élaboré ensemble cet aide-mémoire auditif. Tel un double fiable, le Mariole opérationnel d'hier y parle à l'intention de l'amnésique d'aujourd'hui : « *Mariole, c'est moi, Mariole. Écoute-moi. Tu es en mission. La fille à perruque mauve à tes côtés se nomme Mathilde, ton alliée. Tu peux te fier à elle. Tu es là pour la venger. Tu le lui as promis.* »

Dans le regard du vieillard, une lueur de tueur s'allume. Il ne sait pas ce qu'il fait là. Mais il suivra les ordres de cette voix, sans rechigner. Normal, c'est la sienne. Alors si elle lui ordonne de tuer, il n'hésitera pas.

Mathilde presse le bouton *Pause* et parle à double sens :

— Et si vous vous sentez d'humeur flottante, aspergez-vous de ça, mon chéri.

Elle range la fiole de *Cuir de Russie* dans sa veste de smoking et enfile son loup de carnaval, banal dans le contexte ou fort à propos ? Une tête de chat en velours.

— Prêt ?

Toujours perturbé par le mariage du parfum de son amour d'antan et de ce visage pourtant familier, Mariole acquiesce. Mathilde sent sa fébrilité, inspire, appuie sur *Play*. Sa propre voix enregistrée prend l'assassin par la main : « *Ta cible s'appelle Otto. Cette ordure tient la tête d'un réseau d'agresseurs sexuels. Il a harcelé des centaines de femmes innocentes. Tu es là pour le faire payer.* »

Il n'en faut pas plus pour que Mariole vire assassin.

— Prêt.

« ... *Tu as deux Smith & Wesson Bodyguard 38 cachés dans tes bottes...* »

Les rétines de Mariole passent au rouge. Sa colère scintille dans le noir. La deuxième porte du sas s'ouvre sur une autre histoire.

Celle d'O.

Mathilde et Mariole pénètrent dans un autre monde.

Surtout ne pas s'arrêter. Ne pas avoir l'air suspect. Donner l'impression de trouver ça normal, alors qu'ici rien ne l'est. Wendy leur avait décrit le lieu. C'est une chose de l'imaginer, c'en est une autre d'y être immergé. Comme de lire Lewis Carroll ou de tomber dans le trou.

Alice au pays du réveil.

Le décor devant eux se déploie en un labyrinthe aux mille recoins où l'on se livre au vice qui fait délice, en toute intimité ou en pleine exhibition, selon son bon vouloir. Les infiltrés, un instant hébétés, déambulent parmi les invités, l'air de rien. Tout autour d'eux, on se lèche, on se suce, on fornique, mais surtout on s'inspire. On se repaît. Pour cause, les parois du dédale, entièrement constituées d'écrans LED, projettent des vidéos de porno amateur par centaines.

Du sol au plafond.

Subtilisées aux performeuses, divulguées sans leur aval, ces vidéasteries de cyber-manipulateurs à l'imagination débridée sont là pour exciter cette clientèle de privilégiés.

Soirée Shaming.

Trônant derrière sa station installée sur une passerelle

en acier, un VJ mixe les images projetées le long des murs du labyrinthe. Grand chantre de cette orgie visuelle, il masterise une expérience immersive ultime. Une stimulation rétinienne, auditive et sexuelle à en perdre la raison.

Mathilde serre les dents. C'est pire que ce qu'elle avait imaginé. Sur les écrans, les images dépassent son entendement. Des filles lambda, certaines paumées, d'autres classieuses, toutes manipulées, qui acceptent, petit à petit, de se laisser humilier.

Wendy n'avait pas exagéré. La misogynie à son apogée. Beaucoup de connaisseurs dans la salle. Le flot d'images est vertigineux. Les visages de ces femmes, défigurées en une extase forcée, identité et intimité jamais floutées, livrées en pâture sur des centaines d'écrans. Chaque petit défaut y est zoomé, amplifié. Vergeture, acné, bourrelets, cellulite, la moindre disgrâce y passe. Les lèvres vaginales trop grandes, les seins trop petits, les sexes à la pilosité abondante pas épilés. Un monde à l'opposé de l'apologie de la beauté. Un monde normal. Dont ici on se moque à outrance. Pour s'exciter. Petit plus, les commentaires piochés sur les sites d'hébergement de ces contenus s'affichent en surimpression. Des obèses, des anorexiques, des paraplégiques, la matière à moquerie, lynchage et *bashing* ne manque pas.

Certaines se font traire comme des vaches, à quatre pattes en meuglant, d'autres lapent du foutre dans une gamelle. Sur une vidéo, une femme centralise des appels sur un portable enfoncé dans son anus. Sur une autre, une fille se brosse les dents avec ses excréments…

Mathilde ferme les yeux et avance.

La nausée.

Les diverses sources aspergent les performeurs de reflets saturés d'images choc. Chaque écran balance des contenus pornographiques non consentis, situations d'humiliation reproduites à l'identique, ou improvisées, le long des articulations tordues du dédale. Effet miroir. De plus en plus difforme.

Alice toujours.

Mathilde n'imaginait pas. Pas à ce point-là. Pas *ça*. Une exposition de femmes avilies. Et dans leurs yeux quand elles fixent la caméra – Mathilde le sait, elle le lit –, la peur d'être en train de faire une connerie.

Tous les membres du club ne se joignent pas à l'orgie. Quelques-uns préfèrent le rôle du voyeur, déambulent, une coupe de champagne à la main, certains s'astiquent le manche, d'autres commentent le match, tous amateurs du bel art, tous appréciateurs de la performance.

Les participantes à la soirée font office d'orifice. Elles sont payées pour ça.

C'est alors que Mathilde la remarque. Une vidéo noyée dans la masse. Mathilde ne voit plus qu'elle. Sur un écran parmi la centaine d'autres, Pussy Doll miaule. Dans ce flot de contenus, rien de surprenant à ce qu'elle fasse partie du stock. Internet n'oublie jamais. Preuve en est.

L'envie de vomir la reprend.

À ses côtés, le tueur à gages, dont l'oreillette commente en continu la nature des images qui l'assaillent, perçoit son ébranlement. Jouant le libidineux que la vue de ce spectacle affriole, Mariole enroule son bras autour de la hanche de sa compagne et l'attire à lui, pour mieux se pencher à son oreille :

— Accrochez-vous, mon enfant. Ces êtres sont abjects. Et nous allons les faire payer.

La voix éraillée ramène Mathilde dans l'instant. Si les écrans l'aspirent vers son traumatisme passé, ces mots l'ancrent dans sa rage de revanche. Elle se le doit à elle, mais aussi aux filles sur ces écrans. Elle repense aux revolvers dans la botte de Mariole, à Wendy qui attend son signal. Elle se concentre et affiche une détermination en acier aussi trempé que la passerelle sur laquelle mixe ce VJ qu'elle va se faire un plaisir de déloger pour complicité de viol, agression sexuelle, exploitation d'images privées et autres joyeusetés.

Mathilde et Mariole reprennent leur progression vers le centre du labyrinthe, l'œil du cyclone, le nœud de l'extase : le bien nommé FuckFloor.

Ça grouille, ça baise, ça jouit. Les corps n'ont plus de têtes, plus de queues, et le plus frappant, plus de visages. Derrière cet amas de chair se démultiplient sur les écrans des images d'humiliations de femmes. Mathilde en a un haut-le-cœur. Elle y voit un organisme en putréfaction. Des vers agglutinés autour d'un fruit pourri. Celui de la domination.

Postée en retrait de l'orgie sans visage, Mathilde en avise un familier. Wendy. La chauffeuse de salle acquiesce : tout est en place.

Ne reste plus qu'à dénicher le maître des lieux. Wendy lui avait fourni une photo, Mathilde ne tarde pas à le reconnaître. Il est l'un des rares à encore porter un sous-vêtement, un slip camouflage. Deux femmes à ses pieds, les visages harnachés dans des muselières, lui lèchent les aisselles. Si Mathilde avait besoin d'une dernière image pour se motiver à aller au bout de son plan, Otto vient de la lui fournir.

Elle se penche à l'oreille de son chaperon et interrompt le cours de son aide-mémoire préenregistré :

— Cible à dix heures.

D'une pression de la main sur son poignet, son allié accuse réception cinq sur cinq. C'est bon, il l'a en visu.

La soixantaine bien conservée, muscles apparents, piercing au téton, tatoué de partout, Otto trône en haut d'un podium, à quelques brassées d'eux. Seuls deux types de la sécurité sont postés au bas de l'escalier.

D'un air débonnaire, Mariole se glisse derrière le premier. Feignant de fixer le pli de son pantalon de smoking, il sort un des Bodyguard de sa botte et, encore agile, le plante dans le dos du vigile, en chuchotant à son oreille :

— Pas de mouvement brusque et y aura pas de bobos.

Pas assez payé pour se faire cribler de balles, l'homme ne résiste pas. Mariole le déleste de son Uzi et tient en joue son comparse qui n'avait aucune raison de se méfier du vieux rabougri. Revolver compact dans une main, pistolet-mitrailleur dans l'autre, le tueur à gages à la retraite se sent renaître. D'un signe, Mariole ordonne au sbire dans sa ligne de mire de lâcher son arme. Il y a dans le regard de l'assassin une assurance glaçante qui s'appelle l'expérience. Ça, et le fait qu'il n'a pas peur de mourir, contrairement au vigile qui a la vie devant lui, espère-t-il. Le vigile pose donc son arme au sol et la repousse du pied en direction de la complice à perruque mauve. Dark Rainbow s'en empare. Elle n'a aucune idée de son fonctionnement mais elle devrait y gagner en contenance.

Les partouzeurs n'ont pas réagi à l'irruption de ces canons. Normal, aucun coup n'a été tiré. En parallèle, Wendy profite de la diversion pour se faufiler derrière le VJ, lui insinuer un surin entre les reins et lui signifier qu'elle reprend les manettes. Le master du *sample* lui cède son siège sans ergoter, elle le menotte à la rambarde – l'avantage d'avoir des objets fétichistes qui traînent dans tous les coins –, et prend le contrôle de sa station son et image.

Vérification des positions alliées : Mariole lourdement armé sécurise les arrières. Dark Rainbow lève un pouce tendu vers le bas. Wendy coupe le son des vidéos. Ne subsistent que les râles de la mêlée orgiaque qui met un temps à comprendre que la situation est anormale. Selon ses critères très spéciaux.

Une voix acariâtre tonne au-dessus du brouhaha :

— Otto !

L'homme en slip camouflage se fige, comme les langues des filles dans les poils de ses aisselles.

— Qu'est-ce que c'est que ce délire ?

Mathilde écarte les bras et désigne de son arme les écrans qui projettent les ébats à la divulgation non consentie.

— Je vous retourne la question.

La prise de conscience du braquage se propage, provoquant un cri collectif très loin de l'orgasme.

La voix amplifiée de Wendy, en maîtresse de cérémonie, s'élève au-dessus des hurlements, autoritaire :

— Tout le monde se calme. Personne ne sera blessé. Il n'y a qu'un homme qui nous intéresse, ici.

— Otto ! répète Mariole.

L'assassin avance, la foule dans le viseur du mitrailleur, le Bodyguard pointé sur le patron de la boîte qui ne fait pas le fier.

— Vous êtes qui ? Qu'est-ce que vous me voulez ?

— Nos noms n'importent guère. Celui qui nous amène ici, c'est le tien : Otto.

Dans l'oreillette de l'assassin, sa voix enregistrée entretient sa connexion à sa mission, en répétant une litanie qui attise sa colère : « *Ta cible s'appelle Otto. Les centaines de femmes sur les écrans sont ses victimes. C'est le patron de la boîte de nuit.* »

— Je comprends pas, on se connaît ? dit Otto, en s'essuyant les aisselles.

Des fêlés énervés de la virilité, vu la thématique de ses soirées, il en voit souvent. D'où son service de sécurité. D'ailleurs qu'est-ce qu'ils foutent ? se demande-t-il. Ils devraient déjà être intervenus.

— Oui, je crois qu'on se connaît.

C'est Mathilde qui vient de répondre. Elle ôte son masque puis sa perruque, libérant sa crinière multicolore.

— Mon nom est Dark Rainbow et je suis une des filles sur ces vidéos.

Otto est un professionnel du *revenge porn*. Ce nom lui rappelle quelque chose. Il a eu vent de ce qui est arrivé à un harceleur qui s'est fait piéger, la semaine d'avant. Une vidéo qui a fuité malgré lui. Signé :

— Dark Rainbow, tu dis ?

— Pour vous servir.

La phrase toute faite ne manque pas de piquant dans une partouze de dominants. Mathilde en joue. Mariole grimpe les marches jusqu'au piédestal du roi du *shaming*. De son Uzi, il maintient la menace sur les deux sbires désarmés qui se sentent plus nus encore que les partouzeurs autour d'eux.

Alors que Mathilde lui emboîte le pas, Mariole s'approche d'Otto, la mort dans le regard. Celle de son interlocuteur.

— Je… Que… qu'est-ce que vous me voulez?

Mariole le scrute. Son oreillette maintient la pression. L'assassin lui braque son Bodyguard sur le front.

Alertée par les caméras de surveillance, une escouade de vigiles fait irruption dans la salle.

— Bouge pas! crie l'un d'eux au braqueur.

— Non, *vous*, ne bougez pas!

L'ordre vient d'Otto qui n'en mène pas large avec ce flingue enfoncé contre son front. Le service de sécurité n'ose effectivement pas intervenir, de peur de blesser leur patron ou pire, leur clientèle de prestige. Ils se posent en faction, prêts à tirer dès que l'occasion se présentera.

Mariole chope Otto par le piercing de son téton et se colle menton contre menton, prêt à lui décocher une balle.

— Alors comme ça on violente les dames?

Mariole presse l'arme plus fort. Otto panique, aperçoit Mathilde derrière lui et se met à déblatérer:

— Mais je sais pas de quoi vous parlez, j'ai jamais vu cette fille. Je…

— Je vais t'aider à te rafraîchir la mémoire.

Coup de crosse sur la tempe. Des clients hurlent de terreur, d'autres gémissent de plaisir. Il y en a que ça excite dans l'assistance. Les vigiles, eux, virent nerveux.

— Bouge pas, on te dit! aboie leur leader qui ne sait comment prévenir un massacre.

Otto fait signe à ses hommes de ne rien tenter. Placé où il est, il est sûr de ne pas en réchapper si les balles venaient à pleuvoir. Ce dingue semble sérieux, il a l'intention de le tuer.

Des images dégradantes défilent en silence derrière l'homme en slip. Mathilde observe Otto. Immobile. Comme fauchée par trop d'abjection. Elle avale sa salive, elle est acide. Puis sort de sa sidération passagère pour freiner l'élan meurtrier de son allié.

— Mariole, ne faites pas ça. Il y a d'abord l'acte deux, vous vous souvenez?

Le regard du tueur navigue de Mathilde aux figurants figés dans leur fornication abrégée.

— Cette ordure... Il vous a fait... ça?... Il doit payer.

Mariole enroule son doigt sur la détente. Otto crie son innocence, alors que tout autour de lui le dénonce :

— Holà, doucement, je vous dis que c'est pas moi qui...

— Espèce de... kof!

Sa phrase explose dans une quinte de toux. Le projectile qui éclate au visage stupéfait d'Otto n'est pas une balle de 9 mm, mais des postillons de sang. Ceux des poumons ravagés du tueur, lui-même effaré.

Instant de sidération générale. L'arène se fige. Seules

les images digitales poursuivent dans la frénésie *shaming*.

Mathilde retient son envie de crier « À l'aide ! », mais à qui ? Sa bouche béante reste muette.

Quelques secondes en points de suspension… et tout bascule. Otto profite de la confusion, il percute la poitrine de l'assassin de ses deux mains. L'épouvantail tressaille, recule de trois pas et trébuche sur la dernière marche.

— Mariole !

Le cri de Mathilde ne peut retenir sa chute. Mariole dégringole les escaliers, ponctuant chaque marche d'impacts de sang. Le sien. Il échoue au bas de l'échafaud.

Mathilde s'apprête à hurler, une baffe la stoppe. Cadeau d'Otto qui lui arrache son arme des mains. Sonnée, Mathilde voudrait se rappeler des notions de self-defence enseignées par Mariole. Rien ne vient. Le vigile qu'elle a désarmé ramasse son fusil, et il a l'air très en colère. Elle va se faire défoncer.

Mathilde prie pour que Mariole se relève et la protège, mais le vieillard reste prostré. Un vigile s'empare des armes tombées à ses pieds. Dans l'oreillette de l'assassin, une voix le guide dans le vide. « *Dans ta poche, le parfum. Sens-le, ça t'aide à rester connecté.* » Un liquide se répand autour du corps inanimé. La fiole de *Cuir de Russie* s'est cassée dans sa chute et, avec elle, ses dernières illusions.

— Mariole…, supplie Mathilde.

Leurs espoirs de s'en sortir s'éventent, tout comme le parfum autour du corps de son compagnon. Mariole n'a pas pu boucler sa mission. Il n'aura jamais trouvé sa cible. Mathilde s'en voudra toute sa vie. Si elle survit.

Otto agite son arme sous son nez.

— Putain, mais vous êtes des grands malades, toi et ton pote ! Vous espériez quoi en venant ici ? Me buter et vous en tirer comme ça ?

Mathilde perd en espérance de vie mais pas en arrogance.

— Vous buter, c'était dans un second temps. Mon ami s'est gouré dans la temporalité. Il fait ça souvent.

— Je vois. Et dans un premier temps, il devait se passer quoi… Dark Rainbow ? Une vengeance de ton cru ?

Otto la chope par la chatte. Lexique toxique qui a fait ses preuves. Mathilde déglutit. L'envie de vomir.

— Tu crois pas si bien dire.

Il serre, il lui fait mal. Du haut de sa passerelle, Wendy, le visage blême, un doigt sur le bouton rouge, ne respire plus. Elle attend son signal.

— Tu comptais débarquer chez moi et mettre en scène un petit film, comme avec ce mec que t'as piégé, là ? Dans quel but ? Me cramer auprès de mes relations en leur révélant que je fais dans l'industrie du cul ? Oh putain, attention le scoop !

Monsieur est moqueur, il en a même fait son gagne-pain.

— Presque.

Il lui enfonce son flingue contre la poitrine. Mathilde peine à masquer sa douleur mais soutient son regard. Son assurance déconcerte Otto. Il enfonce plus fort. Qu'elle se taise.

— C'est pas ton pauvre film qui pourrait ternir ma réputation, petite pute. Je pourrais tout aussi bien le projeter ici.

Il lui décoche une baffe. Mathilde s'écroule à ses pieds. Elle respire lourdement. Essuie sa bouche. Du sang sur sa paume.

— Tu confonds. Moi, j'ai pas été payée pour ce que j'ai fait. Et j'ai pas été consultée pour être exposée sur ces écrans.

— Aaaaaaaaaaaah, c'est juste ça ?

Il l'attrape à la gorge et l'étrangle.

— T'es venue nous péter les couilles pour une histoire de consentement ?

Mathilde suffoque. Elle ne ressent plus rien. Pas même la peur.

— Je n'ai pas... donné... mon accord.

— Mais ma chérie, ton #MeToo, je m'en carre comme de mon premier herpès. Tu seras jamais qu'une pute. Comme les autres.

Dark Rainbow plante son regard dans celui qui se croit supérieur, sans savoir à quel point il est dans l'erreur :

— Miroir.

Le signal. Wendy appuie sur le bouton.

Play.

Comme Alice, Otto bascule dans un autre monde. Sa réalité inversée. Un vortex l'aspire.

De l'autre côté du miroir.

Sur les panneaux de projection, de nouveaux films remplacent un à un les précédents. Mêmes scénographies, inversion des protagonistes. Les vignettes sur les écrans mutent telles des cellules infectées par un virus étranger. Les unes après les autres, les femmes qui se faisaient humilier se transforment en hommes qui se font dominer.

Redistribution des rôles sur la thématique *shaming*.

Dark Rainbow suffoque sous l'étranglement d'Otto :
— On... parlait... consentement ?... Tu... dénigrais... le concept ?

Le créateur d'Histoire d'O. ne peut décrocher son regard des écrans. Un monde qui s'écroule, ses polarités qui s'inversent. Des manipulateurs humiliés, rabaissés, avilis, en larmes. À présent l'objet des sévices auxquels ils s'adonnaient la veille.

Retour à l'envoyeur.

Dark Rainbow, avec l'aide de Wendy Love, a recruté des alliées. Une requête sur des forums spécialisés, marrainés par Les Vigilantes, ou d'autres groupuscules du même genre. Du genre fatiguées de tendre la joue, exaspérées que leur colère ne soit pas entendue, écœurées que les plaintes ne soient pas traitées, révoltées par l'impunité de leurs oppresseurs.

Du genre furieuses.

Les premières n'ont pas mis longtemps à répondre présentes. Elles ont saisi l'opportunité et leurs caméras. Ne restait plus qu'à retrouver les mecs qui avaient abusé d'elles, ou d'une autre. Et à leur rendre la monnaie de leur pièce. Des petites bandes disséminées ont lancé l'offensive.

En gros plan et en HD.

Hashtags :

#Contrattaque
#plusjamaisça
#inversiondesroles
#pussydollpower.

Toutes, à un moment ou un autre, ont été victimes de ces oppresseurs, agresseurs, harceleurs. Certaines s'étaient retrouvées, sans l'avoir demandé, sur les écrans d'Histoire d'O. Juste retour des choses.

La demande a eu un succès immédiat auprès d'une poignée. Le buzz se répand depuis sur le territoire virtuel. Le résultat est déjà là, bien réel. Sur les écrans, une vingtaine de vidéos, dupliquées à l'infini. Effet saisissant. Une guérilla éclair. Qui envoie un signal glaçant : ce n'est qu'un début. Il y en aura d'autres.

Elles ont *streamé* le contenu sans restriction, pour public averti ou non. Tant pis pour les âmes sensibles, elles n'en sont plus là. Les scènes ne sont pas violentes. Les rebelles ne font rien de répréhensible par la loi. Pas plus que ce dont elles ont été victimes elles-mêmes. Des petites humiliations de-ci, de-là, des sévices inoffensifs, n'est-ce pas monsieur le juge? Qui les condamnerait? Puisque ces messieurs, eux, ne l'ont pas été.

La panique se répand parmi les membres honorifiques du club. Ils se sentent menacés. Ils font bien.

Otto est tellement estomaqué qu'il en desserre son étreinte. Mathilde respire. Pour la première fois depuis longtemps. Elle masse sa gorge endolorie.

— Nous aussi, on a des talents de vidéastes. J'espère que tu apprécies.

Elle ne croit pas si bien dire. Otto braque son arme sur son crâne. Il va la cribler de balles, baiser son cadavre et jeter les restes à ses clébards. Otto est habituellement sanguin, pas sanguinaire, mais Mathilde l'a un rien trop chatouillé.

— Je vais me débarrasser définitivement de toi, Pussy Doll, Dark Rainbow, ou quel que soit ton putain de nom!

La bouche tuméfiée, les dents en sang, Dark Rainbow lui sourit.

— Vas-y, fais-toi plaisir: t'es en direct sur mon profil.

Elle lui désigne Wendy en train de le filmer du haut de sa passerelle et qui lui fait un petit coucou.

— Je vais pas te mentir, ma popularité a explosé grâce à toi. J'ai des centaines d'abonnées qui nous observent en ce moment même.

Le harceleur émasculé éructe à son service de sécurité.

— Arrêtez-moi cette connasse!

Les vigiles ne bougent pas. Eux ont compris qu'ils étaient grillés. Ils peuvent encore plaider leur innocence, dire qu'ils n'étaient pas au courant, de simples employés. Mais pour ça, ils ont intérêt à ne pas faire de vagues. Ce qui signifie rester en retrait.

En proie au désespoir, Otto braque son flingue sur Wendy qui braque en retour sa caméra sur lui. Chacun ses armes. L'acculé enrage et redirige son Uzi sur Dark Rainbow.

— Tu peux me supprimer, moi. Mais tu pourras pas nous supprimer toutes.

Signe distinctif du mouvement, chacune des rebelles a revêtu, pour préserver son anonymat, le même masque de carnaval. Celui que Mathilde portait dans sa vidéo : une gentille chatte docile, devenue meute de félines enragées. Mathilde a posé sa griffe sur cette rébellion. Sa signature reprise en chœur sur chaque film : *Oooops I did it again*.

Les clones de Pussy Doll chantent l'hymne en déculottant leurs manipulateurs, au propre comme au figuré. La dynamique est enclenchée. Ils voulaient des Pussy Doll, dociles et dominées ? Ils ont créé des Dark Rainbow par milliers. Il ne s'agit plus d'une vengeance isolée mais d'un message collectif. Le point de rupture est atteint.

#plusjamaisça.

La diffusion se déroule au même moment sur le Web où d'autres membres d'un club moins sélect sont en train de découvrir le show en direct. Les Vigilantes se sont coordonnées pour streamer dès le signal de Mathilde. Nom de code : *Miroir*. Elles auraient balancé leurs contenus sur la toile, quelle qu'ait été l'issue de l'assaut. Mais le faire trop tôt aurait déclenché l'alerte.

Elles ont préféré respecter le timing. Elles ont un sens aigu du *happening*.

Sur les premières vidéos réalisées sont mis à disposition noms, coordonnées, liens sur les comptes perso de ces harceleurs. La fuite d'identité des acteurs impliqués servira à démanteler un réseau sans visage. Celui des hommes qui pensaient leurs sévices protégés par une impunité tacite. On pourra questionner la méthode, mais on ne pourra plus dire qu'on ne savait pas. Dark Rainbow laisse la police prendre le relais. Ainsi que les familles de ces messieurs. Elle, elle a fait sa part.

Parmi les films s'invitent des connaissances : le boys' club de Boris. Les *Gentlemen de bonne compagnie* n'ont jamais aussi bien porté leur nom. En compagnie d'une milice masquée, ils geignent, face caméra, leurs identités dévoilées, leurs noms affichés, leurs intimités exposées, leurs corps moqués. Comme Mathilde avant eux. Des Vigilantes se sont portées volontaires pour leur rendre visite. Mathilde a sous-traité.

L'événement provoque en temps réel un taux de connexion exponentiel. Et des réactions contrastées. Encouragements ou insultes, soutien ou violence. La démarche ébranle, bouscule les lignes. Certaines femmes disent que tout ça va trop loin, d'autres que c'est un mal nécessaire. Certains hommes sont outragés, d'autres se rallient à la cause. Tout ça n'est plus du ressort de Dark Rainbow. Les Pussy Doll s'organisent.

Dark Rainbow a gagné. La révolte est en marche. Pas encore une révolution. Peut-être demain. Les harceleurs continueront à sévir, mais leur sentiment d'invulnérabilité a été écorné. Ils sauront que le jeu peut se retourner contre eux. Les films sont en accès libre sur la Toile, s'ils ont besoin de se rafraîchir la mémoire

— On est une armée. Et on est *toutes* très en colère !

Otto n'est pas homme à écouter la leçon.

— Ferme ta gueule ! Ferme ta putain de gueule !

Il branle du bras, pourtant ne tire pas. Parce qu'il sait qu'il a perdu ? Parce qu'il est filmé ? Ou parce qu'il n'en a simplement pas le cran ?

Sur les écrans qui encerclent sa passerelle, VJ Wendy Love garde le meilleur pour la fin. Bouquet final sous forme de bande-annonce, deux Pussy Doll y humilient un ex-manipulateur qui craque en gros plan. Les filles se moquent. Qui leur en tiendrait rigueur ? Pas les amateurs des soirées Shaming. Si ?

Hypocrites.

La première parle face caméra, mutine :

— La révolte est en marche. Bientôt sur la Toile…

La deuxième embrasse l'objectif de sa bouche voluptueuse, y laissant au passage la trace de son rouge à lèvres qui floute leur image.

— … Sur *toute* la Toile.

Otto braque son arme sur sa punisseuse. À genoux, un pied qui lui écrase la main, son autre bras restreint par la poigne de son futur assassin, Dark Rainbow est à sa merci. Si Otto doit n'en emporter qu'une dans sa chute, ce sera elle.

— Sale pute !

Le slip camouflage exhibé face à Mathilde lui rappelle un enseignement de Mariole : « Visez les points les plus vulnérables. » Elle n'a rien retenu de ses leçons de self-defence, si ce n'est ça. Elle ouvre la mâchoire.

Et mord. De toutes ses forces. Otto hurle. Réflexe involontaire, il tire en l'air en s'écroulant au sol. Le premier coup de feu depuis le début des hostilités marque le coup d'envoi de la panique générale.

Fou de douleur, le patron humilié tire partout autour de lui. Il décharge son barillet sur les écrans, au plafond, sur Mathilde qui se carapate, sur sa clientèle qui s'éparpille. Réaction aveugle d'un tyran émasculé qui provoque une bousculade ingérable. Policiers, politiques et notables courent le cul à l'air et la réputation au pilon. Ils ont peur pour leur matricule et s'accrochent encore à l'espoir de préserver leur immunité.

Les idiots.

Mathilde se rue dans les escaliers, bouscule les corps dénudés qui fuient dans toutes les directions. Débâcle de pontes qui se télescopent dans une cohue sans queue ni tête, mais la bite à l'air, en gueulant comme des gorets.

Parvenue au bas des marches, l'effroi la saisit.

— Mariole...

Il a disparu. Depuis combien de temps? Impossible à dire. Trop occupée à broyer les attributs d'Otto, elle n'a rien vu. Mariole a dû profiter de la confusion pour s'en retourner à la sienne. Reparti en errance ou en vengeance? Mathilde envisage tous les scénarios catastrophes. Elle doit le retrouver au plus vite.

Coup d'œil vers la passerelle, soulagement, Wendy a déguerpi. Mathilde plonge à corps perdu dans le bain de nudistes qui affluent à travers le labyrinthe de projections. Les hommes humiliés sur les écrans semblent assister, ahuris, à son évasion chaotique, tout comme les gars de la sécurité au portillon, impuissants, eux aussi, face à cette vague de chair nue qui déferle vers cette unique échappatoire, écrasant tout sur son passage.

La panique se répand. Le torrent de peaux et de cris se précipite vers la sortie. Frénésie collective propice à son exfiltration, Mathilde trace, à l'affût de Mariole dont elle hurle le nom par-dessus les membres de ce club si sélect, devenus incontrôlables et prêts à se piétiner pour atteindre les issues de secours.

Le staff de sécurité échoue à endiguer le flot humain. L'ordre hiérarchique vire laconique : *sauve qui peut !*

Déni et autoconviction, Mathilde use de tous les subterfuges psychologiques pour refuser l'inacceptable. Mariole est un professionnel, il s'est évadé, tente-t-elle de se rassurer. Si sa démence l'épargne suffisamment longtemps, il retrouvera sa voie. Elle-même doit se tirer de là, si elle ne veut pas qu'Otto lui troue la peau. La police se chargera de lui, ainsi que de ses semblables.

Fuir. Mathilde pousse un corps, en bouscule un autre, se fraie un passage à grands coups d'épaules. Une fois à l'abri chez Wendy, elle se remettra en quête de Mariole. Peut-être l'attendra-t-il au mobile-home. Cet ancien tueur à gages est plein de ressources, Mathilde en est convaincue. Alors elle court. Un espoir au ventre, empoisonné d'inquiétude.

Au milieu du chacun pour soi, plus personne ne prête attention à elle. Mathilde suit le mouvement de foule anonyme, sans lutter contre les éléments. Jusqu'à la forêt. Où le courant se dilue.

Et Mathilde disparaît.

La Dauphine est toujours là. Elle espérait que Mariole l'y attendrait. Elle continue à se persuader qu'elle ne peut l'avoir perdu. Pas si près du but. Mais quel but au juste ? Les sirènes au loin. Samu, pompiers, police. Ça y est, c'est fini. Pour Otto et pour sa clique. Mais Marino, lui, court toujours et, maintenant, Mariole aussi.

Mathilde secoue la tête, une galère à la fois, et démarre la Dauphine.

Mathilde surgit dans le mobile-home comme une furie :

— Mariole !

Wendy repose son verre de whisky. Elle avait besoin d'un remontant, elle tremble encore de tous ses membres. Le contrecoup.

— Quoi, il est pas avec toi ?

Mathilde ne la calcule pas et repart sur le terrain vague.

— Non, je l'ai perdu.

Sentant que quelque chose cloche, Chonchon lui emboîte le pas, imitée par Wendy qui s'arme de son chapelet. Mathilde hurle contre la pénombre autour du mobile-home, seul point lumineux dans l'opacité du lopin désaffecté.

— Mariole ! Mariole !

— Chhhhhhut, baisse d'un ton... On va se faire repérer.

Dans les yeux de Mathilde, Wendy lit la peur. Celle de l'avoir perdu pour de bon.

— Je... je ne sais pas où il est.

Wendy réalise que cette fragilité, elle ne l'avait pas vue durant leurs préparatifs.

— Il faut qu'on se tire d'ici. Ils savent que je suis ta complice. Ils connaissent mon adresse. Même si les flics ont arrêté une partie de la clique d'Otto, d'autres voudront se venger. Et…

Mathilde zigzague comme une poule sans tête.

— Je peux pas l'abandonner. On peut pas partir. C'est le seul endroit où il sait qu'il peut nous retrouver.

— Mais… Mathilde… tu sais bien qu'il ne sait plus rien…

Mathilde se raccroche à un détail :

— Si. Il a sa mallette, ses antisèches…

Transpercée par un mauvais pressentiment, elle braque son regard vers la cuisine. La mallette gît sur une chaise, comme abandonnée là.

— Il est parti sans, lui rappelle Wendy. Tu te souviens ?

La poitrine de Mathilde implose. Elle refuse d'affronter cette réalité. Wendy éplucke les possibilités auxquelles elles n'auraient pas pensé, n'en trouve pas.

— Tu as essayé de le joindre, j'imagine.

— Oui. Je tombe direct sur sa messagerie.

Chonchon piétine autour de la Dauphine et grouine vers le lointain. Son instinct animal la tiraille. Son maître va mal.

Wendy songe au pauvre vieux, scrute le mur d'obscurité, puis la pendule dans son entrée. Elles ont peu de temps, autant ne pas en perdre davantage.

— Bon… Par où on commence ?

Mariole erre. Il ne sait plus où, ni dans quelle direction. Les rues se ressemblent toutes. Ses pieds se traînent, ses articulations le torturent, ses os ne sont que douleur. Il saigne. Qui a bien pu le mettre dans cet état ? Aucune idée. Pas plus que de ce qu'il fout là... Il avance. Un pauvre hère fantomatique. Au bout de sa vie.

Un seul artifice le maintient encore debout : les effluves émanant de sa veste. Du *Cuir de Russie*. Elle en est imbibée. Le flacon brisé a imprégné le désœuvré tout entier. Il ne sait plus pourquoi il porte ce parfum sur lui, mais cette odeur le pousse à se souvenir. Et à avancer. Cette odeur obsédante lui fait palpiter le cœur. Entre ivresse et désespoir, émotions contradictoires. Il tourne à gauche, puis à droite. En boucle dans une mémoire réduite à quelques minutes de présent.

Réflexes compulsifs, il palpe ses poches, se dit qu'il pourrait y dégotter une réponse. Un bloc-notes peut-être ? Il perd la boule, ça il le sait. Il a donc dû se laisser une béquille quelque part, un homme prévoyant comme lui... Après vérification, pas d'aide-mémoire, mais un revolver dans sa botte. Il lui en reste donc un. Son assurance pour la vie. Certaines choses ne changeront jamais chez un vieil assassin, si sénile soit-il. Il découvre également un portable dans le revers de sa veste. Écran fissuré, kaléidoscope de pixels, hors service technologique confirmé. La coque de marque coréenne s'est avérée moins résistante que la carcasse du vieux bonhomme *Made in France*. Un corps étranger le gêne à l'intérieur de son oreille. Une abeille ? D'un geste prompt, il se débarrasse de l'intrus. L'*ear bud* tombe par terre. Utilité de l'objet inconnue, l'amnésique continue sa marche.

Mariole suit la seule piste qui le rattache au moment présent : la fragrance de *Cuir de Russie* qui le guide dans la nuit.

Mathilde ratisse tout le village et ceux voisins. Les champs et les chemins de traverse. La robe moulante lamée argent pour mener une battue n'était pas idéale, elle a renfilé sa combinaison d'aviatrice. Wendy, elle, est partie avec sa voiture sillonner une autre zone de la commune.

En larmes, Mathilde conduit la Dauphine derrière un voile de culpabilité qui lui brouille l'esprit.

— Mariole… Mariole… Où est-ce que vous êtes ?

Elle tente de faire le tri dans sa mauvaise conscience. Sa pulsion de revanche a entraîné son partenaire dans un cul-de-sac. Les coïncidences étaient trop énormes, elle a pourtant insisté. Ils tournaient en toupie autour de leurs suspicions, chacun avide de démasquer son fautif. Leurs imprécisions les ont menés à Otto. Un coupable qu'ils ne cherchaient même pas. Certes, Dark Rainbow a assouvi sa vengeance, mais Mathilde doit se faire à l'évidence : depuis le début, leur enquête est une suite de fausses pistes bancales. Résultat, elle n'a pas la moindre idée d'où peut se terrer Marino. Ni même de qui il est. Elle n'a rien. Pas le début d'une piste. Du vent. Et des illusions. Ou des mensonges. À elle-même. À lui.

C'est de sa faute. Tout ça est de sa faute. Mathilde se déteste.

Elle vire à gauche, puis à droite. Ne pas griller un feu ou un panneau de signalisation. Après ce qu'elle vient d'accomplir chez Histoire d'O., ce serait con de se faire serrer par un flic pour une bête infraction.

Chonchon laboure la banquette arrière.

— On va le retrouver, Chonchon. Je te promets, on va le retrouver...

Mathilde essaie de se convaincre elle-même. La truie n'écoute pas, elle attend du tangible, l'odeur de son maître. La bête renifle et ne le sent pas. Pourtant Dieu sait qu'elle a le groin sensible...

Des notes de musique. Une voix robotique :
« Voie A, le train en provenance de Rouen va entrer en gare... »

Mariole balance d'un pied sur l'autre, au-dessous du panneau *Dieppe*. Une goutte de sang s'écoule sur le quai. Le regard dans le vide, l'air hébété, le vieillard fixe les rails sans attirer l'attention de qui que ce soit. À cette heure-ci, les voyageurs se font rares. Les oiseaux nocturnes se concentrent sur leur solitude.

Le parfum est toujours prégnant. Une silhouette se dessine dans sa mémoire infirme. Ses contours se définissent. Des boucles longues. Un sourire radieux. Des yeux bleus. Un regard mélancolique. Pourquoi cette évocation ? Qui est cette personne ?

Le vieil homme désorienté effectue un mouvement de métronome sur le quai. Son corps branlant tangue vers les rails alors que le train entre en gare.

— Hé, faites attenti...

Une main s'abat sur son épaule et le tire en arrière. Le chef de gare.

— Je peux vous aider, monsieur ? Vous prenez quel train ?

Mariole lui adresse un regard d'un vide vertigineux.

— Vous allez où, monsieur ?

— Je n'en ai pas la moindre idée...

Terrible tristesse dans sa voix déjà éraillée, Mariole fait demi-tour et s'isole dans le hall. Un soubresaut de pudeur pour masquer son désarroi. Également une manière de rester en mouvement. Ne pas stagner, ne pas s'avouer vaincu, avancer. Il a encore une action à mener. Ce parfum insistant le lui rappelle sans cesse.

Exténué, Mariole s'assoit sur un tabouret. Face à un piano. De ceux distribués dans les lieux publics, sur lesquels pianistes confirmés ou voyageurs sans talent se répandent en concertos, entre deux correspondances vers d'autres horizons. Mariole, lui, n'en a plus. Il s'accroche à sa respiration. De plus en plus souffreteuse. Le parfum lui apporte du réconfort. Il l'empêche d'abandonner, lui qui voudrait s'endormir, d'un dernier sommeil...

— Vous voulez que j'appelle une ambulance ? Vous ne m'avez pas l'air en forme.

Mariole relève des yeux qui se dévident de leur énergie. Encore l'autre avec sa casquette de guignol.

— Je vous remercie... ça ira. J'ai juste besoin de... m'asseoir... un instant.

Au long de ses interminables nuits d'astreinte, le chef de gare a vu défiler tous les cas de désespérance, il n'insiste pas. Si le vieux tombe de son tabouret, il interviendra. En attendant, il a un compagnon avec qui échanger un brin de conversation. Égoïstement, ça le sort de son isolement. Il ne s'empresse donc pas d'appeler les secours.

Il désigne le clavier sur lequel les phalanges osseuses de Mariole se sont arrimées :

— Vous savez jouer ?

— Je... je ne sais pas... Je ne crois pas...

Mariole exhale faiblement. Il hume l'air, comme s'il y invoquait une réponse. Le *Cuir de Russie* s'invite à sa mémoire. Il appuie sur une touche. Au hasard ? Peut-être pas. Cette note résonne en lui. Elle en appelle une deuxième. Que Mariole trouve sans guère d'hésitation. Puis une troisième, à laquelle s'enchaîne un accord, suivi d'un autre...

Le chef de gare sourit :

— Ah bah, si, vous savez jouer !

Mariole en est le premier surpris.

— Apparemment...

Ses mains virevoltent sur le clavier sans qu'il ne les dirige, laissant, de-ci, de-là, des traces de sang sur les touches d'ivoire, et dessinent une mélodie aussi délicieuse que mélancolique.

— Attendez, je connais cet air, dit le guignol en costume. C'est quoi déjà ?

Mariole ferme les yeux et hume l'odeur de ses manches, d'où il semble tirer cette inspiration inattendue.

— Je n'en ai pas la moindre idée...

— Mais... vous...

«... savez pourtant le jouer...», aurait envie de dire le chef de gare. Il se retient. Il ne veut pas ruiner l'instant de grâce. Il faut dire que cet inconnu joue à merveille. Et que cet air est un bijou de délicatesse. Même s'il n'est pas mélomane, il savoure. Les deux hommes parleront plus tard. Quand le concertiste aura terminé. Ou que le vieillard s'écroulera. Après un si beau moment, ce serait une jolie fin, se dit le poinçonneur.

Mathilde conduit, rincée de fatigue. Elle n'a plus de force. Guère plus d'espoir. Les chances, déjà ténues, de retrouver Mariole s'amenuisent.

— Putain, mais Mariole, vous êtes où ?

À l'arrière, Chonchon couine. Un gémissement à lui déchirer le cœur. Mathilde repense à ces derniers jours. Tout ce qu'elle doit au vieil homme. Depuis le pont. Elle ne peut pas l'abandonner. Elle se colle des claques pour se réveiller et poursuit sa ronde sans fin. Quitte à en crever d'épuisement.

Les doigts crochus plaquent les derniers accords. De quel morceau ? Mariole n'en sait rien. Pourtant il s'est souvenu de chaque note. Mystère de ses trous de mémoire, beauté d'une épiphanie. Il tient toujours debout. Jusqu'à quand ? Le temps de trouver ces dernières réponses. Qui ? Pourquoi ? Il n'a même plus ses carnets pour lui rappeler le nom de Marino. Pourtant son flair de tueur le pousse à aller de l'avant. Enfin pour le moment il est rivé à son tabouret. Un treuil ne pourrait l'en décoller.

— C'est magnifique. Vous jouez rudement bien, dites donc.

Un gars en costume rouge essuie une larme. Il a l'air ému. Mariole sent un ruissellement le long de sa propre joue. Il se palpe une pommette. La larme collectée se mêle au sang qui a séché au bout de son index. Lui aussi semble ému.

Et blessé.

— Et vous ne vous souvenez plus du nom du morceau ?

— Non... Je ne me souviens plus de grand-chose. Voyez-vous, je souffre d'Alzheimer...

Le gentil chef de gare recolle les segments de l'énigme du joueur de piano venu de nulle part.

— Ça me dit un truc, mais j'arrive pas à mettre le doigt dessus...

Mariole lui adresse le sourire le plus triste du monde. Il se redresse avec peine en hochant de la tête, puis s'éloigne sans autre mot, provoquant une accélération synaptique chez l'employé des Chemins de fer.

— Attendez ! Je crois que j'ai trouvé ! Suivez-moi !

Le type en uniforme se précipite dans son local et se positionne derrière la vitre à son guichet. Il déverrouille son ordinateur, explore divers dossiers, navigue dans ses fichiers – des vidéos téléchargées en toute illégalité –, et double-clique.

— Michael Fassbender, quand il court dans New York. J'avais cette image en tête quand vous jouiez.

Mariole se place devant l'hygiaphone et a envie de lui rétorquer ce qu'il avait l'habitude de répéter à Mathilde : « Il arrive que je ne comprenne rien à ce que vous racontez... » Le chef de gare lui fait signe de le rejoindre derrière son écran.

— Les nuits sont longues ici, donc quand je m'ennuie, je regarde des films... Discrètement, hein. Je vous mets dans la confidence parce que vous m'avez l'air sympa.

Mariole le laisse soliloquer. Ce qui l'intéresse, c'est cette mélodie, là, qui sort des enceintes sur son bureau. Il la reconnaît pour l'avoir jouée à l'instant, sans savoir ni d'où ni pourquoi.

— Le nom du morceau ? Vous pouvez me le dire ?
— Euh... bah non, je le connais pas, moi.

Effondrement du visage de Mariole qui ne tenait qu'à un fil d'optimisme. Bien embêté, le chef de gare cogite, puis est foudroyé par un éclair de génie.

— Shazam !
— Plaît-il ?
— Attendez.

Il sort son smartphone, ouvre l'application Shazam, rejoue la séquence sur son ordinateur. Fassbender y court le long des rues de New York à grandes foulées de félin, un travelling de nuit d'une fluidité hypnotisante, à travers la ville qui ne dort jamais. Mariole est ébloui. Par cette scène de toute beauté, mais aussi et surtout par ce piano qui accompagne ces foulées en une parfaite harmonie.

— Prélude et fugue n° 10 en E mineur, BWV 855, Jean-Sébastien Bach, Glenn Gould.

Une réponse tombée du ciel, ou plutôt d'une application numérique au pouvoir magique. Tel un oracle, le chef de gare lui tend l'écran de son portable sur lequel s'est affichée la formule divinatoire. Bouche hagarde, Mariole halète, chamboulé par cette enfilade de numéros et de lettres qui lui évoque quelque chose. Il ne sait quoi en faire, mais il s'y agrippe comme un naufragé à une bouée.

— Vous voulez que je vous l'écrive sur un papier ?
— Ce serait fort généreux de votre part.

Le chef de gare note les références de la musique sur un Post-it rose fluo. Il se sent fier, comme s'il venait de sauver un enfant de la noyade. Il tend cet anodin bout de papier, preuve de son utilité dans ce bas monde qui manque trop souvent de sens. Ce soir, il en a trouvé un à sa présence dans cette gare où il s'ennuie comme un damné, nuit après nuit.

D'un acquiescement pudique, Mariole le remercie.

— Et... pouvez-vous me dire le titre de ce film?

Le cinéphile amateur prononce un mot que Mariole croit avoir entendu récemment:

— *Shame*.

Le titre résonne à son oreille sans qu'il ne puisse le remettre dans son contexte.

— C'est un super film. Vous devriez le...

Mais Mariole a déjà repris sa route, son précieux indice en main. Sa mélodie dans l'oreille, son parfum aux narines, il quitte la gare et s'en retourne dans la nuit.

Le chef de gare hésite à appeler police secours. À l'air déterminé de cet homme. Aussi, trop d'explications à fournir si on l'interroge quant à la présence de tous ces films téléchargés illégalement sur son disque dur...

Il pioche une pièce dans son porte-monnaie, se fait couler un café au distributeur en pestant contre la mesquinerie de ses supérieurs qui n'ont jamais daigné lui acheter une machine Nespresso, puis se campe derrière son ordinateur. Il relance l'extrait de la vidéo. Glenn Gould entame le *staccato* aérien de son piano, lorsqu'une jeune fille essoufflée aux cheveux colorés fait irruption dans la gare, accompagnée d'un cochon. Elle fait le tour de la salle d'attente de façon précipitée, semble chercher quelqu'un... Encore une droguée en manque qui a donné rendez-vous à son dealer ici.

Le chef l'invective dans son micro :

— Eh là, pas d'animal non tenu en laisse dans la gare. Encore moins un cochon.

Les yeux fous, la fille se précipite sur la vitre :

— Ah ! Est-ce que vous avez vu...

Le chef en a sa claque de ces punks à chien qu'il doit virer tous les soirs à coups de pied au cul, en mettant en danger sa sécurité. La police en sous-effectif ne prend plus la peine de les déloger et c'est à lui de s'en débarrasser. Alors il coupe court à tout argumentaire :

— Rien du tout. Vous sortez d'ici avec votre bête, ou j'appelle la police.

— Non, mais monsieur, s'il vous plaît...

— Vous l'aurez voulu, je téléphone aux flics.

Il attrape son combiné. Coup de bluff éhonté mais efficace, la punk multicolore tourne les talons de ses Converse et rembarque son cochon non sans gratifier au préalable le chef de gare d'un incisif « Connard ». Lui qui vient de faire preuve d'une charité irréprochable, il trouve ce jugement hâtif bien injuste.

— Toi, connasse.

Et double-clique sur le fichier « *Shame* ».

Les maraudeuses se rejoignent au mobile-home. Il est temps pour Mathilde d'accepter l'inacceptable :

— Il faut partir, dit Wendy.

— Abandonner Mariole ? Jamais.

Mathilde sanglote, impuissante. Wendy doit se montrer autoritaire, tout en empaquetant le nécessaire :

quelques fringues, un *King Kong Théorie* dédicacé, Subutex et ses croquettes.

— Si. Pour l'instant en tout cas. On peut pas rester ici, c'est trop dangereux.

Mathilde sait qu'elle a raison. Son cœur se fend en deux. Vidée de son énergie, elle se lève et regroupe les seules affaires qui comptent, celles de Mariole. Sa mallette, ses armes, les indices de son enquête sur Marino. Avec des gestes d'automate, les paupières mi-closes, elle n'en peut plus, dormir, son corps l'en supplie, sa pensée, elle, s'accroche à une chimère, retrouver son vieux compagnon. S'il devait mourir ce soir, elle voudrait être à ses côtés. Ne pas le laisser agoniser seul.

Toujours aussi agitée, Chonchon traîne dans ses pattes et la fait trébucher. Mathilde en lâche le dossier « Marino » qui se répand sur le lino.

— Chonchon, fais gaffe, merde !

Une colère destinée à elle-même. Heurtée, la truie couine.

— Pardon, Chonchon, je voulais pas, je…

Mathilde craque. Elle plaque sa main sur son front, masque ses yeux, les larmes ne cessent pas, les râles ne sortent plus, mais la tristesse est bien là.

— Mathilde, il faut qu'on se taille. Laisse ces doss…
— Jamais !

Un cri sans appel. Plutôt que de rétorquer, Wendy l'aide à rassembler les éléments éparpillés. Ça ira plus vite.

Chonchon fouine dans les indices, comme si elle y reniflait une piste. Ou l'odeur de son maître, ce qui paraît plus plausible. La patience essorée, Mathilde cherche gentiment à la faire bouger.

— Chonchon, pousse-toi de là, s'il te plaît.

Mais la truie ne bronche pas. Son pied bloque la photo floue. La fameuse. Mathilde tente de la dégager. La truie ne veut rien savoir.

— Chonchon, vraiment, c'est pas le moment, c'est...

Sa voix marque une pause. Ses yeux rouges de pleurs s'écarquillent. Morve au nez, elle se penche sur le cliché ainsi placé à l'envers. Un détail qu'elle n'avait jamais vu la happe. Le reflet dans le miroir d'un bout de trottoir, à travers une fenêtre hors cadre. Elle s'empare de son verre de whisky, le vide d'une goulée et le plaque sur l'indice. Effet loupe, le détail grossit. Dans le miroir derrière la victime, un écriteau qui ressemble à un bout de pancarte, ou une signalisation, inversé par le reflet.

— Mathilde, qu'est-ce que tu f...

— Chut!

Mathilde tire le fil de cette nouvelle piste, comme une corde en tension qui la relierait encore à Mariole. Avec son portable, elle zoome sur sa trouvaille, la prend en photo, enclenche la fonction «baguette magique» du logiciel, en améliore la définition, puis la floppe pour la lire dans le bon sens de lecture. Il s'agit bien d'un bout d'enseigne. À peine défini. Sur laquelle est écrit : *Eckmühl.*

— Eckmühl... Eckmühl...

Fébrile, Mathilde tape le nom sur Google, et en oublie de respirer.

— Quoi ? C'est quoi, Eckmühl ? demande Wendy, inquiète du comportement lunatique de son amie.

— Un phare... La forme derrière la fenêtre, c'était pas le clocher d'une église... c'était un phare !

Mathilde lance Google Street View. Le logiciel localise ledit phare. Elle oriente la caméra virtuelle à trois cent soixante degrés dans le panorama apparu et, devant ses yeux ébahis, découvre dans la rue adjacente la maison dont elle connaît tous les pourtours pour les avoir modélisés. Elle se précipite, fouille dans les papiers dispersés au sol et y repêche l'impression 3D. Elle la superpose à l'image qui scintille sur son ordinateur.

Wendy observe ce qu'il se passe par-dessus son épaule :

— C'est la même.

Mathilde lit l'adresse :

— Pointe Saint-Pierre, à Penmarc'h... J'ai trouvé... Wendy, j'ai retrouvé Marino !

— Et tu comptes faire quoi ?

Mathilde lorgne l'arsenal dans la mallette.

— Tu déconnes ?

— Je lui dois bien ça.

— Non, Mathilde. Oui, tu lui dois des choses, mais pas *ça* !

Elle s'était promis de ne pas verser le sang, ça valait pour son cas à elle. Dans celui de Mariole, c'est une autre histoire.

— Si.

Wendy sent la connerie pointer à grands pas, se signe en proférant une prière, quand le téléphone se met à sonner et les fait toutes deux sursauter. Piège des associés d'Otto ? Canular ? Wendy hésite, puis décroche. Après tout, qu'est-ce qu'elle a à perdre, si ce n'est la vie ?

Elle susurre d'une voix presque fautive :
— Allô ?
Quand elle parvient à resituer la voix au bout du fil et à comprendre le message qu'elle lui transmet, la croyante ne peut réprimer un :
— Jésus, Marie, Joseph...

La Dauphine pile devant l'église. Sainte-Madeleine, de son appellation. Il ne s'agit en rien d'un hasard, cette fois. Si Mathilde et Mariole se sont rendus à Grèges, c'était à destination de cette église spécifique. La première d'une liste non exhaustive.

Chonchon grouine. Absolument intenable, elle ne cesse de gesticuler sur la banquette arrière. Mathilde ne parvient plus à la maîtriser. D'ordinaire si douce, la truie domestique en vient à lui montrer les crocs. Mathilde partage son anxiété mais doit la contraindre à rester dans la voiture. Les animaux ne sont pas les bienvenus dans la maison du Seigneur. Le Saint-Esprit a beau prôner la tolérance, il se montre parfois bien pointilleux quant à la nature de ceux qu'il accepte dans son enceinte.

Un homme en robe de bure les attend sur le parvis. Le curé. Wendy s'éjecte la première de la Dauphine suivie d'une Mathilde décomposée. Toutes deux courent à sa rencontre.

— Bonsoir, père Bernardin, chuchote Wendy. Il est tard et la situation inhabituelle.

— Bonsoir, Madeleine.

Mathilde tique. Déstabilisante impression que d'entendre quelqu'un appeler Wendy par son véritable prénom. Madeleine, sur le parvis d'une église, s'avère effectivement plus approprié que son pseudonyme d'actrice porno. Le curé connaît-il sa double vie ? Elle a dû la lui confesser. Si tel est le cas, le saint homme ne lui en a pas tenu grief. À moins qu'il ne s'agisse d'un pervers. Avec la grille d'analyse de Mathilde, la frontière est souvent ténue.

— Il est là ? demande Wendy.

— Oui, devant l'autel.

L'homme de Dieu leur ouvre la voie. Les filles aux mœurs ambiguës lui emboîtent le pas. Le curé actionne le battant de la lourde porte en bois, dont le grincement des gonds perturbe la quiétude des lieux. Face à l'estrade de l'autel, éclairé par la lumière vacillante de quelques cierges moribonds, Mariole est agenouillé, front contre le prie-Dieu. Dans une posture de prière. Ou de mort, ce n'est pas bien clair, pense Mathilde, de plus en plus inquiète.

Le vieillard déboussolé est parvenu à regagner la route de l'église. Comment ? Seul élément encore perceptible, leur raison d'être ici, la trace de lady Madeleine... Flair de professionnel toujours aiguisé, énergie du désespoir, le vieux trappeur de souvenirs recèle encore en lui des ressources insoupçonnées.

— Je l'ai découvert là, il y a une demi-heure, explique le père Bernardin. Je venais m'adonner à ma prière de l'aube. Je l'ai trouvé bien mal en point. Miséreuse brebis égarée. J'ai voulu m'enquérir de sa santé, et...

Le curé laisse planer des points de suspension qui insinuent le pire. Mathilde n'ose verbaliser ses craintes, mais se doit d'affronter la réalité, si effroyable soit-elle :

— Il est?...

Le curé acquiesce, les traits noués. Mathilde chancelle, ses jambes flageolent. «Non, pas Mariole...» Au bord de l'évanouissement, elle prend appui sur le bénitier. Et le père Bernardin de confirmer sa pire présomption :

— ... armé, oui.

Mathilde lève un sourcil circonflexe. Il se fout de sa gueule, le curé, ou il est juste un peu con?

— À mon annonce, il a tiré un revolver de sa botte et m'en a menacé.

Pauvre père Bernardin, s'il savait comme il a été proche de recevoir l'extrême-onction...

— Il ne voulait rien entendre, poursuit le père désemparé. Impossible de lui faire recouvrer la raison. Alors, j'ai appelé Madeleine, qui a l'habitude de recueillir des sans-logis et désœuvrés au sein de notre centre d'hébergement.

— Et la police? s'enquiert Mathilde, en priant que le curé soit du côté des miséricordieux.

— La seule autorité à laquelle je réponds est celle du Seigneur, répond l'homme de Dieu, qui ne voit aucune équivoque à sa justification alambiquée.

Wendy éclaire Mathilde quant à leur relation :

— Père Bernardin et moi sommes très proches. Comme il t'expliquait, je fais partie des bénévoles de l'église. Nous accueillons les sans-abri, les migrants, les gens dans le besoin. On les accompagne dans leur prise en charge par les services sociaux, et je vais te dire, y a du boulot.

Le père Bernardin lui tapote la main avec une authentique affection paternelle.

— Cette église a le privilège de compter Madeleine parmi ses âmes charitables. D'ailleurs, je ne sais pas si vous avez noté cette coïncidence pour le moins cocasse : notre très précieuse ouaille partage avec ce lieu sacré le même nom.

— J'avais remarqué, oui…, répond Mathilde, d'un ton évasif.

Les yeux pétillants de larmes, elle met fin à des explications futiles et bien moins pressantes que ses retrouvailles avec l'homme de sa vie. Celui qui la lui a sauvée à de multiples reprises, et à qui elle compte bien le rendre au centuple. L'endroit se prête à ce type de promesses et à l'espoir.

Mathilde s'avance à pas feutrés, la commissure de ses lèvres tendue dans un sourire qui en devient douloureux. Elle l'a retrouvé, il est en vie, c'est tout ce qui compte.

Le vieil homme recroquevillé sur cet austère prie-Dieu n'amorce aucun mouvement à son approche. Le front écrasé sur le bois patiné, les mains jointes en ce qui pourrait s'apparenter à une prière, si ce n'est que, calé entre ses deux paumes, se trouve un S&W Bodyguard 38 encore chargé.

Mathilde s'incline au-dessus de la silhouette spectrale. Sa fébrilité la fait vaciller, l'afflux d'émotion trembler ses lèvres et palpiter son cœur. Elle le trouve beau. À sa manière. Cet homme, même dans un état aussi délabré, dégage une majesté qui suscite encore son admiration. L'aura que l'on perçoit devant un aïeul qui, malgré sa peau flétrie et sa camptocormie, s'échine à garder une classe intemporelle. De ceux qui ont traversé une vie entière, mille obstacles, autant de déceptions, et quelques rémissions, mais qui sont toujours là. Superbes, malgré tout. Hors d'âge. Comme une fleur fanée qui resplendit encore de ses couleurs autrefois vives, et qui n'a rien perdu de son parfum. D'ailleurs, en s'y penchant de plus près, Mathilde hume une brise de *Cuir de Russie*. Mariole s'en est-il aspergé ? Ou bien le flacon s'est-il brisé sur lui ? Qu'importe, cette fragrance et le vieil homme ne font plus qu'un.

Mathilde n'ose le réveiller, de peur qu'il ne se désagrège, telle une statue de sable. Elle l'observe de plus près. Sa bouche entrouverte sous sa moustache frémit. Il respire. À moins que... Mathilde se rapproche tout près de lui. Son impression se confirme. Oui, Mariole prie. Dans un souffle à peine perceptible, des phrases incompréhensibles... Un délire ? La fièvre, se dit-elle. Certainement pas une extase. Des mots hachés lui parviennent en volutes distendues : « Pardon... Ma faute... Gâchis... Le retrouver... Me racheter... Le tuer... » Un rébus décousu mais une idée fixe.

Venue lui apporter une réponse à ses prières, l'ange céleste dépose sa mallette sur le prie-Dieu voisin. Le dossier « Marino ». Elle enveloppe ensuite son aile autour de son épaule. Ne pas l'effrayer, ne pas lui faire mal...

— Mariole ?... Mariole, c'est moi. Mathilde.

Le vieil homme décolle ses paupières sur lesquelles pèsent des tonnes de remords. Malgré le peu de lumière, il est ébloui. Il balbutie :

— Mathilde ?

— Oui. Mathilde. Je vais tout vous expliquer.

Elle s'agenouille à ses côtés, dans la même position

de prière que lui, love sa main dans la sienne et murmure à son oreille. Des informations pour retisser leurs liens : leur rencontre, sa mission, son errance, et là, maintenant, leurs retrouvailles.

Mathilde se dit qu'il serait plus urgent de le conduire à l'hôpital, mais elle préfère lui prodiguer une autre forme de soulagement. Une courte rémission avant l'inévitable grand saut final.

Elle glisse une photo entre ses doigts et son Bodyguard. La photo floue de l'otage.

— Ça y est, Mariole. Je l'ai retrouvée… La maison de Marino, je l'ai retrouvée !

Le vieil assassin scrute l'apparition angélique à travers la brume de sa confusion. Est-elle la vérité ou la tentation ? À moins que ce ne soit le fruit de son imagination.

— Dans le reflet de la photo, là, il y a une pancarte. On la devine à peine. Elle porte le nom d'*Eckmühl*. On cherchait un clocher, mais on s'est trompés, Mariole. C'était un phare.

Elle démarre Google Maps sur son portable :

— Ce phare se situe sur la pointe Saint-Pierre, à Penmarc'h, dans le Finistère. Et la maison où Marino a séquestré lady Madeleine se trouve juste en face.

Elle déplie sur le prie-Dieu l'impression du bâtiment en 3D. La pupille du vieil assassin s'éclaire d'une étincelle chétive mais encore vivace. Celle de la dernière chance.

— Marino ?…

— Oui, Marino, Mariole. Vous vous souvenez ?

L'heure de la punition divine a sonné. Il n'y aura pas d'absolution. Cette vendetta n'est pas bien catholique,

Mathilde le sait, mais ce qui la préoccupe le plus, c'est que Mariole obtienne enfin la paix intérieure. Si pour cela, il faut tuer l'homme qui a assassiné la femme de sa vie, qui les jugerait? Mathilde relève les yeux sur le Christ en croix qui les domine. Une pointe de culpabilité la ronge, relent d'éducation chrétienne mal digérée, la rebelle balaie sa mauvaise conscience d'un précepte qu'on lui a inculqué au catéchisme: «Qu'on lui jette la première pierre.»

Mariole enrobe Mathilde de toute sa tendresse, comme s'il venait de retrouver son enfant après avoir cru qu'il l'avait définitivement perdue.

— Oui, je me souviens... Vous êtes Mathilde.

Elle éclate d'une joie grelottante de sanglots.

— Oui... je suis Mathilde.

Mariole bénit sa présence dans une expiration fatiguée.

— Je suis... très heureux de vous revoir... Mathilde.

— Moi aussi, Mariole... Moi aussi...

Elle le serre dans ses bras. Elle ne veut plus le perdre. Jamais. Elle l'enlace pour qu'il ne la quitte plus. Qu'il continue à vivre. Un vœu pieux, irréalisable, mais on est dans une église après tout. Elle a le droit de croire aux miracles.

Elle essuie son nez humide du revers de sa manche.

— Et vous savez quoi? À Penmarc'h, il y a bien une chapelle. Et elle s'appelle Madeleine.

Mariole lâche un soupir de tension trop longtemps retenue. Il enroule ses bras sans vigueur autour de son cou. Entre embrassade et réflexe de survie. Il repose sa tête sur l'épaule de son ange et lui murmure:

— Merci... Mathilde...

Puis referme les paupières, terrassé de fatigue.

Derrière eux, une galopade résonne sur les pavés de l'allée, précédée par des grouinements familiers. Wendy a sollicité une dérogation spéciale auprès du père Bernardin qui a su se montrer clément, au vu des circonstances exceptionnelles, et tolère au sein de son lieu de culte la présence de cet animal, si celle-ci s'avère bienfaitrice. Ce que lui a promis sa plus fidèle paroissienne.

Chonchon se jette de tout son gras sur les genoux de son maître et le submerge de réconfort. Dans le regard de la truie, Mathilde peut lire une empathie qui la désarçonne toujours autant venant d'un animal que l'homme civilisé élève en batterie.

Yeux mi-clos, Mariole accueille le déversement d'affection. Dieu qu'il l'aime, sa Chonchon.

En retrait sous le grand orgue, père Bernardin et sœur Wendy Love contemplent cette drôle de peinture christique, entre adoration et circonspection.

Mathilde se prend à remercier le Ciel et découvre la statue de la Vierge qui veille sur eux du haut de son piédestal. Étrange sensation d'avoir été touchée par la grâce, sachant qu'elle n'est pas croyante. Le peu de foi qu'elle avait a été bafoué dans les draps de Boris, avant d'être définitivement broyé dans la station du pompiste. Pourtant Mathilde pleure de béatitude. Est-ce l'espoir retrouvé ? Ou bien la magie de Noël ? Une crèche joliment dressée atteste qu'ils se rapprochent de la date de célébration. À moins qu'elle ne soit déjà passée ? Mathilde a perdu toute notion du calendrier, tout comme son associé amnésique. Qu'importe que le divin enfant soit né ou le Christ pas encore ressuscité, ils ont retrouvé Marino.

Et cette fois, ils vont le buter.

Mariole est dans un sale état. En plus d'Alzheimer et de démence, il souffre de multiples contusions et blessures. Et sa carapace en cache d'autres, de celles qu'on ne peut déceler à l'IRM. Quelque part dans le cœur. Mais Mathilde n'est pas médecin. Comment diagnostiquer les dégâts provoqués par les remords ?

— J'en ai vu d'autres, lui dit-il pour la rassurer.

Le vieux roublard est dur à la douleur. Il garrotte tout débordement sentimental, ne veut pas verser dans le lacrymal. Il tient à un fil au-dessus du ravin, il le sait. Mais avant de rendre les armes, il a cette dernière action à conclure.

— Rien ne pourra m'en empêcher... Pas même la Grande Faucheuse...

De belles paroles que tout ça. Son pire ennemi, aujourd'hui, c'est le temps. Son stock s'amenuise, les heures s'écoulent dangereusement, impossible de freiner l'hémorragie.

— Mariole, vous êtes sûr que vous ne voulez pas qu'on passe par l'hôpital d'abord ?

L'éternel plaisantin dédramatise d'un :

— J'ai rendez-vous avec une vieille connaissance... Je ne voudrais pas être en retard...

En rechargeant ses flingues.

Heureux d'avoir récupéré sa mallette rapportée par sa complice, Mariole glisse ses deux Beretta dans ses holsters. Paré pour Penmarc'h. Sans escale et sans retour.

Mathilde et Wendy se disent adieu. Leurs routes se séparent ici. Chacune sa bataille, celle de Wendy est finie. En débute une nouvelle, celle de Madeleine. Dorénavant, elle ne répondrait plus qu'à cette appellation, son nom de baptême. Madeleine ne dénigre pas Wendy Love. Elle connaît les aléas qui l'ont entraînée dans les méandres avec son alter ego. Choisir est le luxe des élites. Quand on n'a rien ou que le sort s'acharne à vous écraser la tronche dans la boue, on s'accrocherait à n'importe quoi pour s'en sortir. Et si la corde tendue ressemble à du barbelé rouillé, on ne pense pas au tétanos, on s'y agrippe en serrant les dents. Un mal à la fois, on désinfectera plus tard.

Wendy n'a jamais perdu la foi, elle avait juste perdu la trace d'elle-même. Maintenant qu'elle l'a retrouvée, elle suivra ce nouveau chemin, celui de Madeleine. Il ne sera pas sans embûches, mais ce sera le sien. Pas celui d'une sainte, celui d'une rescapée.

— Qu'est-ce que tu comptes faire ? lui demande Mathilde.

Madeleine réfléchit. Qu'importe ce que la suite lui réserve, elle s'en est sortie, elle est sereine. Quant aux associés d'Otto, avec une nouvelle identité, peut-être parviendra-t-elle à leur échapper ? Sinon elle compte sur la protection divine, ou sur celle de ses copines, les Vigilantes. Quoi qu'il advienne, elle en a marre de se cacher. Des autres et puis d'elle-même.

— Ça va aller, ne t'en fais pas pour moi.

Mathilde respecte sa pudeur et la serre dans ses bras.

— Merci, Madeleine.

— Merci à toi, Mathilde.

Les adieux prononcés, non sans quelques larmes et promesses illusoires d'un jour se revoir, chacune se dirige vers sa voiture. Le cœur gorgé d'émotions contradictoires, les sœurs de sang enclenchent le contact, la gorge serrée à la perspective de ce qui les attend, fières de ce qu'elles ont accompli ensemble.

Mariole pionce déjà sur la banquette arrière de la Dauphine. Il reprend des forces. Ou alors il est mort. Une seconde, la pensée effleure Mathilde. Puis elle secoue la tête en décidant que la vie ne saurait être aussi cruelle, et actionne le starter.

Sept heures plus tard, ils foncent sur la route du Finistère, prêts à en découdre. Ou plus précisément à foutre le feu aux poudres.

Penmarc'h 10, annonce un panneau. Mathilde a conduit toute la nuit, Mariole a dormi dans le giron de Chonchon, sur la banquette dure comme du bois. La conductrice a gardé un œil sur son passager, à traquer son souffle et à s'interroger sur le déroulement de l'assaut. La fatigue aidant, elle a visualisé un carnage au ralenti, des coups de feu de partout, des gerbes de sang et des hurlements. Un truc épique à la John Woo. Elle adorait ses films, ado. Elle savait que la réalité serait tout autre. L'expédition punitive se jouerait en un battement de cils, un ou deux tirs de revolver, et basta, c'en serait fini. De cette affaire, de cette mission, de leur union, de cette cavale insensée, de ce grand n'importe quoi…

Et après? Elle n'en a aucune idée. Pour l'instant, la projection de sa vie s'arrête au bout de cette aube, à l'horizon de la pointe Saint-Pierre.

À l'approche du phare, Mathilde se met à rouler au pas. Mariole s'est redressé et dégaine déjà ses Beretta. Il reprend contenance et une goulée de sa fiole de whisky. Le petit déjeuner des champions. Aussi le meilleur remède pour un mort en sursis.

— Nous y sommes…
— Vous reconnaissez cet endroit?
— Non, mais je le sens… dans mes tripes.

Mariole fourrage dans sa mallette, glisse trois grenades dans sa veste, un poing américain dans sa poche, strappe son couteau de chasse dans sa gaine autour de son mollet, son Bodyguard de retour dans sa botte. S'il pouvait se sangler un bazooka dans le dos, il le ferait. Un vieillard sanguinaire plus armé qu'un convoi militaire. À croire qu'il ne se prépare pas à abattre un homme, mais à assiéger une forteresse. Le mieux est l'ennemi du bien, paraît-il. Dans son cas, la théorie pourrait s'avérer explosive. Mais bon, c'est un assassin professionnel, se convainc Mathilde, il sait ce qu'il fait.

La conductrice effectue un tour du pâté de maisons. Repérer les lieux. Mariole, le plan 3D en main, confirme sa conviction:

— C'est bien la tanière de ce fils de chien.

Il arme celui de son Beretta.

Mathilde se gare deux rues plus loin. Ne pas attirer l'attention. Un frisson lui parcourt l'échine. Mariole vérifie pour la quinzième fois l'impressionnant arsenal dont il s'est suréquipé. Peut-être un peu trop prévoyant. Du genre ceinture-bretelles de dynamite. Mathilde n'est pas spécialiste mais elle craint la surenchère.

— Vous êtes sûr que vous avez besoin de tout ça ?
— Ce salopard ne doit pas en réchapper.
— Mais vous avez de quoi faire sauter tout le quartier, là.
— Ne vous en faites pas... Je maîtrise parfaitement la situation...

Il hyperventile. Rush d'adrénaline ou dernier souffle ? Mariole rengaine ses deux Beretta dans leurs holsters. Malgré l'issue potentiellement mortelle de cette fusillade – pour elle comme pour les autres –, Mathilde a fait le choix de ne pas s'armer. Elle n'a aucune envie de tuer un homme. Même s'il s'agit d'un meurtrier. Elle n'est là que pour accompagner son ami assassin. Lui fera ça très bien.

Enfin, elle l'espère.

Drôle de souhait, se dit-elle en ouvrant sa portière. Mais tout dans sa vie a pris une drôle de tournure, depuis qu'elle a rencontré Mariole. Un inconnu qu'elle aime plus que son propre père. Drôle de comparaison, encore, puisqu'elle déteste son paternel.

Les deux criminels se déplacent à pas de chat dans ce quartier résidentiel, suivis par les clapotis joyeux de leur truie sympathique. Mariole n'a pas pris la précaution de masquer son visage. Il tient à ce que sa cible le reconnaisse, avant de lui transpercer le crâne au 9 mm.

Mathilde ose s'interposer dans la tactique de l'assassin décrépit :

— On est très à découvert, là, non ?

— Ne vous en faites pas, mon enfant... Ce scélérat ne s'attend pas à notre intrusion... Aucune chance qu'il soit sur ses gardes... Nous avons toute la latitude d'agir... à ciel ouvert...

Mariole a beau afficher une assurance forcée, il souffle comme une chambre à air percée. Il claudique à pas réduits mais précipités, tel un marathonien blessé qui chercherait à garder son avance. Un athlète en bout de course, qui ne voudrait pas s'avouer vaincu, alors qu'il n'y a plus d'espoir.

Mathilde efface cette image de sa tête. Cet acharné ne peut pas s'être débattu contre cette satanée maladie et déclarer forfait maintenant. Frisson de dernière minute devant un combat perdu d'avance, Mathilde y croit. Et puis qui a dit que ce combat était perdu d'avance ? Armé comme il l'est, Mariole pourrait ressortir victorieux. Au pire, il utilisera ses explosifs et emportera Marino et la moitié du quartier avec lui. Avec Mathilde en prime, il ne faut pas se leurrer, craint l'intéressée. Mais si c'est le prix à payer...

Les secondes qui suivent se déroulent effectivement comme dans un film de John Woo. Du moins, c'est la perception qu'elle en a. Mariole semble soudain se mouvoir au ralenti. Le vent alizé souffle dans les replis de sa veste et fait apparaître, sous ces vagues de soie, ses deux holsters. D'un mouvement fluide, presque aérien, le killer octogénaire empoigne ses deux revolvers et les braque en direction de la chaumière bretonne.

Symbole de paix brisée, une nuée de mouettes, en guise de colombes, s'envolent devant eux. Mariole affiche une expression déterminée, un regard de tueur.

Mathilde se croirait dans un film d'action. Pourtant il s'agit bien de la vraie vie. Et un homme s'apprête à mourir. L'ombre d'un instant, elle éprouve un doute : et s'ils avaient tort ?

Impossible d'évoquer sa brusque incertitude : le tueur est lancé, tel un char d'assaut sans freins. Plus rien ne pourra l'arrêter, si ce n'est la mort.

Mathilde cesse de respirer et invoque des instances supérieures, auxquelles elle a envie de croire, une fois n'est pas coutume : « Pitié, protégez-nous. »

Contre toute attente, Mariole ne défonce pas la porte à coups d'épaule, pour mieux dégommer tout ce qui bouge à l'intérieur de ce repaire de malfrats, dans une chorégraphie stylisée, façon carnage héroïque. Non, il appuie sur la sonnette. Mathilde n'en revient pas. Décidément, elle a bouffé trop de films hongkongais.

— Mais il va...

— Nous voir ?... J'y compte bien, dit Mariole d'une fermeté impressionnante pour un mourant. Je veux qu'il comprenne ce qui le frappe...

Des pas derrière la porte. Mariole écarte les jambes, fléchit les genoux, s'ancre dans le sol, un revolver dans chaque main, en position d'assaut. Mathilde, elle, s'est immobilisée en position plante verte, yeux grands écarquillés et bouche ouverte. Elle ne sert à rien, si ce n'est à faire une cible idéale. Et cette pensée insidieuse qui lui titille la conscience : « Mais qu'est-ce que je fous là ? »

Les pas se rapprochent. Quelqu'un appuie sur la

poignée. Mariole enroule ses doigts sur ses deux gâchettes. Un homme ouvre. Soixante-dix ans grisonnants, une balafre qui lui entaille le visage, il a les traits rugueux, le regard pas avenant, des avant-bras comme des obus, un cou large à travers lequel pulse une jugulaire proéminente, et une oreille à moitié mâchouillée. Une parfaite tête d'assassin. Qui essuie ses mains graisseuses, grosses comme des pelleteuses, dans un chiffon sale.

Mathilde déglutit. Mariole déclame :

— Tu as pris la femme que j'aimais, Marino, et tu vas payer.

L'homme plisse les yeux. Apparemment il est bigleux. Il tire ses lunettes de la poche de sa salopette et les cale sur son nez, puis détaille le charlot derrière ses triple foyers.

— Je vous demande pardon, parlez plus fort, j'ai des problèmes d'audition.

Mathilde roule des yeux. C'est *Le Bon, la Brute et le Troisième Âge*.

Mariole prend une ample inspiration et prononce sa sentence, entre ses mâchoires serrées :

— Je vais te saigner, Marino.

L'homme aux mains sales n'est pas certain de bien comprendre ce à quoi il assiste. Une compagnie de théâtre venue faire la promotion de son spectacle ? Des policiers en civil venus vendre leurs calendriers ? Il raye l'option Halloween, c'était il y a deux mois. Aujourd'hui c'est Noël, la famille ne va pas tarder à débarquer, il a une chaudière à réparer et pas que ça à foutre, alors il passe le relais et retourne dans la cuisine, laissant un grand vide sur le perron et un Mariole déconfit.

— Marion, y a quelqu'un pour toi.

Mathilde se fige. « Marion ? »

Apparaît dans l'encadrement de la porte, une femme recroquevillée sur ses quatre-vingts années. Elle dégage une prestance encore superbe, une classe magnétique, malgré les marques sournoises de la vieillesse, qui ne se montre jamais clémente. Derrière ses longs cheveux bouclés d'une couleur argent resplendissante, brillent de magnifiques yeux bleus qui changent d'expression en voyant Mariole. Son sourire de bienvenue fait place à une stupeur mâtinée de mélancolie.

— Augustin ?

Carambolages de synapses. Accélération cardiaque. Éblouissement de la rétine. La silhouette de Marion se dessine. Et derrière elle, une myriade de souvenirs. Mariole souffle, la voix enrouée de regrets :

— Marion...

Le temps s'est arrêté. Pour lui comme pour elle. Mariole et Marion se regardent. Sans réaliser. Ils ne peuvent pas y croire. N'y arrivent pas. Ils sont là. L'un face à l'autre. Un surgissement du passé. Une présence bien réelle. Si souvent espérée. Palpable. Si palpable qu'ils pourraient se prendre dans les bras. Se serrer l'un contre l'autre. Mais ils n'osent pas.

« Marion... »

Leurs yeux s'humidifient. Aucun son ne sort. Mariole, bouche bée, voudrait dire quelque chose. Son souffle se hache. Aucun mot ne vient. Son cœur s'accélère. Il se sent revivre. Ancré dans le présent. À la vue de ces yeux bleus. Dans lesquels il s'est perdu si souvent. Qui l'ont rendu si heureux. Les yeux de Marion. La femme qu'il a tant aimée.

Et qu'il a fini par oublier.

« Marion... »

Dans les yeux chatoyants de cette femme qu'il reconnaît, malgré les marques du temps, Mariole relie les points disséminés de sa vie.

« Mon amour... »

Il fait un pas sur le porche. En silence. Il s'approche de celle qu'il n'a pas touchée depuis quarante ans. Il lève sa main osseuse. Voudrait lui caresser le visage. Marion est pétrifiée. Ses lèvres tremblent. Elle décortique les traits de cet homme, asséchés par l'âge, creusés par les années. Cet inconnu qu'elle reconnaît, elle aussi. Qu'elle pensait ne plus jamais revoir. Bien qu'elle en ait rêvé souvent. Si souvent. Depuis leur séparation... Marion penche le visage. Inconsciemment. Pour accueillir cette caresse. Qu'elle a attendue si longtemps.

Mathilde assiste à ce ballet ébauché, à ces élans pudiques. À peine perceptibles. D'amants retrouvés. Un sourire se dessine au coin de sa bouche qui n'inspire plus. Depuis l'ouverture de la porte.

« Mon amour... Comme tu m'as manqué... »

Toujours muet, Mariole s'accroche à l'urgence de cette clairvoyance. Il ne sait pas combien de temps sa rémission va durer. Il lui faut battre le temps. Rattraper ses erreurs. Il est venu pour ça. Lui ouvrir son cœur :

— Marion, je suis venu te dire...

Sa paupière tressaute, une microseconde. Son cœur rate un battement, puis un autre...

— ... pardon.

Et il s'écroule de tout son long sur le perron.

Marion et Mathilde hurlent, en canon, son nom qu'il a multiple :

— Mariole !

— Augustin !

Marion s'agenouille à son chevet. Elle pleure.

— Augustin…

Mathilde reste en retrait. Si tout en elle la presse de se précipiter auprès de son ami, qui est-elle pour s'immiscer entre les deux amants ?

Mariole halète. Il a du mal à respirer. Ses yeux happés par ceux de Marion. Il ne retrouve pas son souffle. Cependant il ressent une sensation chaude. Dans son ventre.

On dit qu'au moment de mourir, la vie défile devant les yeux. En un battement de cils. Et c'est ce qui arrive à Mariole. À l'apparition de Marion. Tout lui revient. La réponse à toutes ses questions.

En un flash de lucidité.

Marion...
C'est toi...
Des bouts de toi...
Dans l'enveloppe kraft...
Marion...
C'est le soir. Nous sommes tous deux éméchés. Nous nous prenons à rêver. Toi, dans mes bras.
— Et si on construisait notre maison ? À nous. Loin de tout...
Je te prends au mot.
— Un petit cocon juste pour nous ? Douce idée.
Moi qui passe ma vie à traquer et être traqué. Un endroit isolé où me poser. Reprendre des forces. Aimer. Et peut-être, pourquoi pas, tout plaquer ?
— Pour toi, je le ferai.
Je dessine la maison idéale. J'embauche un architecte. Un endroit idyllique. Où nous pourrons vivre. À la mer ou à la campagne. Avec une place pour la tondeuse, le barbecue, les outils de jardin. Mais aussi les flingues, les doubles fonds, les trappes cachées. Pour les grenades, dynamite et autres explosifs. Cette tanière, c'est la mienne. Mon cadeau pour toi.
Comment ai-je pu oublier ?

Dans les larmes de Marion, penchée au-dessus de lui, alors qu'il est allongé sur son perron à Penmarc'h, et qu'il tente de reprendre son souffle, en vain, Mariole relit leur histoire, leur amour, leur rupture, le gâchis.

L'incommensurable gâchis.

Marion crie :

— Augustin !

Marion.

L'enveloppe est maigre. J'y glisse l'intégralité de mes souvenirs de toi. En vrac. Une vie à deux. Qui tient entre deux morceaux de papier A4.

Comment ai-je pu oublier ?

Les plans d'architecture de la maison. Celle sur le perron de laquelle je me tiens à Penmarc'h. En ce moment même. La planque de Marino. Je croyais. Bougre de con.

Comment ai-je pu oublier ?

Moi, assis sur un lit. À l'Ehpad. Je végète. Un légume.

Comment ai-je pu à ce point tout oublier ?

Toi, assise sur le lit. Sur notre lit. Un cliché. En arrière-plan, la silhouette du photographe se reflète dans le verre du cadre accroché au mur. Ma silhouette.

— Ce type est un professionnel, je suis catégorique.

Un parterre d'indices. Une photo floue. J'identifie la silhouette. Celle du tueur. J'analyse la posture, l'attitude, les frusques. Marino. J'en suis convaincu.

Je prends cette photo. L'unique de toi. La dernière. En souvenir de notre histoire. Je n'en ai jamais pris aucune avant ça. Pour te protéger. Je n'en transporte pas dans mon portefeuille. Je n'en cache pas chez moi. Trop risqué. Des gens malintentionnés pourraient remonter ma piste. Atteindre le tueur via la femme de son cœur.

— *Chantage classique dans ce milieu de malfrats.*

Je suis extra-vigilant. Que rien ne puisse me lier à toi. Je ne réussis que trop bien.

— *Même notre relation ne nous lie plus, Augustin.*

Je m'autorise cette photo. Unique. Nous nous séparons. La fébrilité due à la rupture n'aide pas. Je foire la mise au point. Je conserve ce cliché raté. Parce que c'est le seule que j'ai de toi. Une photo floue. Pour témoignage de ce qu'a été notre histoire d'amour.

— *Ratée, elle aussi.*

Je remplis l'enveloppe kraft. Je m'adresse un message. À moi-même. Pour plus tard. Si rémission il y a. Ou soubresaut de conscience. Sait-on jamais. J'y crois. Je me donne une chance. Je collecte les reliquats qui pourraient encore me mener à toi. En sécurité dans ma planque. Je les conserve.

Tout ce qu'il me reste de toi. À l'intérieur d'une enveloppe. Dans mon local. Je le fais dans l'urgence. Pressé par la démence. Qui commence à me grignoter le cerveau. J'écris Marino. Je commence à perdre la boule. Ma dyslexie jamais traitée n'aide pas. J'inverse le O et le N. Je sème la confusion pour moi-même. Je ne me relis pas.

Avant de sombrer dans l'abîme.

— Augustin !

Beaucoup d'émotions pour une dame de son âge qui ne s'attendait plus à voir surgir, sur le pas de sa porte, son amour d'antan. Marion le perd une deuxième fois. La douleur est encore aussi vive. Sa peine n'était pas cicatrisée. Si besoin en était, elle en a la confirmation.

— Augustin, respire !

Elle secoue son corps, puis hurle à son frère :

— Alfred, appelle une ambulance !

L'homme à la tête d'assassin et aux mains crasseuses s'apprête à courir dans la cuisine quand Mathilde le stoppe :

— Non !

Marion se tourne vers elle, choquée :

— Vous voyez bien qu'il est en train de mourir !

Réaliste quant à cette inéluctabilité, Mathilde dit d'une voix assurée :

— Oui... Mais si les secours viennent, la police viendra aussi...

Marion suit le regard de cette jeune fille mystérieuse qui fixe les Beretta lâchés au sol. À l'intérieur de la veste ouverte de Mariole, des holsters, des grenades... Marion le connaissait par cœur. Ce professionnel de la mort était extra-vigilant. Cette prudence le condamne à la prison. Si les flics s'en mêlent. Elle aussi sait qu'il n'aurait pas voulu ça.

Alfred trépigne derrière son téléphone.

— Qu'est-ce que je fais ? J'appelle les secours, ou quoi ?

Les deux femmes répondent ensemble, avec la même conviction :

— Non !

Et Marion de reprendre la situation en main. Elle ne va quand même pas laisser mourir l'amour de sa vie sur son perron sans réagir.

— Alfred, va chercher le défibrillateur ! Il y en a un sur la place du village ! Vite !

Son frère acquiesce et fonce après avoir enjambé le corps dans l'entrée. Marion dirige Mathilde avec la rigueur qu'exige la situation :

— Vous ! Venez m'aider !

Si Mathilde n'a pas sa maîtrise, elle affiche une détermination analogue :

— Qu'est-ce que je dois faire ?

— Ouvrez-lui sa chemise.

Marion vérifie les fonctions vitales de Mariole pendant que Mathilde le déboutonne.

— Vous... vous avez déjà fait ça ?

— Je suis médecin. Enfin, j'étais...

Mathilde dégage le thorax du vieil homme. Marion constate les multiples bleus et contusions sur son corps. Le sang. Mais aussi les armes. Fugaces regards entre les deux femmes. Marion connaissait Mariole, questions inutiles, il y a certaines choses qui ne changent pas en vieillissant. Pour un assassin comme pour un médecin. Une professionnelle, mais aussi une amoureuse. Après l'avoir ausculté, elle entame les bouche-à-bouche. En essayant d'occulter son cœur déchiré.

— Allez, Augustin ! Reviens !

Et puisque de cœur déchiré il s'agit, elle s'attelle à son massage cardiaque.

— C'est moi ! Marion ! Allez, reviens, Augustin !

Marion.
Tout ce qu'il me reste de toi.
Dans l'enveloppe Marino.

Je rends tout. Mon appartement. Les clefs de ma voiture. Chonchon. Je ne suis plus capable de m'en occuper. Je ne vends pas ma cave. À Marcadet. Latitude, longitude : 48°53'31.3"N 2°21'09.0"E.

Je me dis que j'oublierai tout. Pas ma planque. Mon endroit secret. Pendant un demi-siècle. Assez pour marquer l'esprit. Mon esprit. J'espère. Je sème des indices. À mon intention. Pour en retrouver l'adresse. Si la maladie m'en empêche. Cachés aux endroits où moi seul pourrai les trouver. Chez cette bonne Lucette. Ma concierge. Dans ma Dauphine. Dans le collier de Chonchon. Un tatouage dans son oreille. Je dois brouiller les pistes. Que des personnes malveillantes ne puissent pas s'en emparer. Pas avant moi.

Les trous de mémoire. La prolifération de la maladie. J'erre sur les maréchaux. Le périphérique. Des chaussons en forme de lapins roses. Trempés à en devenir gris. Les pompiers. Et puis l'oubli.

Si je rejoins ma planque, je trouve l'enveloppe. Si je trouve l'enveloppe, je m'offre une dernière chance. Me racheter. La rédemption avant de calancher. Qu'est-ce que j'espère ? Que la maladie m'aidera à avoir le courage. Me confronter à ce que ma bonne santé m'a fait éviter. Tout au long de notre relation.

Jusqu'à y mettre un terme.

Je peux tout oublier. Mes choix, mes erreurs, leur fatalité. Mais je ne veux pas t'oublier, toi. La seule personne qui compte. La seule personne qui ait jamais compté. Mon seul amour. Mon plus grand gâchis...

Je pleure dans mon local.

Marion…

Le souffle de Marion. Qui lui parvient. Alors qu'elle poursuit bouche-à-bouche et massage cardiaque. Elle maintient la cadence. Trente compressions thoraciques pour deux insufflations. Marion sue, essoufflée, elle lui parle doucement, comme s'ils étaient seuls dans la pièce, tous les deux, comme ils l'ont si souvent été, dans leur intimité, comme autrefois, quand ils étaient seuls au monde, quand ils s'aimaient :

— Allez, Augustin… Reviens… Reviens…

Sentant que son maître a besoin d'elle, Chonchon se pose à son chevet. Ses grands coups de langue trahissent son inquiétude. Marion n'en a pas l'air surprise. Elle continue à masser et souffler. En attendant le retour de son frère, avec le défibrillateur. Elle sourit dans ses larmes, tente de rester légère.

— Tu aimes toujours autant les cochons, on dirait… Hein, Augustin ?

Mathilde est impressionnée par son sang-froid.

Mariole pantelle, sa bouche grande ouverte ne parvient plus à reprendre de l'air. Ses yeux ne crient pas à l'aide, ils sont étonnamment sereins. Perdus dans ceux de Marion. Ils s'y amarrent une dernière fois.

Ils se disent tout.

Sans un mot.

Marion appuie sur sa cage thoracique. Régulière. Un métronome. Qui bat la mesure de la même mélodie :

— Allez, reste avec moi, Augustin… Je suis là… Accroche-toi, Augustin… Accroche-toi…

— *Marion...*

— *C'est fini, Augustin.*

Tu m'annonces que tu veux rompre. Nous nous promenons. Autour de la chapelle Sainte-Madeleine. À Penmarc'h. Nous nous y sommes embrassés mille fois. Nous sommes usés.

Le prélude de Bach.

Nous sommes jeunes. Nous nous faisons la promesse de ne jamais nous quitter. Un pianiste local y joue un récital. Du Bach. Ses Variations Goldberg.

— *Je t'aime, Augustin.*

Nous nous promettons un amour éternel. Le pianiste joue le Prélude et fugue n° 10 en E mineur, BWV 855. Un morceau si emblématique pour nous que je me targue d'apprendre à le jouer.

— *Pour toi.*

Je suis doué de mes mains. Pas seulement pour étrangler.

Une feuille volante. Un bout de nappe en papier. Sur laquelle nous dînons. Mon écriture. PF No10 EMi BMV855 JSB.

Ni code, ni coordonnées géographiques. Les références du plus beau morceau du monde. Celui sur lequel nous nous embrassons devant Sainte-Madeleine. Pour la millième fois.

Prélude et fugue n° 10 en E mineur, BWV 855, Jean-Sébastien Bach.

Après notre rupture. Je le joue des nuits durant. À m'en buriner le cœur. À m'en faire saigner les doigts. La mélodie s'imprime dans mes mains. Elles n'oublient pas, elles.

Je marche. La nuit. Je suis perdu. Une annonce dans une gare. Un train pour Rouen. Un piano, un guignol à casquette. Mes mains déroulent la mélodie. Notre mélodie. À la note près. Des traces de sang sur l'ivoire. Comme si elles réécrivaient notre histoire.

Bouche-à-bouche. Prise d'air. Le souffle de Marion. Si doux, si chaud. Le cœur de Mariole repart. Est-ce le massage cardiaque ou la récollection de ses souvenirs ? Il reconnecte au sourire de cette femme qui s'acharne sur sa poitrine, le front en sueur, et susurre :

— Marion...

— C'est bien, Augustin... Accroche-toi...

Mathilde, qui tient une distance respectueuse, s'ébrèche en sanglots qu'elle a du mal à contenir.

Marion hurle :

— Alfred, dépêche-toi !

Son frère revenu est en train de déballer les ustensiles du défibrillateur. Avec des gestes sûrs, mais des mains qui tremblent, Marion reste concentrée, tâte le pouls du fragile réanimé.

— C'est faible... C'est trop faible... Vous !

Elle dirige Mathilde avec professionnalisme.

— Continuez le massage. Comme j'ai fait. Trente compressions.

Mathilde acquiesce et s'y attelle sans réfléchir pendant que Marion ôte le défibrillateur des mains d'Alfred pour la préparation du matériel. Lorsqu'une voix lui parvient... Un murmure calme qui s'insinue dans la frénésie...

— Pardon... mon amour...

Marion s'interrompt. Trop d'émotions. Elle se tourne vers le visage de Mariole qui parvient, avec grande faiblesse, à lui sourire. Il réunit ce qui lui reste de force pour lever la main. Lui caresser la joue. La douceur de la joue de Marion. Si douce. Malgré les années. Malgré l'amertume.

— Je n'ai jamais… cessé… de t'aimer…

Marion se met à trembler. Elle branche les patchs. Ses gestes se font moins précis. Les larmes lui brouillent les yeux. Son cœur également est fracturé.

— Moi aussi, Augustin… Moi aussi…

Mathilde ne veut pas s'effondrer. Ne doit pas. Elle se concentre. Le massage. Trente compressions. Pendant que Marion plaque les patchs sur son thorax.

— … Je n'ai jamais cessé de t'aimer… Augustin…

Marion…

Tu m'annonces que tu me quittes. En réalité, c'est moi qui pars. Tous deux, nous le savons. Il faut bien que l'un d'entre nous prenne la décision. J'ai beau être celui qui porte un revolver, un seul de nous deux est courageux. Et c'est toi.

Tu dis :

— Je t'aime, mais c'est fini.

Et tu t'en vas.

Tu me laisses une mèche de tes cheveux. Blonds. Que tu as coupée. En souvenir.

Je ne réponds rien. Je reste à observer ta silhouette s'éloigner. Il pleut des cordes. Je ne bouge pas. Immobile sous l'averse. Pendant une heure. Peut-être deux. Mes affaires sont imbibées. Mon cœur dégorge de tristesse. Mes yeux restent secs. Déformation professionnelle. Pallier toute démonstration d'émotions.

Marion...

Je glisse tes cheveux dans la doublure de mon carnet. Je rentre chez nous. Empaqueter mes affaires. Je dégouline. Comme le calepin que je trimbale. Dans mon manteau mouillé. Celui dans lequel je note mes plans d'action. Mes missions. Entre deux listes de cartouches à racheter, des pensées que je tais. Mes sentiments pour toi. Que je ne te lis pas. Des mots jamais prononcés. Je n'en ai pas le cran. J'en arrache les pages. Et je les brûle. Pour ne pas te compromettre. Je me mens.

Je pense que tu comprendras. Sans recours aux mots. Le calepin a pris la pluie. Comme moi. Les mots écrits sont illisibles. Ceux à prononcer ne le sont jamais.

Avant de m'en aller, j'empoigne mon Leica. Je prends une photo. Définitive. Je pars, sans me retourner et sans un mot. Une fois de plus.

Ma Marion...

Je suis seul. Je macère. Je prends mon courage à deux mains. Je me décide à développer ce négatif. Le témoignage de notre dernier instant ensemble est flou. Mon cœur est pulvérisé. Une seconde fois. Un défaut de mise au point, à l'image de cette rupture. Absurde et cruelle.

Je défais mes affaires. Je suis célibataire. Dans la solitude d'un deux-pièces parisien. Je le loue de façon temporaire. J'y vieillis. Dans le double fond de ma valise, une lettre. Intitulée « Mariole ». Mon pseudonyme. Sans rien d'autre. Tu l'as glissée là. Quand? Avant la séparation? Avant la photo floue? Un cadeau d'adieu? Une bouteille à la mer?

Je me doute qu'elle est écrite au jus de citron. Le jeu, un rituel entre nous. Nous nous laissons des billets. En forme d'énigme. Sur l'oreiller, ou dans la boîte à gants. Des phrases à tiroir. Pour nos rendez-vous, ou le menu du soir. Entre deux missions. Nous les lisons, nous les détruisons aussitôt. Complicité enfantine. Je sais parfaitement comment la déchiffrer. Je n'ose pas. Peur de son contenu. Peur de souffrir.

Je garde la lettre en l'état. Sans en brunir le tracé. Ni la détruire. Je laisse ma mémoire opérer pour moi. Jusqu'à ne plus savoir d'où elle provient.

Ni de qui.

Ma mémoire te tue une seconde fois.

Une sensation humide sur sa poitrine. Les patchs. Les yeux de Marion. Inondés de larmes. Sa voix qui tremble. Comme ses gestes.

— Reste éveillé, Augustin... Tu m'entends ?... Allez, reste éveillé !

Elle finit d'installer les électrodes, règle le défibrillateur.

Mariole s'oriente vers Mathilde, tend une main vers elle. Il remue le bout des doigts, comme s'il voulait l'attraper. Mathilde offre la sienne. Que Mariole s'y cramponne, comme il l'a fait tant de fois. Ses lèvres bleues articulent, dans des soubresauts d'où ne sort aucun son, mais Mathilde comprend.

« Merci... »

Elle pince ses lèvres, ne pas craquer. Plisse ses paupières, pour le remercier à son tour.

Le bras de Mariole retombe, sans force. Sa bouche

s'immobilise. Sous ses doigts Marion ne ressent plus de pulsation.

Elle tonne :

— Attention pour choquer ! Reculez !

Mathilde s'écarte. Marion appuie sur le bouton. Les électrodes balancent 150 joules dans la carcasse du vieil homme. Son corps se contracte. Son dos se décolle du sol. Ses yeux ne quittent plus ceux de Marion.

— Allez, accroche-toi, Augustin !

Un pont. Une jeune fille. Elle va sauter. Elle est désespérée. Elle déboulonne ma roue. La Dauphine a crevé.

— Mathilde. On s'est présentés tout à l'heure. Il y a deux minutes, en fait.

— Oh...

— Vous ne vous souvenez pas ?

Le sourire de Mathilde. La fille arc-en-ciel. Son ingéniosité. Les mots apparaissent. Elle perce notre secret. Le citron bruni. Je lis :

« ... Je me souviens de tes baisers, si tendres et hésitants. Tes gestes, professionnels et parfois distants. Dans tes bras, j'avais l'impression d'être un objet volé, une bombe à retardement. Tu étais l'homme de ma vie. Je ne sais pas si j'ai jamais été la femme de la tienne... »

Ta lettre de rupture, une magnifique déclaration d'amour. Une autre opportunité ratée. Je ne saisis pas l'instant. Je le laisse s'échapper. J'ôte à mon existence tout but et tout sens.

Un tel constat d'échec. Si affligeant. Ne pas affronter la vérité. Occulter mon passé. Ne pas voir mes travers.

Nier mes erreurs. Sombrer dans l'oubli. L'oubli de moi. J'accélère la dégénérescence de ma mémoire.

Je clos mon inscription à l'Ehpad. Seul. Dans l'austérité de ma planque. Je mets de l'ordre dans mes armes. Dans mes souvenirs incomplets. Mon passé avec toi. Je rumine ma rancœur. J'enfourne la partition. Dans l'enveloppe Marino. La lettre citronnée. Les plans de la maison, la photo floue, le calepin détrempé. Je déplie un Polaroid chiffonné. Notre cadenas d'amour. Dans un élan romantique que nous nous autorisons parfois, nous l'accrochons sur le pont des Arts.

La fille du pont dit :

— Tous ceux qui pensaient rendre leur amour éternel, eh ben leur cadenas a échoué à la benne...

Les grilles sont abattues. À force de trop plier. Sous le poids des milliers d'autres qui s'y agglutinent. Comme moi je plie, sous le poids des années. Ou de ma mémoire. Trop lourde de remords.

— ... Vlà le symbole.

Nous scellons ce cadenas. En hommage à notre amour éternel. Et incassable. Comme ce loquet en acier. Nous nous séparons. Le cadenas, lui, reste incassable. La photo est facile à déchirer. Je n'y parviens pas. Il n'y a rien à faire, je n'arrive pas à m'en défaire.

Comme cette fiole de terre. Notre week-end en amoureux dans le Finistère. Nous parcourons les alentours. Nous cherchons un terrain constructible. Pour notre maison. Un coup de cœur pour Penmarc'h. Je garde une poignée de terre. Un échantillon du sol.

— Le symbole de la future première pierre.

Je te promets de bâtir une maison là. Ce sera chez nous. J'y construirai notre foyer.
— Peut-être une famille. Qui sait ?
J'acquiesce.
— Nous nous y sentirons bien...
Un terrain mis en vente sur la pointe Saint-Pierre. Nous aimons l'idée d'habiter face à un phare.
— Une lumière dans la nuit qui nous guidera dans l'aventure de notre avenir à deux.
Tu trouves l'image romantique. Nous achetons le terrain sans hésiter.
La maison est construite. Fidèle aux plans dessinés. J'y imbrique cachettes et meurtrières. La maison est vide. Tu tombes enceinte. Tu es démolie par l'expression sur mon visage.
La fermeture.

Le choc.
L'électricité parcourt son corps.
Son corps secoué de spasmes sur le perron. Son cœur qui ne répond plus. Des mouvements précipités autour de lui. Un monde qui s'agite au ralenti. Et sa vie qui défile en accéléré.
Les gestes de Marion qui s'acharne sur lui. Des gestes précis, professionnels, inutiles.
— Pourquoi si tard, Augustin ?... Pourquoi tu reviens si tard ?...
Ça y est, c'est fini. Mariole a eu sa réponse. La mémoire émotionnelle est de celles qui ne s'effacent pas. Sa pulsion irrépressible en cette fin de vie était de réparer son erreur, avant de mourir. Et tandis qu'il

agonise, il irradie, béat. Il a pu voir son amour une dernière fois. Et lui demander pardon.

Marion se penche sur l'homme qu'elle a aimé. Et avant qu'il ne soit trop tard, pose sur ses lèvres glacées un baiser. Doux, dépouillé de toute amertume. Oui, il se sont ratés, mais leur amour était vrai.

Puis elle crie :

— Reculez !

Et actionne le défibrillateur.

Choc.

— Un père tueur à gages, ce n'est pas possible ! Quel héritage vais-je lui laisser, à ce marmot ? Quel modèle ?

— Tu pourrais envisager de changer de métier ?

— C'est tout ce que je sais faire, et je le fais bien.

Tu ne m'as jamais tenu rigueur de mon activité. Je t'en ai expliqué les grandes lignes. Sans divulguer trop de détails. Ne pas te compromettre. Encore.

— On me paye à tuer des personnes encombrantes. Sans manichéisme, je peux jurer qu'il n'y a pas de gentils dans l'affaire. Mon business n'implique que des bandits, Marion. Je te le jure.

L'explication te suffit. Tu ne veux pas en savoir plus.

— Si tu as fait ce choix de carrière, c'est que tu avais de bonnes raisons. Ce n'est pas à moi de juger. Je t'aime comme tu es. Et moins j'en saurai, mieux ce sera.

Tu bois ton verre de vin.

— Mais que tu utilises ta profession comme excuse pour ne pas t'engager ? C'est lamentable, lâche, minable... et tellement décevant.

Tu as raison. Je ne réponds rien. Tu demandes :

— *Alors ?*

Tu as le cœur meurtri. Je le vois. Tu appréhendes ma réponse.

— *Je pensais que tu m'accompagnerais pour la vie. Je sais tout ça.*

— *Je vais sur ma quarantaine. C'est ma dernière chance d'avoir un enfant. De toi, mais aussi un enfant tout court. Après, ce sera trop tard, Augustin. Ton choix m'impactera, moi. Pour le restant de mes jours. Que tu le veuilles ou non.*

Je reste silencieux. Je vide la bouteille dans mon verre. Tu pleures.

— *Je pensais que nous construisions ensemble... Je me suis trompée...*

Je n'assume pas ce rôle. La paternité.

— *J'assume mes responsabilités.*

Je t'accompagne à la clinique. Pour l'avortement. Je me sens lâche. Tu te sens trahie.

— *Je ne veux pas élever un enfant qui ne sera pas reconnu par son père... L'enfant de l'amour... Quelle mascarade !*

Tu préfères ne pas le mettre au monde.

— *Vu la cruauté de celui que tu as à lui offrir.*

Amertume et tristesse te déchirent le ventre. Pas assez pour provoquer une fausse couche. Le curetage te laisse une douleur viscérale. Tu me le dis. Il t'arrive de l'éprouver tard dans la nuit. Je me sens coupable.

Je veux partir. Tout en moi crie mon besoin de liberté.

— *Dis plutôt ton refus d'engagement. Ce n'est pas tout à fait pareil, Augustin.*

Tu essaies de me l'expliquer. Mille fois.

— On peut être un couple sans s'étouffer. On peut être une famille sans être prisonniers, Augustin. Tu comprends, ça ?

Non, je ne comprends pas. Je ne veux pas le comprendre.

Tu me donnes le choix.

— Rester et t'investir. Ou partir.

Je ne dis rien.

Nous sommes sous le clocher de Sainte-Madeleine. Je ne rétorque rien. Je ne me bats pas. Je n'exprime aucune émotion. Aucun signe d'ébranlement. Un roc. Ou un homme. Comme on m'a éduqué. Je laisse passer un temps infini.

Tu dis :

— Je t'aime, mais c'est fini.

Je dis :

— Eh bien qu'il en soit ainsi.

Je te prends dans mes bras. Le malaise rend mes gestes maladroits. Notre harmonie se désaccorde déjà. Nous sommes serrés, mais déjà distants. Je te pose un baiser froid. Du bout des lèvres. Sur ton front brûlant de fièvre. La frustration et la colère. Je ne me bats pas pour te récupérer. Je fuis. Mes responsabilités. Mes sentiments. Je t'aime, Marion. Tu le sais. Et moi aussi.

Nous ne serons pas parents, nous ne serons plus amants, nous ne serons plus amis.

Nous ne nous revoyons jamais.

Jusqu'à aujourd'hui.

Les yeux de Marion. Dans les siens. Si beaux, si bleus. Marion qui poursuit massage cardiaque, bouche-à-bouche et tentatives pour le ranimer. La vie ralentit. Les guirlandes de Noël illuminent les rétines de Mariole qui s'éteignent.

Mathilde ressent le froid de sa peau et son bras qui s'alourdit, à mesure que ses yeux se vident de leur lumière.

Sa bouche ne bouge plus. Sa respiration s'est tue. Comme sa voix, qui ne résonnera plus. Sur ses lèvres immobiles s'est dessiné un sourire apaisé.

— C'est fini...

Marion embrasse la paume de sa main. Ses doigts sont décharnés et racornis, pourtant elle les reconnaît. Si délicats, ils l'ont parcourue, caressée si souvent. Ils lui avaient manqué. Terriblement. Comme son air taquin, derrière sa maigre moustache, toujours la même, indémodable, se vantait-il, et ses yeux malins, qui la fuyaient, lorsqu'elle lui disait des mots d'amour, dont elle n'était pas avare, elle. Il lui répondait par des baisers. C'était aussi une jolie forme d'expression. Elle n'aura cependant pas suffi.

Mathilde serre les paupières, elle essore ses larmes. Elle s'écarte. Ce moment est le leur.

Lentement, Marion plonge son visage dans le cou de son homme. Elle y sent son propre parfum. *Cuir de Russie*. Il en est imprégné. Comme s'il portait sur lui une évocation d'elle. Un témoignage du sentiment entêtant qu'ils avaient l'un pour l'autre.

C'est alors qu'elle le remarque, caché dans le creux de sa main qui gît sur le sol – pas celle qu'elle tient collée tout contre son cœur, l'autre –, un bout de papier rose. Elle l'y pioche du bout de ses doigts et le déplie.

Elle y lit un message qui serait une énigme pour tout autre mais qu'elle déchiffre sans difficulté. *Prélude et fugue n° 10 en E mineur, BWV 855, Jean-Sébastien Bach.* Les références notées par le chef de gare, sur le Post-it fluo. Le plus beau morceau du monde. Celui sur lequel ils se sont embrassés pour la millième fois, sous le clocher de la chapelle Sainte-Madeleine.

Son ultime déclaration d'amour.

Marion embrasse ses lèvres qui ne lui répondent plus.

— Merci, mon amour…

Mathilde épluche le carnet. Des notes éparses, des pattes de mouche. Sans queue ni tête, dans les dernières pages. Entre un mémo stipulant que son Beretta est rangé dans le frigo, et un autre assénant qu'il doit absolument retrouver Marino, Mariole s'est écrit :

Tu peux te fier à Mathilde. C'est ton amie.

Puis entre deux lignes, insérée d'une écriture de plus en plus maladroite, presque enfantine, une pensée. Comme s'il avait peur d'oublier l'inévitable :

On croit toujours qu'on a le temps. La seule certitude qu'il nous reste, ce sont les regrets.

L'homme au visage balafré tend un mouchoir à Mathilde. Elle essuie ses larmes. Les dernières. Alfred a cette grande qualité, sous ses airs bourrus, d'être serviable. Le frère cadet de Marion était venu l'aider à réparer sa chaudière défectueuse. Sa passion pour le rugby et son métier de maître d'œuvre ont laissé des séquelles sur son corps, que Mathilde a cataloguées, un peu vite, comme celles d'un assassin. Il faut qu'elle arrête de se fier aux apparences, elle aussi.

— Il semblait beaucoup vous aimer, dit Marion avec émotion.

— Oui. Je crois, oui... Moi aussi, je l'aimais beaucoup...

Les deux femmes échangent un sourire tout en retenue.

Mathilde défait Mariole de ses nombreuses armes, les fourre dans sa mallette. Pas la peine de l'expliquer à l'ex-compagne du tueur à gages : avant de prévenir les autorités, mieux valait nettoyer la scène. S'il n'y a pas eu crime, il y a assez de pièces à conviction pour passer quelques heures au poste. Voire ouvrir un dossier d'investigation. Sur l'homme armé. Mais aussi sur Dark Rainbow, en ce qui concerne Mathilde. Elle laisse à Marion la tâche d'expliquer la présence du vieil homme ici.

— Ça va aller ? Avec la police ?

Marion répond, avec une ironie qui lui rappelle Mariole :

— Un amant éconduit, il y a une quarantaine d'années, qui débarque sur mon perron, pour y faire une crise cardiaque ?... Je pense que l'affaire va leur coller la migraine, à la police. La plaisanterie aurait amusé Augustin.

Mathilde laisse glisser son regard sur le visage de Mariole, figé dans un sourire. Effectivement, ça l'aurait amusé.

— Mais oui, ça va aller. Et vous ?

Mathilde glisse un Beretta dans la poche intérieure de sa combinaison.

— Oui... ça va aller.

Marion ose un pudique :

— Vous... vous savez s'il a une famille ?... Je veux dire, à prévenir... Sa femme peut-être ?...

Curiosité d'ego amoureux piqué d'un reste de

jalousie. Rien que de très humain. Mathilde lui répond, d'un sourire ludique :

— Je ne pense pas, non... Il n'y avait qu'une enveloppe, et elle était à votre nom.

— À mon nom ?

Mathilde pourrait le lui expliquer, mais elle manque de temps. Dès l'évocation du prénom de Marion, elle a compris la vertigineuse méprise. Comme tout le reste de leur enquête, ce mystère élucidé relève d'un quiproquo idiot. Le plus déroutant dans cette histoire, c'est que, malgré ces improbables enchaînements, ou plutôt grâce à eux, ils auront tout de même réussi à retrouver la personne qu'ils cherchaient. Ce n'était simplement pas celle qu'ils croyaient. Aveuglée par des déductions tirées par les cheveux, si multicolores soient-ils, Mathilde a suivi des pistes qui n'en étaient pas. Elle voulait juste donner un dernier espoir au vieil homme. Ces détours les ont menés de mauvaises passes à bon port. Celui de Penmarc'h. C'est à n'y rien comprendre. Mais il y a longtemps que Mathilde n'essaie plus de trouver un sens aux événements. La résolution est positive. Ils se sont retrouvés. C'est tout ce qui importe.

Elle tend à Marion l'enveloppe *Marino*. Avec le résumé de leur vie contenu dedans.

— Il a inversé les lettres, mais... Bref, c'est une longue histoire. Ce que je peux vous dire, c'est que, malgré sa maladie, il n'avait qu'une obsession... c'était de vous revoir.

Confusion des émotions. En dépit de la tristesse et du choc de l'avoir perdu à nouveau, Marion est heureuse.

Augustin lui a fait le plus beau des cadeaux. Cette ultime déclaration balaie des décennies d'amertume.

Chonchon a posé son menton sur la poitrine de son maître. Depuis, elle n'a pas bougé.

— Comment elle s'appelle ? demande Marion, attendrie.

— Madame Chonchon.

Marion lâche un petit rire mélancolique.

— Je le reconnais bien là... Bonjour, Madame Chonchon.

Mathilde pose une question qui l'obnubile depuis sa rencontre avec cet homme atypique :

— Vous savez, vous, pourquoi il avait un cochon ?

Marion caresse la truie qui reconnaît en elle une amie.

— Quand nous vivions ensemble, nous voulions adopter un chien. Nous nous sommes rendus à la SPA, nous sommes tombés en émoi devant un couple de cochons qui allait être euthanasié. Nous nous sommes dit que les porcins étaient une race aussi valable à sauver. Alors Kermit et Peggy sont rentrés avec nous... Nous adorions nos cochons. Ils nous ont accompagnés des années. Jusqu'à notre séparation...

Pointe de mélancolie. Elle en est assaillie, ce matin.

— Il a fallu choisir qui en aurait la garde. Je conservais la maison, j'avais le terrain et l'espace pour... Augustin me les a laissés...

La truie lui lèche la joue avec tendresse.

Dernière pièce au puzzle. Mathilde est satisfaite.

— Bon... il faut qu'on file.

Dans un élan spontané, naturel, elle embrasse Alfred et Marion, comme s'ils étaient sa propre famille.

— Merci… pour tout.

Marion est décontenancée. Par ça. Par tout.

— Euh… merci à vous…

Et réalise qu'elles n'ont pas été présentées.

— Je ne connais pas votre nom.

— Mathilde…

Rayonnante, Mathilde tourne les talons en sifflant.

— Mais dans ce monde de déglingués, on est tous des marioles, non?…

Clin d'œil complice qui n'attend pas de réponse.

— Tu viens, Chonchon?

Marion regarde cette lumineuse inconnue aux cheveux arc-en-ciel s'éloigner avec sa truie vers la Dauphine. Elle semblait proche d'Augustin. Qu'est-ce qui pouvait bien les lier? Elle ne le saura jamais. Mais quelque chose chez cette jeune fille la touche. Peut-être parce qu'elle projette en elle l'enfant qu'ils n'ont pas eu? Peut-être parce qu'elle est le dernier lien qui l'a unie à Augustin?

Marion voulait une fille. Elle n'est plus jamais tombée enceinte. Elle n'a pas trouvé de père, n'a pas cherché. Après Augustin, elle a fait de jolies rencontres. D'ici à parler d'amour… Mais l'heure n'est plus aux regrets. Elle aurait envie de demander ses coordonnées à Mathilde. Rester en contact. Elle sait que c'est ridicule. Mais la pensée l'effleure. Elle aurait voulu mieux la connaître.

— Et Mathilde?… Qu'est-ce que vous allez faire?

Mathilde ouvre sa portière, marque un arrêt. Elle prend le temps d'y songer, cherche une réponse dans le ciel dégagé au-dessus d'elle.

— Je ne sais pas…

Puis se retourne vers Marion et lui sourit.

— Vivre ?

Marion lui sourit en retour. C'est bête, mais cette réponse la rassure.

Mathilde entre dans la voiture de Mariole qu'elle s'est appropriée – il l'aurait voulu, elle le sait –, tout comme sa mallette à malices, dont elle espère ne jamais avoir à se servir, mais qu'elle conservera auprès d'elle, sait-on jamais.

Sentant que son maître ne les accompagnera plus, Madame Chonchon prend sa place sur le siège avant.

— Au revoir, Marion.

— Au revoir, Mathilde... Et merci.

Mathilde acquiesce sans un mot, avec une connivence qui en dit long.

Et alors que cette mystérieuse jeune fille disparaît, au volant de ce tas de ferraille qu'elle a bien connu, lui aussi, et qui, à son grand étonnement, roule encore, Marion se laisse dériver dans la contemplation de son amant endormi. Elle qui compte les années qu'il lui reste sur les doigts d'une main, deux lorsqu'elle est optimiste, savoir que son amour l'attend, quelque part, lui redonne de l'espoir. Ils se sont ratés ici. Peut-être que là-bas, si là-bas il y a, ils rattraperont le temps gâché. Elle a envie d'y croire.

Cette fois-ci.

— C'est bon, Alfred. Tu peux appeler les secours maintenant.

Tout en conduisant le long du bord de mer, Mathilde sort le Beretta de sa combinaison et ouvre la boîte à gants pour l'y planquer. Le métal choque contre une boîte en carton. Un bruit attire son attention. Comme des castagnettes. Elle tire un morceau de papier glissé là. Une boîte d'allumettes posée dessus en tombe. Sur le papier est écrit, en en-tête : *Chère Mathilde.*

Rien d'autre.

De cette écriture qu'elle reconnaîtrait entre mille.

Elle porte la lettre vierge à ses narines. Elle hume. Le papier exhale une odeur citronnée. Elle sourit. Mariole lui a laissé un souvenir. Lui, à qui il en manquait tant.

Mathilde la range dans sa combinaison. S'en garde la lecture pour plus tard. Une friandise pour son cœur. Elle veut savourer.

Elle remercie le Ciel, l'univers ou elle ne sait foutre qui, d'avoir mis cet homme si précieux sur sa route. Et accélère. Destination inconnue. Sensation de liberté grisante. Elle n'a plus de comptes à rendre. À personne. Elle peut s'autoriser à vivre. Être elle-même. Et rêver grand ! Pourquoi pas ?

Qui l'en empêcherait ?

— Dis, Chonchon, ça te dirait qu'on fasse du cinéma ?

Du même auteur :

aux Éditions Gallimard

Cabossé, « La Série noire », prix *Transfuge* du meilleur espoir 2016.

aux Éditions Les Arènes

Mamie Luger, 2018.
Joueuse, 2020.
Petiote, 2022.

Retrouvez BENOÎT PHILIPPON

PAPIER CERTIFIÉ

Composition réalisée par Soft Office
Achevé d'imprimer en janvier 2026 en France par
MAURY IMPRIMEUR – 45300 Manchecourt
Dépôt légal 1re publication : février 2025
Edition 05 – janvier 2026
N° d'imprimeur : 288792
LIBRAIRIE GÉNÉRALE FRANÇAISE
21, rue du Montparnasse – 75298 Paris Cedex 06
marketing@livredepoche.com

40/6084/0